Janne Mommsen, Jahrgang 1960, hat in seinem früheren Leben als Krankenpfleger, Werftarbeiter und Traumschiffpianist gearbeitet. Inzwischen schreibt er überwiegend Drehbücher und Theaterstücke. Mommsen hat in Nordfriesland gewohnt und kehrt immer wieder dorthin zurück, um sich der Urkraft der Gezeiten auszusetzen. Passenderweise lebt die Familie seiner Frau seit Jahrhunderten auf der Insel Föhr. Im Rowohlt Taschenbuch Verlag erschienen bereits «Oma ihr klein Häuschen», «Ein Strandkorb für Oma», «Oma dreht auf» und «Omas Erdbeerparadies».

JANNE MOMMSEN

Friesensommer

ROMAN

Rowohlt Taschenbuch Verlag

Veröffentlicht im Rowohlt Taschenbuch Verlag,
Reinbek bei Hamburg, Juni 2015
Copyright © 2014 by Rowohlt Verlag GmbH,
Reinbek bei Hamburg
Die Zitate von Hermann Hesse sind entnommen aus dem Band:
Hermann Hesse, «Siddhartha. Eine indische Dichtung»,
herausgegeben von Heribert Kuhn,
Frankfurt am Main, 2004.
Die Liedzeilen «Ich will 'nen Cowboy als Mann»
von Gitte Hænning stammen von Rudi Lindt (Komposition)
und Peter Ström (Text).
Umschlaggestaltung any.way, Hamburg, nach einem Entwurf von
HAUPTMANN & KOMPANIE Werbeagentur, Zürich
Umschlagillustration Kai Pannen
Satz Plantin PostScript (InDesign) bei
Pinkuin Satz und Datentechnik, Berlin
Druck und Bindung CPI books GmbH, Leck, Germany
ISBN 978 3 499 26739 0

Das für dieses Buch verwendete FSC®-zertifizierte Papier
Lux Cream liefert Stora Enso, Finnland.

Und jedem Anfang wohnt ein Zauber inne,
der uns beschützt und der uns hilft, zu leben.

Hermann Hesse

1.

ZWEITAUSENDVIERZEHN

Maike Olufs lehnt sich an die Reling des Vorderdecks und streckt ihre Läuferinnenbeine aus. Die Morgensonne leuchtet hell durch den dünnen Seenebel, der sich wie ein weißer Schleier über das Meer legt. Es riecht nach frischem Tang mit einer Prise Meersalz, zwei Möwen begrüßen kreischend den Sommertag. Plötzlich löst sich der Nebel um sie herum auf, und eine kleine Sonneninsel entsteht.

Maike schließt genießerisch die Augen, die Lider werden sofort warm, ihr Lächeln folgt automatisch. In der Seeluft liegt noch ein letzter Nachthauch, der für einen Moment ihre Stirn streift und sich dann wie eine kühle Kompresse in ihren Nacken legt. Obwohl sie nur wenige Stunden geschlafen hat, fühlt sie sich so erholt wie nach einem Vier-Wochen-Urlaub.

Die schwanenweiße Fähre verlässt den Hafen von Dagebüll, es ist die erste dieses Tages. Als sie die Augen wieder öffnet, staunt sie: Der Nebel ist nun vollständig verflogen, ein riesiges Gemälde aus blauen und grünen Pastelltönen ist entstanden. Das Meer liegt als stiller, grünsilberner Teller da, in dem sich einige Schönwetterwolken spiegeln. Langsam, aber beharrlich schneidet die Autofähre die glänzende Meeresfläche in zwei riesige Teile. Der Übergang zwischen Wasser und Himmel ist fließend, es gibt keinen Anfang und kein Ende. Die aufsteigende Sonne färbt den Himmel blau, im Meer leuchten unzählige helle Sandbänke auf.

Maikes Kleidung passt ideal in dieses Bild: beigefarbener Hosenanzug aus Wildleder, weiße Bluse und helle Mokassins. Neben ihr steht ihr eleganter kleiner Trolley, ebenfalls aus hellem Material, sie besaß schon immer ein Faible für schöne Gepäckstücke. Plötzlich piepst ihr Handy in die Morgenstille hinein: eine SMS von ihrer besten Freundin Carla.

Na, schon wach?

Es ist sechs Uhr, vermutlich ist Carla gerade aufgewacht und platzt vor Neugier. Immerhin ist sie der Grund, warum Maike jetzt hier steht. Sie erhält die einzig passende Antwort auf ihre Frage:

«Nein, ich schlafe noch!»

Carla hatte ihr zum Geburtstag ein Schnupper-Abo für eine Partnervermittlung geschenkt, drei Monate durfte Maike auf schmetterlinge.de paarungswillige Männer sichten und bei Bedarf auch kennenlernen. Erst war Maike schwer beleidigt gewesen: Hatte sie so etwas nötig? Nach ihrer Scheidung – wie viel Jahre war das jetzt her, fünfzehn? – hatte sie nichts vermisst, vor allem keinen Mann. Nicht, weil sie verbittert gewesen wäre, es hatte sich einfach nicht ergeben. Aber nachdem Carla vor einem Jahr ihren Thor übers Internet kennengelernt hatte, war sie so glücklich, dass sie ihrer besten Freundin ebenfalls etwas Gutes tun wollte.

Für schmetterlinge.de musste Maike ein Foto von sich

ins Netz stellen und einen Fragebogen mit Angaben zu ihrer Person ausfüllen, was ihr beides gehörig gegen den Strich ging. Sie hatte sich dennoch für folgende Version entschieden: «Maike, Hausärztin, geboren in Oldsum auf Föhr, geschieden in Hamburg, Lieblingsmusik: unberechenbar von Mozart bis Pop. Hobby: Siebenkampf, am liebsten mag ich Weitsprung, was ich wegen meiner langen Beine am besten kann. Anmerkung: Ich habe das Abo für diese Seite von meiner besten Freundin geschenkt bekommen, sonst wäre ich nie auf die Idee gekommen, mich hier anzumelden.»

Letzteres klang nicht besonders motivierend, hatte Carla kritisiert. Umso erstaunlicher, wer sich alles darauf meldete: großkotzige Geldsäcke, Muttersöhnchen und Landwirte, psychisch Gestörte, ein Marineoffizier aus Paraguay, ein Lehrer aus der Schweiz. Einer schrieb, dass auch er das Abo zum Geburtstag geschenkt bekommen habe und ebenfalls nicht so recht wisse, was er davon halten solle. Das fand sie sympathisch. Das Foto zeigte einen freundlichen, dunkelhaarigen Mann mit neugierigen braunen Augen. Er hieß Rainer Martens und betrieb ein kleines Familienhotel im Osten von Sylt, fernab vom großen Rummel. Er hatte den Bauernhof seiner Eltern zum Hotel umgebaut, kam also wie sie aus der Landwirtschaft. Zuerst waren es diese Gemeinsamkeiten, die sie neugierig machten, aber wirklich entscheidend war dann seine warme wohltuende Bassstimme bei ihrem ersten Telefonat.

«Vergiss nicht, dass das erste Treffen auf keinen Fall bei dir stattfinden darf!», warnte sie Carla. Die Arme hatte mindestens ein Dutzend frustrierender Dates hinter sich gebracht, bevor sie Thor kennengelernt hatte.

«Weiß ich selbst», beschwichtigte Maike ihre Freundin. Falls sich Rainer wider Erwarten als Pleite herausstellen sollte, wollte sie jederzeit abhauen können. Es gab da allerdings etwas anderes, was ihr viel mehr Sorgen bereitete:

«Er ist genauso alt wie ich.»

«Und?»

«Männer sehnen sich doch eher nach was Jüngerem.»

«Du hast das Sportabzeichen in Gold», erinnerte Carla.

«Gut, dann stecke ich mir das ans Revers», antwortete Maike trocken.

Ihre Zweifel wurden immer größer, je näher das Treffen rückte.

«Er will dich treffen, also was soll's? Außerdem hast du kaum Falten ...»

«Eben: kaum ...»

«Schwarze Haare ...»

«Weil ich die grauen übertönt habe ...»

«Und deine blauen Augen leuchten wie eh und je aus deinem hübschen Gesicht. Ganz im Ernst, Maike, so etwas Apartes wie dich muss man erst mal finden.»

Wieso ihr Herz dann so klopfte, als sie gestern in Westerland aus dem Zug stieg, war ihr unerklärlich. Es war völlig albern, weil sie ja gar nichts erwartete. Schließlich war sie keine achtzehn mehr, sondern fröhliche zweiundsechzig.

Rainer stand am Ende des Bahnsteigs. Er hatte braunes Haar, wie auf dem Foto, und war gerade noch schlank zu nennen. Einer, der etwas für sich tat, sich aber nicht kasteite. Obwohl er groß war und wie ein richtiger Kerl aussah, verriet sein Blick leichte bis mittelschwere Nervosität. Das beruhigte sie. Treffen dieser Art waren offensichtlich auch nicht sein tägliches Brot.

Nachdem er sie mit einem festen Händedruck und einem warmen Lächeln begrüßt hatte, führte er sie zu seinem alten Kombi, der voll beladen mit frischer Bettwäsche vor dem Bahnhof stand.

«Eigentlich wollte ich mir ein Cabrio leihen», entschuldigte er sich, «aber zwei meiner Angestellten sind krank geworden, also musste ich die Hotelwäsche vom Zug abholen.»

«Für mich geht es auch ohne Cabrio», hatte sie lachend geantwortet.

«Na ja, ich dachte, falls mein Charakter nicht überzeugt, beeindrucke ich dich wenigstens mit einem schicken Wagen.»

Sein lockerer Ton nahm ihr einen großen Teil der Anspannung. Er fuhr sie zu ihrem Hotel in Wenningstedt, wo sie kurz ihren Trolley im Zimmer abstellte, dann ging es weiter zu einem wunderbar einsamen Strand in der Nähe von Hörnum. Dort spazierten sie erst mal ein paar Stunden am Meer entlang, das auf der Westseite von Sylt viel wilder war als auf Föhr. Hohe Wellen schossen unaufhörlich vom Horizont heran, bäumten sich vor dem Strand auf und brachen dann mit Getöse in sich zusammen. Dazu lieferte die Sonne vom wolkenlosen, blauen Himmel alles an Wärme, was sie zu bieten hatte. Allein der knatternde Wind kühlte die Temperatur auf ein angenehmes Maß ab.

Rainer und sie ließen sich ordentlich durchpusten und quatschten über alles, was ihnen gerade einfiel. Das ging kreuz und quer von herrlich missglückten Essenseinladungen bis zu Hotelgast- und Patientenanekdoten. Dass sie so viel zusammen lachen konnten, war für sie ein gutes Zeichen. Rainer besuchte gern Kunstausstellungen und vertraute dabei seinem persönlichen Geschmack mehr als irgendwelchen Fachleuten – auch in diesem Punkt waren sie ähnlich gestrickt.

Nach dem Strandspaziergang führte er sie in ein kleines Restaurant, das stilvoll, aber nicht überkandidelt war. Ihr fiel auf, dass er ständig mit den Händen Kontakt zu seiner Umgebung suchte. Zum Beispiel strich er mehrmals über die Speisekarte aus rauer Pappe, bevor er sie aufschlug, und während er redete, befühlte er mit Zeige- und Mittelfinger die weiße Stoffserviette.

Bis zwei Uhr nachts hatten sie sich eine Menge zu sagen gehabt, ohne dass auch nur eine peinliche Pause entstand. Alles lief wie von selbst, als säßen sie in einem Boot, das nur von der Strömung getragen wurde. Trotzdem hatte sie es vorgezogen, in Wenningstedt zu übernachten statt in seinem Archsumer Hotel, was er selbstverständlich akzeptierte. Wie gern wäre sie noch länger auf Sylt geblieben, aber ihr stand ein langer Tag in der Praxis bevor, und ihre Patienten konnte sie auf keinen Fall hängenlassen.

Föhr rückt immer näher, es wird nun richtig warm in der Sonne. Die weiße *MS Schleswig-Holstein* sucht sich in niedrigem Gang ihren Weg durchs Wattenmeer. Es ist Ebbe, die gesamte Meeresmasse flieht geschlossen zum Horizont. An einigen Prielen entstehen kleine Wirbel, immer mehr Sandbänke tauchen im Wasser auf. Die schmale Fahrrinne ist mit Reisigbündeln abgesteckt, die wie übergroße Besen aussehen. Um diese Uhrzeit sind nicht mehr als zwei Dutzend Passagiere an Bord, die sich über das gesamte große Schiff verstreuen, darunter auch ein paar Insulaner.

Auf dem Autodeck unter ihr hat Maike Dieter Trulsen entdeckt. Er steht in Gummistiefeln und weißem Kittel neben seinem Meiereilaster und stopft sich gerade ein großes Stück Käsekuchen in den Mund. Er ist ihr Patient und sollte wegen seines starken Bluthochdrucks eigentlich dringend abnehmen. Ein Infarkt ist keine Kleinigkeit, und wenn man ihn vermeiden kann … Andererseits ist Trulsen volljährig und sie nicht im Dienst.

Gerade wandern ihre Gedanken wieder zu Rainer, da klingelt ihr Handy erneut. Diesmal hängt Carla direkt am Hörer und kommt ohne Begrüßung zur Sache:

«Ich muss es wissen: Wie war Rainer?»

Maike lacht laut auf. «Geht dich das was an?»

«Hör mal! Ich bin deine beste Freundin.»

Dabei weiß Carla genau, dass sie immer sehr schweigsam wird, wenn es ans Eingemachte geht.

«Ich sehe es positiv», erklärt Maike ausweichend. Es klingt so spröde wie eine Regierungserklärung. Klar, dass sich Carla damit nicht zufrieden gibt. Prompt stellt sie die schwierigste aller Fragen:

«Und er?»

«Keine Ahnung.»

Maike fand es wunderbar mit Rainer, aber das muss er nicht genauso empfunden haben. Andererseits, wäre er nicht früher gegangen, wenn es ihm nicht gefallen hätte?

«Lüge, das spürt man doch!»

Wenn sie ihm wichtig ist, denkt Maike, wird er sich

melden. Und zwar heute noch. Alles andere würde sie nur bei Herzstillstand akzeptieren.

«Stimmt.»

«Hummeln im Bauch?»

Ein bisschen vielleicht, aber in ihrem Alter wirft man nicht einfach die Vernunft über Bord, da darf man sich ruhig ein bisschen Zeit lassen.

Plötzlich zuckt Maike zusammen. Neben Dieter ist ein Mann aufgetaucht, der sie an irgendjemanden erinnert. Sie sieht ihn nur von der Seite: markantes Kinn, volle, graumelierte Haare, schmale Adlernase. Jetzt fällt es ihr ein. Er hat vor über vierzig Jahren einen Sommer lang in Oldsum gewohnt. Also nicht der Mann, der dort steht, sondern der, an den er sie erinnert, Harald Peterson aus San Francisco. Ihr Bauch krampft sich zusammen.

«Du glaubst es nicht, Carla, hier steht ein Typ, der genauso aussieht wie Harald!»

«Nicht ablenken», ermahnt Carla sie lachend.

Seit einer Ewigkeit hat Maike nicht an Harald gedacht, und ausgerechnet an diesem wundervollen Morgen taucht sein Doppelgänger auf. Zu blöde, aber sie darf sich auf keinen Fall die Laune verderben lassen.

«Er sieht *wirklich* aus wie Harald!»

«*Hallo?*»

Maike dreht sich zur Seite und holt tief Luft. «Ich hätte nie damit gerechnet, dass es mit Rainer so schön werden würde», rutscht es ihr raus.

Es ist das erste Mal, dass sie es ausspricht. Für sie ist es immer noch gewöhnungsbedürftig, dass Rainer und sie sich über den Computer kennengelernt haben statt in einer Disko oder auf irgendeiner Party. Andererseits, in welche Disko sollte sie mit zweiundsechzig wohl gehen, um jemanden kennenzulernen? Vorsichtig lugt sie in Richtung des Doppelgängers. Der dreht sich jetzt um und schaut zu ihr hoch. Hat er gespürt, dass sie ihn beobachtet? Für eine Sekunde sieht sie direkt in sein Gesicht, es gibt nun keinen Zweifel mehr. Der Boden unter ihren Füßen schwimmt förmlich weg, als würde die Fähre gerade untergehen.

«Du, Carla, das ist tatsächlich Harald Peterson.»

Sie zieht den Griff ihres Trolleys ruckartig hoch und stürmt in den Salon. Dort hockt als einziger Gast ihr Patient Dieter und schiebt sich gerade das zweite Stück Käsekuchen in den Mund.

Carla lacht aus dem Hörer. «Es muss phantastisch gewesen sein mit Rainer.»

«Wieso?», fragt Maike matt.

«Wenn du so durcheinander bist, dass du schon in irgendwelchen Typen Harry siehst …»

«Aber …»

Harald betritt nun ebenfalls den Salon. Sie versteckt sich schnell hinter dem Bällebecken für die Kinder. Von seiner Position aus kann er sie unmöglich sehen. Sie atmet auf und nutzt die Situation, um ihn ein bisschen zu beobachten. Natürlich ist er nicht mehr der junge Mann von damals, aber sie muss zugeben, dass er sich gut gehalten hat. Mit den schwarzen Ringen unter den hellgrünen Augen wirkt er müde, das ist auch alles. Er trägt eine elegante schwarze Hose, ein schwarzes T-Shirt und eine Designerbrille mit dunklem Rahmen. Seine leicht gewellten Haare sind mittlerweile graumeliert, aber immer noch üppig. Er ginge glatt als Modeschöpfer oder bildender

Künstler durch – wer weiß, vielleicht ist er das auch. Mit etwas Phantasie erinnert er immer noch an den Sonnyboy aus San Francisco, der seine blonde Mähne mit einem roten Stirnband bändigte und in bunten T-Shirts und indischen Pumphosen über die Föhrer Marschwiesen lief.

«Du bist verwirrt», freut sich Carla. «Mehr muss ich gar nicht wissen. Bis bald.»

Maike drückt das Handy aus. Harald steht an der Theke im Salon und lässt sich einen Becher Milchkaffee geben. Was will der auf Föhr?

Natürlich könnte sie jetzt auf ihn zugehen und sagen: «Hey, wie geht's denn so? Schön, dich zu sehen. Mensch, wie die Zeit vergeht …» Aber das ist das Letzte, was sie will. Also schnappt sie sich ihren Trolley und verzieht sich aufs fast leere Autodeck, was sich als Fehler erweist. Sie hört nämlich Schritte hinter sich. Verdammt, er hat sie erkannt und folgt ihr nun! War sie im Salon doch zu unvorsichtig gewesen?

Jetzt gibt es kein Entkommen mehr, der Weg nach hinten ist abgeschnitten, nach links und rechts kann sie auch nicht fliehen. Sie blickt sich hilfesuchend um. Ein paar Meter entfernt steht der riesige Meiereilaster von Dieter Trulsen. Sie eilt hin, stellt sich kurz entschlossen auf die erste Stufe und nimmt den Türgriff in die Hand. Sie hat Glück, der Lkw ist nicht abgeschlossen. Mit einem Ruck reißt sie die Tür auf, zieht ihren Trolley hoch und wirft ihn auf den Sitz. Dann zieht sie die Tür zu und versteckt sich im Fußraum unter dem Lenkrad. Es riecht nach Staub und alter Gummimatte. Ihr Herz pocht so schnell wie seit Jahrzehnten nicht, sie japst nach Luft. Ruums, wird die Tür aufgerissen.

Mist, er hat sie gesehen.

«Harald?», ruft sie erschrocken.

Doch stattdessen steht Dieter vor ihr und macht große Augen: «Frau Dokter?»

Was denkt wohl ein Patient, wenn er seine Hausärztin zusammengekrümmt im Fußraum seines Wagens ent- deckt? So etwas machen höchstens Irre oder Paranoiker auf Droge. Sie pult sich aus dem Fußraum und hangelt sich auf den Beifahrersitz neben ihren Trolley. Ihr fällt nicht im Geringsten ein, was sie sagen könnte. Und je länger sie schweigt, desto peinlicher wird die Situation.

«Du hast da was», murmelt Maike und deutet auf ein paar Käsekuchenkrümel in Dieters Mundwinkel. Wie lächerlich.

Erst jetzt wird ihr bewusst, wie rot sie geworden sein muss, ihr Gesicht glüht. Dieter setzt sich auf den Fahrer- sitz und schaut schweigend durch die Windschutzscheibe, sie folgt seinem Blick. Zum Glück ist er ein wortkarger Friese, der im Zweifel gar nichts sagt.

Harald ist nirgendwo zu sehen, stattdessen erscheint hinter der Bugkante der Hafen von Wyk, gleich sind sie da.

«Kann ich mit dir von Bord fahren?», fragt sie.

Er verbirgt sein Staunen fast perfekt und nickt. «Jo.»

Bis die Fähre anlegt, warten sie stumm nebeneinander, dann rollen sie von Bord. Wahrscheinlich wird sich ihre sonderbare Aktion auf der Insel in Windeseile herum- sprechen, aber das ist immer noch besser, als auf Harry zu treffen. Der Gedanke lässt sie ein bisschen ruhiger werden.

Als sie den Hafenparkplatz erreichen, setzt Dieter sie

neben ihrem kleinen Toyota ab. Die beiden verabschieden sich knapp wie immer, und Maike steigt aus. In ihrem eigenen Auto atmet sie erst einmal tief durch, bevor sie den Motor startet. Dann tuckert sie über die vertrauten Dörfer, Wrixum und Alkersum, dahinter beginnt die weite Fläche der Marsch. Langsam fängt sie an, sich zu entspannen. Ist doch alles halb so dramatisch, sagt sie sich. Du hattest eine phantastische Nacht, und auf dem Rückweg nach Hause ist dir eben der Mann über den Weg gelaufen, der dir früher einmal … Sie verbietet sich jeden weiteren Gedanken an Harald und beschließt, stattdessen lieber die Landschaft zu genießen. Sattgrüne Gräser wiegen sich in einer leichten Brise, Bäume und Büsche verharren in ihrer gewohnten Westwindschräge, die von ganz anderen Wettern erzählt. Der letzte Winter war kalt, es gab ein paar schwere Orkane und ungewöhnlich viel Schnee, der vom Wind zu hohen Bergen verweht wurde und die Inselstraßen unpassierbar machte. Zudem konnte die Fähre wegen des Eisgangs ein paar Tage lang nicht fahren. Kaum vorstellbar an einem prallen Sommertag wie diesem.

Schon von weitem sind die Flügel der großen Windmühle zu erkennen, das Wahrzeichen von Oldsum. Ein Fünfhundert-Seelen-Dorf, in dem fast jedes Haus rot geklinkert ist, weiße Sprossenfenster hat und mit Reet gedeckt ist. Noch immer erkennt man, dass hier einmal überwiegend Bauern gewohnt haben, neben fast jedem Haus gibt es ein Stallgebäude mit einem großen Scheunentor. Wo früher das Vieh stand, verbringen nun wohlhabende Zweitwohnungsbesitzer vom Festland ihre Wochenenden.

In Oldsum gibt es einen Supermarkt, der gleichzeitig mit dem einzigen Café des Ortes um sechs Uhr schließt, und ein Gasthaus mit bürgerlicher Küche, das um neun dichtmacht. Im Sommer versuchen einige kleine Kunstgaleristen ihr Glück mit dem Bilderverkauf an Touristen. Das ist alles. Die Inselhauptstadt Wyk mit ihren fünftausend Einwohnern wirkt dagegen wie eine hektische Metropole. Statt hupender Touristenautos hört man in Oldsum meist nur den stetigen Wind durch die Straßen wehen. Maike ist hier geboren und aufgewachsen. Nach dem Abitur verließ sie die Insel und ging zum Medizinstudium nach Hamburg, anschließend arbeitete sie viele Jahre als Internistin in der Uniklinik Eppendorf und heiratete irgendwann ihren Chef. Die Ehe hielt zwölf Jahre, ihr Mann war mehr mit der Klinik und seiner Forschung verheiratet als mit ihr. Als sie es bemerkten, war es zu spät, jeder lebte bereits sein eigenes Leben und wollte nicht zurück. Ein paar Jahre nach der Scheidung beschloss sie, nach Föhr zurückzukehren. Seit fünfzehn Jahren wohnt sie nun wieder hier und arbeitet als Allgemeinmedizinerin. Mit der eigenen Praxis in ihrem Heimatort hat sie sich einen Lebenstraum erfüllt.

Ihr Toyota passt genau zwischen die beiden Ulmen vor dem Eingang ihres kleinen Reetdachhauses. Einen Moment lang schaut sie hoch zu den Blättern, die mit ihrem sanften Rascheln ein heiteres Geräusch zu diesem wunderbaren Sommertag beisteuern. Kaum hat sie die Praxis betreten, empfängt ihre Sprechstundenhilfe Sandra Michaelis sie mit neugierigem Blick. Es ist sieben Uhr, die ersten Patienten sitzen bereits vor dem kleinen Labor und warten aufs Blutabnehmen.

«Na? Auf großer Fahrt gewesen?», erkundigt sich Sandra. Sie ist gerade zweiundzwanzig geworden, hat ihre langen blonden Haare neuerdings pechschwarz gefärbt.

«Moin, Sandra. Na, so weit war es auch wieder nicht.»

Das muss genügen, Kontaktanzeigen im Internet gehen ihre Sprechstundenhilfe wirklich nichts an.

«Bei dir sitzt schon der erste Notfall.»

«Was?»

Maike hastet ins Sprechzimmer.

«Überraaaaschung!» Carla sitzt strahlend hinter ihrem Schreibtisch und hat vor sich ein üppiges Frühstück mit Croissants, frisch gepresstem Orangensaft, Obst und Tee aufgebaut. Von hinten scheint die Sonne auf all die Köstlichkeiten.

«Moin, Moin», murmelt Maike. So gern sie sonst mit ihrer Freundin tratscht und klatscht, im Moment möchte sie am liebsten für sich sein und einfach mit der Arbeit beginnen.

«Du bist heute früh aufgestanden und hast bestimmt noch nicht gefrühstückt», vermutet Carla.

«Stimmt.»

Aber ich habe im Moment gar keine Lust, dir brühwarm jede Einzelheit von Rainer zu erzählen, fügt Maike in Gedanken hinzu.

Plötzlich hat sie Rainer wieder klar vor Augen. Sie stellt sich vor, wie er seinen Hotelgästen gerade das Frühstück auf der Terrasse mit Blick aufs Wattenmeer serviert. An einem Tag wie diesem muss das ein Traum sein. Und dann fällt ihr ein, wie er sie beim Abschied gestern Nacht fest umarmt und vorsichtig auf die Wangen geküsst hat. Ob er auch gerade an sie denkt?

Erst jetzt sieht sie, dass auf dem Tisch nur ein Gedeck steht. Carla will also gar nicht quatschen, sondern ihr nur etwas Gutes tun. Plötzlich schämt Maike sich für ihre schlechten Gedanken und umarmt ihre beste Freundin überschwänglich.

«War Harald hier?», flüstert sie.

Carla kneift ihr lachend in die Wange. «Glaubst du an Geister?»

Maike antwortet darauf lieber nicht. Harald ist kein Geist, leider, und er wird mit Sicherheit bald bei ihr auftauchen. Das hat sie im Gefühl.

2.

Endlich ist es so weit. Nachdem die *MS Schleswig-Holstein* angelegt hat, lässt Harald sich im Strom der anderen Fahrgäste mit seinem großen Koffer von Bord treiben. Am Griff kleben noch die Zettel der Air Canada, und auch innerlich ist er noch längst nicht angekommen. Nach den ersten Schritten an Land bleibt er stehen und schaut sich um. Er ist um die halbe Welt gereist, um auf dieses abgelegene, kleine Eiland zu gelangen. Es ist Jahrzehnte her, dass er das letzte Mal hier war.

Mit gemischten Gefühlen schaut er auf die Häuser, er hat einen Kloß im Hals. Die alten Bilder in seinem Kopf legen sich wie eine Schwarzweißfolie über das neue Hafengelände mit dem modernen Gebäude der Fährreederei – irgendwas passt hier nicht mehr. Auf dem Parkplatz hält der große Meiereilaster mit dem silbern glänzenden Tank, den er schon auf der Fähre gesehen hat. Eine Frau steigt auf der Beifahrerseite aus, nimmt ihren Trolley und eilt zu einem kleinen Toyota.

Harald schnappt sich seinen Koffer und geht los. Den Weg zum Hotel Duus schafft er kaum, obwohl es nur wenige Meter vom Fähranleger entfernt liegt. Am Vortag ist er von Calgary über Frankfurt nach Hamburg geflogen und ist von dort aus gleich weiter mit dem Taxi zur ersten Fähre in Dagebüll. Keine Sekunde wollte er mehr warten. Macht jetzt locker fünfunddreißig Stunden Wachsein, hinzu kommt die Zeitverschiebung. Sein Körper schreit nach Schlaf, sein Hirn läuft Amok. Vorhin auf der Fähre zum Beispiel hätte er schwören können, Maike im Salon erkannt zu haben. Sein Herz fing vor Schreck wild an zu pumpen. Natürlich sah sie nach vierzig Jahren nicht mehr so aus wie früher. Aber dass sie ihre dunklen Haare blond gefärbt, gute vierzig Kilo zugelegt hatte und nun im Salon der Fähre kellnerte, damit hatte er nicht gerechnet. Doch dann erwies sich das als Irrtum, laut Schild auf ihrer Bluse hieß sie Natalia Juwgenikow, und sie sprach auch nur gebrochen Deutsch. Er war erleichtert, und zum Glück war es ohnehin höchst unwahrscheinlich, dass Maike noch auf Föhr lebte. Sie wollte damals immer nur weg von hier.

Schnell schiebt er die Gedanken an früher beiseite und schleppt seinen Koffer die drei Stufen zum Hotel Duus. Durch die gemütlichen Räume zieht ein hauchfeiner Geruch von gebratenem Fisch, an den Wänden hängen alte Stiche von Wyk aus dem vorletzten Jahrhundert. Wie ein müder Greis schleppt er sich zur Rezeption. Das gibt schmerzliche Abzugspunkte für die Eitelkeit. Als Leiter einer Foto- und Filmagentur begleitet er seine Leute immer noch häufig in die kanadische Wildnis, wenn sie Eisbären filmen oder Polarlichter fotografieren, darauf ist er stolz. Den Kampf gegen die arktische Kälte, mit zwanzig Kilo Gepäck auf dem Rücken, hat er bisher immer noch gut überstanden. Wenn du denkst, du bist körperlich am Ende, geht immer noch ein bisschen, das war seit jeher sein Motto, und daran hat sich bis heute nichts geändert. Aber jetzt ist seine letzte Reserve verbraucht, nichts geht mehr. Er bleibt ein paar Sekunden am Tresen stehen und atmet tief durch.

Die Tür zur Küche öffnet sich, und eine rothaarige Frau mit einer riesigen Schüssel Rührei unterm Arm tritt auf ihn zu.

«Moin», sagt sie und lächelt.

Dieses wunderbare Wort versetzt ihm einen Adrenalinstoß. Seit über vierzig Jahren hat er es nicht gehört. Es begleitete ihn damals seinen gesamten Sommer auf Föhr, und auch jetzt klingt es noch wie Musik in seinen Ohren.

«Moin, Moin. Ich bin Harald Peterson.»

«Oh, Sie sprechen Deutsch? Und sogar ohne Akzent.»

«Ich habe deutsche Vorfahren», erklärt er.

Er spricht sogar Friesisch, aber das muss erst mal niemand wissen. Sein Vater wurde auf Föhr geboren und zog Ende der Vierziger nach Petaluma, in die Nähe von San Francisco, damals ein klassisches Auswanderungsziel der Föhrer. Mit seinem Sohn sprach er Fering wie viele andere Insulaner in seiner Nachbarschaft auch.

Die Frau reicht ihm ein Formular. «Tragen Sie hier bitte Ihre Adresse ein, Herr Peterson.»

Er muss schlucken, ihm kommen fast die Tränen. Wahrscheinlich liegt es an seiner unendlichen Müdigkeit, dass er so empfindlich ist. Soll er schreiben, dass er keinen Wohnsitz mehr hat? Zwar gehört ihm das Grundstück in Calgary noch, aber seit drei Wochen ist dort nur noch ein Haufen Asche zu sehen.

Es war eine großartige Nacht gewesen, er war gerade

von einem Konzert der Band Coldplay zurückgekommen und sang im Auto alle Titel noch einmal laut nach – bevor er sein Haus in Flammen vorfand. Noch ehe die Feuerwehr eintraf, war es bis auf die Grundmauern niedergebrannt. Ursache war ein Kurzschluss in der Klimaanlage gewesen. Die Versicherung würde ihm zwar den materiellen Schaden ersetzen, aber sämtliche persönlichen Dinge aus seinem Leben waren vom Feuer vernichtet worden, inklusive Bücher, Schallplatten, CDs, Briefe, seinem Computer mit allen Daten, die Fotos seiner Eltern – kurz: Alles, was ihn an sein bisheriges Leben erinnerte, ist verloren. Es gibt kein einziges Original-Dokument mehr aus all den Jahren. Das ist der Grund, weshalb er hier ist. Er hofft, auf Föhr Jugendfotos von seinen Eltern zu finden.

Mit zitternder Hand trägt er seine Adresse in Calgary in das Formular ein. Die Frau blickt ihn prüfend an – nicht skeptisch, sondern eher so, als müsse man sich Sorgen um ihn machen – und händigt ihm dann seinen Schlüssel aus.

«Frühstück ist von sieben bis zehn, Abendessen gibt es ab siebzehn Uhr im Restaurant», erklärt sie.

«Wunderbar», sagt er müde und geht in sein Zimmer. Dort stellt er den Koffer neben die Tür und lässt sich in Klamotten aufs Bett fallen. Fast ohne Übergang stürzt er in einen traumlosen Schlaf und wacht erst gegen vier Uhr nachmittags wieder auf. Verwirrt schaut er sich im Zimmer um. Der Raum ist hell und freundlich eingerichtet, mit einer Ledercouch und zwei Sesseln. An der Wand über dem Sofa hängt ein Nolde-Druck, der einen bunten Himmel über der Nordsee zeigt. Im Spiegel neben der Tür sieht er seine verquollenen Augen und sein unrasiertes Gesicht. Er beschließt, erst einmal ausgiebig zu duschen – eine Wohltat, danach fühlt er sich wie neugeboren. Anschließend zieht er sein grün-schwarz kariertes Holzfällerhemd und seine Blue Jeans an und verlässt das Zimmer wie ein neuer Mensch. Er spürt ein leichtes Prickeln in der Magengegend. Was wird ihn nach über vierzig Jahren wohl erwarten?

Vor der Tür atmet er tief ein und freut sich wie verrückt, die Luft riecht noch genauso nach Salz und Meer wie damals. Als Erstes schlendert er in die Altstadt. Die kleinen Wyker Fischerhäuser sind mächtig aufgemöbelt worden, schön sehen sie aus, fast lieblich, mit ihren prächtigen Rosenstöcken an der Hauswand. Der allgegenwärtige Meeresduft lässt ein ganzes Karussell von Föhrer Gesichtern vor seinem inneren Auge erscheinen. Die Älteren werden vermutlich schon gestorben sein, denkt er, es sei denn, auf Föhr leben lauter Hundertzwanzigjährige. Und die Jüngeren haben die Insel mit Sicherheit verlassen. Das werden stille Tage auf Föhr, er wird das Fotoarchiv der Feringstiftung durchwühlen, und mit Glück findet er ein paar Bilder seiner Eltern, aber wiedertreffen wird er wohl niemanden. Vielleicht ist es auch besser so, sagt er sich, und spürt kurz eine fast vergessene Wut in sich aufsteigen. Freiwillig ist er damals nicht gegangen.

Seine Kameraausrüstung hat er dabei – eins der wenigen Dinge, die nicht in Flammen aufgegangen sind, weil er sie beim Coldplay-Konzert dabeihatte. Er plant eine Fotostrecke über die Insel Föhr, die am anderen Ende der Welt vollkommen unbekannt ist. Für den Rest der

Zeit hat er sich lange Spaziergänge auf dem Deich und im Watt verordnet. Er muss zu sich kommen, Kraft schöpfen und hofft, dass ihm das hier gelingen wird. Länger als zehn Tage will er allerdings nicht bleiben, immerhin muss er so schnell wie möglich in Calgary ein neues Zuhause finden.

Als er an der Promenade direkt hinter dem Strand ankommt, freut er sich: Auch heute ist der Sandwall offensichtlich die erste Adresse in der Inselhauptstadt. Aber was hat irgendwelche Irren nur geritten, die königlichen alten Häuser des Seebades durch gesichtslose Quader zu ersetzen? Als er Richtung Kurmuschel geht, huscht ein Lächeln über sein Gesicht. Falls es ihr Ziel gewesen sein sollte, die Eleganz der Promenade zu zerstören, ist es ihnen zum Glück nicht gelungen. Denn die Faszination des Sandwalls ist nicht in erster Linie von seiner Architektur geprägt, sondern von seiner Lage. Gegenüber erstreckt sich im Wattenmeer eine langgezogene Hallig, deren Namen er vergessen hat, Long Nose oder so ähnlich. Harald erkennt dort mehrere Hügel, auf denen eng zusammengedrängt ein paar Häuser stehen. Er wirft einen Blick zum Himmel. Noch sonnt sich der Sandwall im goldroten Sonnenschein, aber hinter der Hallig baut sich eine himmelhohe, pechschwarze Wolkenwand auf, die ein Inferno verheißt. Angesichts des herannahenden Unwetters erscheinen die Sonnenstrahlen umso wertvoller. In den Fenstern und Tassen auf den Tischen der Cafés spiegelt sich das helle, warme Licht, sogar die Gehwege scheinen golden übertüncht zu sein.

Das Café Steigleder gibt es immer noch, es ist jetzt, zur typisch deutschen Kaffeezeit, proppevoll. Glück gehabt, er erwischt einen Tisch unter freiem Himmel und schaut fasziniert aufs Wasser.

«Moin», begrüßt ihn der Kellner, der jetzt an seinen Tisch getreten ist. Ein langer, schlaksiger Kerl mit schwarzer Hose und weißem Hemd, kurzen, dunkel gefärbten Haaren und braunen Augen, vermutlich ungefähr in seinem Alter.

Harald fragt ihn, ob er englisch spricht. Ihm ist gerade nicht danach, deutsch zu reden.

«Yes, what can I do for you?»

Er hat Hunger, will aber keinen Kuchen wie sämtliche andere Gäste um ihn herum.

«Is it possible to get a typical island breakfast with crumbled eggs and crabs?» Er ist gespannt. In den Sechzigern hätte man ihn nur blöd angeguckt: «Frühstück? Um diese Zeit?» In Calgary kennt er mehrere Cafés, die Frühstück rund um die Uhr servieren – ob das schon bis Wyk vorgedrungen ist?

Der Kellner nickt zustimmend: «Good choice.»

Harald ist beeindruckt. Wieder ein Beweis dafür, dass die Welt näher zusammenrückt. Nun taucht ein dicklicher, kleiner Kellner auf und fragt seinen Kollegen auf Friesisch:

«Na, kuupe e Amerikoner nü alles wech?»

Na, kaufen die Amis alles weg?

«Wat wäl dü diarjin maaghe?», antwortet der Schlaksige gleichmütig.

Was willst du dagegen machen?

«Nem man di doppelt Pris.»

Nimm einfach den doppelten Preis.

«Of glik triises», mischt sich Harald ein.

Oder besser den dreifachen.

Die beiden Kellner blicken ihn verdattert an.

«Du sprichst Friesisch?», fragte der Dickliche.

«Jä, was.»

«Wo kommst du her?», will der andere wissen.

«Kanada.»

«Und da spricht man friesisch?»

Harald nickt. «Aber nur auf dem platten Land.»

Sie verstehen seinen Humor sofort.

«Ist hier nicht anders», grinst der Dickliche.

«Sag mal, kennen wir uns?», fragt der Schlaksige plötzlich und schaut ihm in die Augen.

Harald reicht ihm die Hand: «Mein Name ist Harald Peterson.»

Der Kellner lässt sein leeres Tablett auf den Boden fallen. «Harry?», ruft er so laut, dass sich einige Passanten erschrocken umdrehen.

In dem Moment erkennt ihn auch Harald: «Holgi?»

Sie fallen sich in die Arme und trommeln sich vor Freude auf den Rücken.

«Make love …», schreit Holgi.

«… not war!», antwortet Harald lachend.

Es ist tatsächlich Holger Heinßen, sein alter Kumpel von damals, mit dem er nächtelang um die Häuser gezogen ist.

«Wieso hast du mich nicht erkannt?», beschwert sich Holgi. «Wo ich mich so gut wie gar nicht verändert habe!»

«Umgekehrt wird ein Schuh draus, mein Lieber», antwortet Harald.

«Aber neuerdings färbst du dein Haar grau und hast dir Falten ins Gesicht spritzen lassen.»

«Während du dir die Haare ausrasierst.» Harald deutet auf Holgis kahle Stellen, aus denen früher eine schulterlange Mähne wuchs. Keine dreißig Sekunden später steht ein Manhattan auf seinem Tisch. Diesen Drink hatten die Föhrer Auswanderer von Amerika auf die Insel zurückgebracht, und er ist eine Art Nationalgetränk geworden: zwei Teile Whisky, ein Teil roter Wermut, zwei Spritzer Angosturabitter und obendrauf eine Cocktailkirsche.

«Dreifacher Preis?», fragt Harald und deutet auf das Glas.

«Geht aufs Haus», lacht Holgi und setzt sich zu ihm. «Mit kurzen Haaren siehst du übrigens albern aus.»

«Und du erst!»

Sie labern genauso dumm rum wie früher, als lägen nicht über vierzig Jahre dazwischen. «Ich habe noch Fotos von dir.»

«Oje.»

«Harry Peterson mit langen Haaren, der gut drauf ist.»

«Ey, gut drauf bin ich immer noch.»

«Sagst *du*!»

Die beiden lachen und stoßen an. In diesem Moment kommt ein breitschultriger Mann in einer zerknitterten weißen Kapitänsuniform auf ihren Tisch zugeschaukelt und ruft: «Und wieso trinkt ihr ohne mich?»

Harald muss kurz überlegen. «Boje?»

So viele Bekannte wie hier laufen ihm in Calgary nicht in zwei Wochen über den Weg.

Eigentlich heißt Boje Hark Boysen, das erinnert Harald noch. Er trägt sein volles blondes Haar nach wie vor schulterlang.

«Harry, altes Haus!» Sie fallen vor Freude fast über den Tisch, als sie sich umarmen.

«Boje, hü gongt et?»

«Guud. Und di?»

Harald macht normalerweise viel Sport und lebt einigermaßen gesund, wenngleich ihn sein Internist immer vor zu viel Cholesterin warnt. Aber heute schickt er die Ratschläge seines Arztes auf Urlaub und stößt kräftig mit seinen alten Freunden an. Der Manhattan steigt ihm angenehm in den Kopf, seine Müdigkeit ist wie weggeblasen. Ist das schön! Zu dritt quasseln sie wild durcheinander über die alten Zeiten, über die Party in der legendären Föhrer Disco Erdbeerparadies, bei der DJ Rolf Robertson ein lebendes Krokodil verlost hat, was heute unvorstellbar wäre, über die Musik von Jefferson Airplane und, und, und ...

«Warum hast du dich nie gemeldet?», fragt Boje plötzlich.

Ja, warum hat er sich nie gemeldet? Dafür gab es handfeste Gründe, die hier auf der Insel lagen. Leider. Auf einmal droht sich ein Schatten über seine Ausgelassenheit zu legen, ein Gefühl von Enttäuschung steigt in ihm hoch. Es ist damals wahrlich nicht alles gut gelaufen – aber nein, das will er jetzt nicht hochkommen lassen.

«Erzähl ich euch alles, Jungs, lasst mich erst einmal ankommen», sagt er betont lässig. Und so meint er es auch.

Dass seine Freunde noch arbeiten müssen, passt ihm ganz gut. Außerdem hat er außer seinem Hotelzimmer und dem Sandwall noch nichts von der Insel gesehen, das möchte er jetzt nachholen. Netterweise leiht ihm Holgi seinen Motorroller, eine wunderschöne rote Vespa aus Italien. Er stülpt sich den Helm über den Kopf. Bleibt nur zu hoffen, dass er nicht von der Polizei angehalten wird. In den Sechzigern gab es seines Wissens nach in Deutschland keine Promillegrenze, das ist heute bestimmt anders. Genau genommen besitzt er momentan nicht mal einen Führerschein, auch der ist in seinem Haus verbrannt.

Lächelnd knattert er mit dem Motorroller durch die weite, flache Marsch. Es kommt ihm vor wie ein Flug durchs Paradies. Die Weiden riechen nach feuchtem Gras und fruchtbarem, schwerem Kleiboden, in den Gräben gluckst das Wasser. Eine unsichtbare Macht schlägt hier Töne an, die alles in ihm zum Klingen bringen. Noch scheint die Nachmittagssonne auf Föhr, aber die undurchdringliche schwarze Wetterwand über der Nordsee ist deutlich näher gerückt. Das sieht nicht nach einem Regenschauer aus, eher nach dem Ende der Welt. Harald beunruhigt das kein bisschen, er weiß von damals, dass hinter solchen Wetterfronten meist der nächste Sommertag wartet.

Mit einem breiten Lächeln hält er an und schaltet den Motor aus. Ein sanfter, salziger Wind fährt ihm übers Gesicht, ein paar Austernfischer fiepen auf einer Weide, etwas später kommt ein Strandregenpfeifer dazu. In den Gräben raschelt das gute alte Schilf, daran hat sich nichts geändert. Es fühlt sich an wie Heimat, dabei war er damals doch nur einen Sommer hier! Liegt es daran, dass dieser Sommer Ende der Sechziger der schönste seines Lebens war, obwohl er so fatal zu Ende ging? Oder spürt er einfach seine Wurzeln, weil sein Vater auf Föhr geboren ist? Es bleibt ein Rätsel.

Er fährt weiter. Schon von weitem erkennt er die große

Mühle in Oldsum – damals brachten die Bauern noch ihr Korn zum Mahlen hierher. Er stößt einen Jubelschrei aus, gleich ist er da. Als er das Ortsschild von Oldsum passiert, fängt er vor Freude laut an zu singen: *Here comes the sun, doo doo doo doo, it's allright ...* Obwohl er George Harrison nie besonders mochte, heute passt es einfach.

Er verschmäht die neue Ortsumgehung und nimmt die alte Straße durch die Dörfer Klintum und Toftum, die heute beide zu Oldsum zu gehören scheinen. Ein Reetdachhaus nach dem anderen fliegt an ihm vorbei. Er staunt: Neuerdings sind auch die Seitenstraßen alle geteert. Gibt es nirgendwo mehr sandige Feldwege, deren Staub im Sommer bis zu den Schornsteinen der Häuser hochweht?

Die alten Bauernhäuser sind in einem viel besseren Zustand als damals, das Reet auf den Dächern ist frisch, das Mauerwerk und die Fenster tipptopp in Schuss. Wie kann das sein? Haben die Oldsumer Öl gefunden oder Gold? Die Antwort lautet: beides! Und zwar in Form von wohlhabenden Städtern. Vor den Einfahrten stehen zahlreiche Autos mit «HH»-Kennzeichen, das für Hansestadt Hamburg steht, daran erinnert er sich noch. Ein Bauerndorf ist das nicht mehr, denkt er, dazu riecht die Luft viel zu frisch. Früher gab es vor fast jedem Haus einen Misthaufen.

Obwohl er es kaum abwarten kann, das Haus zu sehen, in dem er damals gewohnt hat, braust er erst einmal daran vorbei. Wo ist nur die gelbe Telefonzelle an der Hauptstraße geblieben, an der er abbiegen musste? Dann fällt es ihm ein, die ist im Zeitalter von Handys natürlich verschwunden. Er reißt den Lenker rum. Über den Büürjaat kommt er auf den Huuchstigh, von dort aus geht es endlich in seine Straße, die kleine Sackgasse mit den Ulmen.

An der Ecke erkennt er den ehemaligen Hof der Olufs, die damals seine Nachbarn waren. Das Haupthaus ist neu verklinkert, an der Tür baumelt ein Schild: «Keramikverkauf nur am Wochenende». Schräg gegenüber steht das Haus seines Vaters – das in jenem Sommer sein Zuhause war. Anfangs war das Gebäude eine Ruine mit großen Löchern im Dach. Jetzt sieht das alte reetgedeckte Haus mit dem prachtvollen Giebel aus wie neu, der üppige Garten ist voller Rosen und Gladiolen, dazwischen wachsen Sonnenblumen. Vor dem Eingang stehen immer noch die beiden großen Ulmen, die er damals Ginger Rogers und Fred Astaire getauft hatte, weil sie im Wind immer synchron miteinander tanzten.

Er hält an, steigt von der Vespa und nähert sich mit vorsichtigen Schritten. Neben den weißen Sprossenfenstern sind dunkelgrüne Holzläden angebracht, hier hat offenbar jemand mit ausgesuchtem Geschmack gewirkt. An der Tür hängt ein weißes Blechschild, das irgendwie offiziell aussieht. Die Sonne springt ruckartig weiter nordwärts Richtung Sylt, plötzlich liegen Straße und Haus im Schatten. Die dunkle Wetterfront hat Föhr nun endgültig erreicht, es fängt an zu tröpfeln. Sein Holzfällerhemd und die Jeans sind natürlich die denkbar schlechteste Kleidung für das einsetzende Gewitter. Aber darauf kommt es jetzt nicht an. Neugierig geht er auf das Schild zu. Bevor er zum Hotel zurückfährt, möchte er doch wissen, wer der neue Eigentümer des

Hauses ist. Was er liest, fährt ihm wie ein Faustschlag ins Gesicht:

Maike Olufs, Ärztin für Allgemeinmedizin.

Das kann nicht wahr sein!

3.

Der letzte Patient ist versorgt und verabschiedet. Maike setzt sich an ihren großen, klobigen Holzschreibtisch, der in ihrem Elternhaus einmal der Esstisch war, und nippt an ihrem grünen Tee. Ein gleichmäßiger, ruhiger Regenteppich hat sich über die Insel gelegt. Die untere Kante des Reetdachs steht so weit vor, dass die Tropfen die Scheiben nicht erreichen. Auf diese Weise hat sie einen klaren Blick in die weite Marsch, die vom Himmel bis zum Kleiboden vom Regen schräg schraffiert wird. Sie lehnt sich zurück, mit diesem sanften Geräusch im Ohr wird sie später gut einschlafen können.

Sie liebt die schiefen alten Wände und Fußböden in ihrer Praxis, die unverputzten Deckenbalken, die imposanten Bauernschränke, die sie ebenfalls geerbt hat und in denen nun Spritzen und Medikamente lagern. Aufgewachsen ist sie in dem Haus direkt nebenan, wo jetzt eine Familie vom Festland wohnt.

Wie nach jedem Praxistag geht sie die Karteikarten sämtlicher Patienten, die sie an diesem Tag behandelt hat, noch einmal durch: Hat sie in der Hektik des Tages etwas übersehen, ist ihr eine wichtige Information durchgerutscht? Bemerkenswert war heute Herr Grundbroich aus Mönchengladbach, der wegen einer angeblichen Fischvergiftung kam. Es stellte sich heraus, dass er zum Frühstück sieben Fischbrötchen verschlungen und daraufhin Magenkrämpfe bekommen hatte. Er hatte allen Ernstes ein Gutachten von ihr gefordert, um den Kioskbesitzer auf Schadensersatz zu verklagen. Sie lächelt und schüttelt den Kopf.

Als sie mit den Karteikarten durch ist, nimmt sie einen weiteren Schluck Tee und lässt ihre Gedanken schweifen. Noch hat Rainer nicht angerufen, was verständlich ist, immerhin hat er ein Hotel zu führen. Küche, Restaurants, zwölf Zimmer, alles muss er in Gang halten. Sie war heute mit ihren Patienten ja mindestens genauso beschäftigt gewesen. Aber trotzdem, über ein kleines Zeichen würde sie sich schon freuen.

Da sieht sie ihn wieder vor sich, wie er sich am windigen Weststrand von Sylt mit weit geöffneten Armen an *O sole mio* versuchte. Diese Arie war extrem schlecht gewählt, weil sie so berühmt ist und er überhaupt nicht singen kann, wie er selbst zugeben musste. Sie revanchierte sich mit *Blowin' in the wind*, was Ende der Sechziger ihre Hymne war. An jedem Ort der Insel hat sie diesen Song gesungen, mit oder ohne Gitarre. Auch in jenem Sommer, als Harry auf Föhr war. Aber das ist lange her und gehört in ein Kapitel ihres Lebens, das sie längst zugeschlagen hat.

Das Telefon klingelt.

«Moin, hier ist Rainer. Störe ich gerade?»

Ein warmer Blutstrom schießt durch ihre Venen, als sie seine klare Bassstimme hört.

«Nein, ich bin gerade fertig mit der Arbeit.»

«Ich wollte dich eigentlich heute Abend besuchen.»

Das ist mehr, als sie erwartet hat. Viel mehr.

«Oh.»

Er lacht. «Keine Angst, das Schicksal hat mir einen Strich durch die Rechnung gemacht.»

«Ich habe keine Angst», sagt sie schnell, «im Gegenteil.»

«Bei mir sind heute noch drei weitere Angestellte krank geworden», erklärt er, «offenbar haben sie sich bei den anderen angesteckt. Ich muss hier alles alleine schmeißen. Bettenmachen, Kochen, Rezeption, Bedienen.»

«Du Armer. Soll ich rüberkommen und helfen?»

Er lacht. «Gib ihnen eine Spritze gegen die Sommergrippe, dann kann ich endlich nach Föhr kommen. – Aber ich rede viel zu viel, wie geht es dir?»

«Ich hatte gestern einen wunderschönen Tag», stellt sie fest. Ihr Tonfall gerät ihr neutraler als beabsichtigt.

«Ich auch. Aber ich hatte noch einen tollen Abend dazu.»

«Ich nicht.»

«So?»

«Mein Abend war zwar toll, aber er endete viel zu früh», kontert sie. «Für mich hätte er die ganze Nacht weitergehen können.»

Sie staunt über sich selbst, wie direkt sie das ausspricht. Sonst trägt sie ihr Herz nicht gerade auf der Zunge.

«Sehen wir uns wieder?», fragt er.

«Wenn du magst.»

«Und wie ich mag. Bloß solange die Angestellten krank sind, komme ich hier nicht weg. Ich habe bis Kiew nach Ersatz gesucht, bisher ohne Erfolg.»

«Wir haben Zeit.»

«Was siehst du gerade, während wir telefonieren?», fragt er.

Maike guckt raus, der Regen hat noch nicht nachgelassen. «Ich schaue in graue Wolken über der Marsch, aus denen es schüttet wie aus Eimern. Es ist sehr schön. – Und was siehst du?»

«Na ja, das ist nicht ganz so romantisch. Eine Pinnwand mit den Bestellungen für morgen. Und der Regen bedeutet, dass die meisten Gäste heute Abend im Hotel essen. Ich muss gleich in die Küche.»

«Was gibt es denn?»

«Lammsteak, marinierter Seeteufel und für Vegetarier Couscous mit frischem Gemüse und Lemongras.»

«Klingt super.»

«Dabei bin ich gar kein gelernter Koch.»

Sie will gerade etwas Charmantes erwidern, als es an ihrer Zimmertür klopft. Das Haus ist, wie üblich auf der Insel, nicht abgeschlossen.

Es klopft erneut.

«Entschuldige, Rainer, ich muss mal kurz zur Tür.»

Eigentlich ist ihre Sprechstunde längst beendet, aber was heißt das schon bei einer Landärztin? Sie öffnet und sieht einen alten Bekannten vor sich: Es ist Herr Grundbroich, der Mann von heute Morgen mit der vermeintlichen Fischvergiftung. Er sieht wieder pumperlgesund aus.

«Was gibt's denn?», fragt sie unwirsch.

«Isch han jemand Verletzten aus dem Jraben jezojen, Frau Doktor. Und der sieht nisch jerade nach Karneval aus», erklärt Herr Grundbroich mit rheinischem Einschlag.

Maike ist in Hamburg jahrelang Notarztwagen gefahren. Schlagartig fährt ihr Hirn das Programm für medizinische Soforthilfe hoch: Defibrillator, Atemgerät, Herzmassage, ab jetzt zählt jede Sekunde.

«Wo ist er?»

«Sitzt blutend im Flur.»

«Du, Rainer, ich bekomme gerade einen Notfall», ruft sie in den Hörer.

«Telefonieren wir nachher noch mal, so gegen zehn?»

«Ja.»

Sie legt auf und rennt aus dem Zimmer. Der Verletzte kauert im Flur auf einem Stuhl vor der Rezeption, er trägt eine Jeans und ein grün-schwarz kariertes Holzfällerhemd: Harald!

«Ich brauche nichts», brummt er genervt und wuchtet sich aus dem Stuhl.

«Er hat sisch mit dem Motorroller lang jemacht und blutet anner Hand», erklärt Herr Grundbroich. «Isch hab ihn jleich in meinen Wajen jepackt un hierherjebracht.»

«Danke.»

«Dat is doch selbstverständliiisch», ruft er und wendet sich an Harald: «Hier sinse in juten Händen.»

«Ich weiß», murmelt Harald.

Herr Grundbroich hebt die Hand zum Abschied und verlässt die Praxis.

«Ich schau mir das mal an», sagt Maike. Sie hat sich ihren Hocker auf Rollen herangeholt und sitzt nun direkt vor ihm.

Vorsichtig nimmt sie Haralds Hand, wickelt behutsam den Notverband ab, den Herr Grundbroich angelegt hat.

Die Haut ist ein, zwei Zentimeter zwischen Daumen und Zeigefinger aufgerissen, ebenso am Handgelenk.

«Eine Fleischwunde, nichts Schlimmes», stellt sie fest.

Seine grünen Augen mustern sie unwillig. Hinter einem guten Eau de Toilette kommt sein eigener Duft durch, der sich in all den Jahren nicht verändert hat. Er riecht überraschend vertraut. In seinem Gesicht erkennt sie von nahem feine Linien, aber auch tiefe Falten zwischen Nase und Mund.

«Wie ist es passiert?», fragt sie und reicht ihm ein Frotteetuch für die nassen Haare, aus denen es stetig auf den Boden tropft. Erst danach fällt ihr auf, dass er sich nur mit Mühe den Kopf trocken rubbeln kann, schließlich hat er nur eine Hand zur Verfügung. Dann muss es eben weiter tropfen, denkt sie grimmig.

«Ich war in Gedanken und habe eine Kurve übersehen. Hör mal, ich kann auch wieder …»

Er erhebt sich. Maike bleibt sitzen.

«Die muss auf jeden Fall desinfiziert werden», erklärt sie.

«Ach was, daran stirbt man nicht.»

Zum ersten Mal lächelt er, was ihm immer noch genauso gut steht wie damals. Erschreckend.

«Nee, bei Wundbrand kann man auch amputieren», bemerkt sie trocken und erhebt sich.

Der hippokratische Eid ist für sie keine Leerformel, jeder Mensch wird behandelt, unabhängig von Alter, Hautfarbe, Geschlecht. Im Fall von Harald stellt das für sie allerdings eine echte Prüfung dar.

Ohne weiteren Widerspruch folgt er ihr in den Behandlungsraum und setzt sich auf den Rand der Liege.

Er schaut sich um.

«Sieht ganz anders aus als früher.»

Maike verzieht keine Miene. «Was hast du erwartet?»

«Immerhin war ich es, der diese Hütte überhaupt wieder bewohnbar gemacht hat.»

Die Spitze ist nicht zu überhören.

«Es war Zufall, dass ich das Haus übernommen habe», erwidert sie. «Es stand gerade frei, als ich zurückkam. Deine Mutter hatte es ja schon lange vorher verkauft.»

«Na ja, die verborgenen Schwachstellen waren dir ja bestens bekannt. Damit ließ sich der Preis bestimmt auf ein Minimum drücken, was?»

«Wie soll ich das verstehen?»

Langsam verliert sie die Geduld. Da taucht dieser Mann nach vierzig Jahren ungebeten in ihrer Praxis auf und fängt auch noch an, sie zu provozieren!

«Wie lange bist du wieder auf der Insel?», rudert Harry nun etwas zurück.

«Fünfzehn Jahre.»

«Und dann ziehst du ausgerechnet in *unser* Haus?»

Das «unser» überhört sie ebenso wie das «ausgerechnet».

«Und was hast *du* so gemacht?»

«Ich bin Fotograf in Calgary, spezialisiert auf kanadische Supermodels.»

«Ah ja.»

«Die sind am ganzen Körper behaart und wiegen über hundertfünfzig Kilo.»

Maike muss einen Moment überlegen. «Tierfotografie?»

Harald nickt: «Tiere und Landschaften besitzt Kanada im Überfluss. Das fasziniert Menschen in der ganzen Welt.»

Sie verkneift sich zu fragen, ob er Frau und Kinder hat, obwohl es sie interessieren würde. Bestimmt hat er alles: Frau, Kinder, Enkel. Allerdings trägt er keinen Ehering.

«Und was macht ein Tierfotograf aus Calgary auf Föhr? Möwen und Seehunde knipsen?»

Aber er hört gar nicht mehr richtig zu, sondern starrt auf einen Druck von Emil Nolde, der über dem Medikamentenschrank hängt und einen dramatischen Himmel über einem knallroten Haus mit Reetdach zeigt.

«Mit Anfang zwanzig war das Leben noch eine unbeschriebene Fläche», sagt er. «Da wurde man manchmal melancholisch, weil man nicht wusste, was aus einem wird. Nun werde ich hin und wieder schwermütig, weil es sich schon dem Ende nähert.»

«Fertig, jetzt brauchst du nur noch einen Verband.» Sie stellt das Desinfektionsmittel zur Seite.

«Geht es dir nicht so?», fragt er. Sein Blick hängt immer noch an dem Aquarell.

Sie wickelt den Verband um seine Hand, was sie viel lieber ihrer Sprechstundenhilfe überlassen hätte, aber die hat längst Feierabend. Beim Verbinden streift sie aus Versehen seinen Unterarm. Die ungewollte Berührung versetzt ihr einen Stich. Sie will jetzt nur eines: dass dieser Mann so schnell wie möglich ihr Haus verlässt. Aber solange sie noch nicht fertig ist, muss sie die Zähne zusammenbeißen.

«Der Verband sollte in den nächsten Tagen gewechselt werden», sagt sie. Sie spürt, wie ihre Stimme zittert.

Er zieht ein Portemonnaie aus seiner Hose. «Was kostet das?»

«Geht aufs Haus», flüstert Maike mit belegter Stimme.

«Auf welches Haus?», brüllt er plötzlich. «Für mich bleibt das *unser* Haus.»

Dann springt er auf, verlässt die Praxis und knallt die Tür laut zu.

Wie benommen schließt sie hinter ihm ab und geht nach oben in ihre Wohnung. Dort holt sie einen Schnaps aus der Besenkammer, den ihr mal ein Bauer als Dankeschön für eine Behandlung geschenkt hat. Sonst trinkt sie nie Hochprozentiges, aber heute braucht sie mindestens zwei Gläschen. Wenn Rainer wieder anruft, hofft sie, wieder auf Normalnull zu sein.

4.

Gegen elf Uhr abends liegt Harald in seinem Hotelbett. Es gelingt ihm einfach nicht einzuschlafen, im Gegenteil, je länger er liegt, desto wacher wird er. Kein Wunder, seine innere Uhr pendelt immer noch zwischen Kanada und Europa hin und her. Zudem puckert die Wunde an der Hand unangenehm unter der Mullbinde, am liebsten würde er den Verband herunterreißen. Aber all das ist nichts gegen den Ärger, der in ihm wütet: Wie ein Irrer war er mit dem Motorroller von *Maikes* Haus weggerast – um dann doch direkt in ihrer Praxis zu landen. Schlimmer hätte es nicht kommen können.

Sie sieht immer noch gut aus, das muss er zugeben. Aus ihren hellblauen Augen leuchtet ihm, nahezu unverfälscht, das Mädchen von damals entgegen. Gut, natürlich ist auch sie in die Jahre gekommen, aber die Zeit hat ihr nichts von ihrer Ausstrahlung genommen, im Gegenteil, sie wirkt immer noch stark und schön. Er muss sich geradezu einhämmern, dass dies nur *eine* Seite von ihr ist. Nein, er darf sich nicht noch einmal täuschen lassen. Denn hinter ihrer glänzenden Fassade steckt etwas Boshaftes, ja Skrupelloses. Das hat er selbst aufs bitterste erfahren müssen.

Verärgert schlägt er die Bettdecke zurück. Mit Schlafen wird es nichts mehr. Er schaltet das Licht an und wandert unruhig im Hotelzimmer auf und ab. Nebenbei spielt er mit der Fernbedienung des Fernsehers herum, ohne das Gerät einzuschalten. Er schaut zum Fenster hinaus. Draußen ist es dunkel, nur im Norden ist ein schwacher heller Schein zu erkennen. Im Hafen liegt kaum erkennbar eine Fähre, deren Lichter alle gelöscht sind. «Ein Totenschiff», murmelt er. Es ist es unglaublich still draußen, bis auf den leichten Wind, der die Straßenlaternen in fast unmerkliche Schwingungen versetzt. Kurz entschlossen zieht er sich an und verlässt das Zimmer.

Draußen streift ein kühler Hauch sein Haar. Auf dem Sandwall gehören die beleuchteten Schaufenster um diese Zeit sich selbst, kein Mensch ist zu sehen. In der Kurmuschel hat am Tag eine Band gespielt, jetzt fegt hier ein launischer Nachtwind um die Ecken. Ein Blick in die «Bunte Buchhandlung» verrät ihm, was den Föhrern und Touristen gerade zum Lesen angeboten wird. Zwei Bücher davon hat er auf Englisch gelesen, einige andere scheinen auf Föhr zu spielen. Ein paar Schritte weiter liest er beim Friseur Pohlmann auf einer Liste, was eine Haartönung und ein Herrenschnitt kostet. Nicht, dass er vorgehabt hätte, sich die Haare färben zu lassen, aber es ist eine willkommene Ablenkung.

Er läuft die ganze Promenade hinunter bis hinter den Südstrand, wo jegliche Beleuchtung aufhört. Es ist Ebbe, der blasse Halbmond schickt sein Licht über die Pfützen und Riffelungen im Watt und lässt es kaltsilbern glitzern. Dazu blinkt der Leuchtturm von Nebel auf Amrum gemächlich mit regelmäßigen, geruhsamen Pausen. Der langsame Takt holt ihn etwas herunter. Harald zieht seine Schuhe aus und betritt vorsichtig den nächtlichen Meeresboden.

«Uii», zischt er und beißt die Zähne zusammen. Der Schlick unter seinen Füßen ist eiskalt, knapp an der Grenze des Erträglichen. Nach ein paar entschlossenen Schritten hat er sich daran gewöhnt und geht immer weiter Richtung Leuchtturm. Er weiß, dass er aufpassen muss, die Flut kommt schneller, als man denkt.

Eine gute halbe Stunde später erkennt er auch noch den Leuchtturm von Hörnum auf Sylt. Prompt schießen Erinnerungen hoch. Wie er an einem strahlenden Sommertag mit Maike auf die Nachbarinsel fuhr, sie war damals siebzehn, er zwanzig. Obwohl Sylt ja in Sichtweite liegt, kam es ihm doch ganz anders vor als Föhr. Die Westseite mit den kilometerlangen Stränden lag ungeschützt im Meer, der stetige Wind ließ die schaumbekronten Wellen am Strand hoch aufsteigen, die Brandung war gigantisch. Nach einer kippeligen Fahrt mit einem kleinen Boot entdeckten sie eine einsame Sandbank mitten in den Wellen. Sie stiegen aus und legten sich in die Sonne, das Meer rauschte wild um sie herum. «Soll ich noch Abi machen oder gleich mit dir abhauen?», wisperte Maike verzweifelt in sein Ohr. «Der Winter ist in wenigen Wochen da. Dann genügt dir Föhr nicht mehr …» Er drückte sie fest an sich und versprach, bei ihr zu bleiben, «mindestens ein Leben lang». Dann zogen sie sich aus und liebten sich auf der Sandbank, unter dem sonnigen, blauen Himmel, mitten im Meer, bis die Flut kam. Diese Bilder sind in seinen Träumen immer wieder aufgetaucht, ohne dass er sich dagegen wehren konnte. Das Idyll quält ihn, denn alles daran war eine Lüge.

Er fängt laut an zu singen, um die bösen Geister zu vertreiben. Ihm fallen die blödsinnigsten Songs ein: *Smoke on the water* von Deep Purple und ein deutscher Schlager, von dem er nur den Refrain in Erinnerung hat: *Ich will 'nen Cowboy als Mann* ... Das war damals ein großer Hit auf Föhr, er hat oft dazu getanzt, auch mit Maike.

Plötzlich hält er inne. «Ich kann mich doch nicht beschweren!», schimpft er laut mit sich selbst. Nach seiner Flucht von Föhr hat er in Calgary Wurzeln geschlagen und dort ein wunderbares Leben verbracht, das kann er nicht anders sagen. In der Anfangszeit gründete er einen kleinen Fotoladen und lernte die quirlige Rosa kennen. Sie betrieb das Schuhgeschäft nebenan und war eine fröhliche, zupackende Mexikanerin mit langen dunklen Locken, die gern und viel lachte. Sie ließ ihn all das, was auf Föhr geschehen war, erstaunlich schnell vergessen. Ein Jahr nach der Hochzeit kam ihre gemeinsame Tochter Jennifer zur Welt, ein wunderbares Mädchen mit den hellblonden Locken ihres Vaters und den funkelnden, dunklen Augen ihrer Mutter. Als sie älter war, hat er sie oft mit in die Wildnis genommen und sie die Geduld des Jägers gelehrt. Bevor sie einen seltenen Vogel vor die Linse bekamen, mussten sie manchmal zwei, drei Tage an demselben Platz im Gebüsch ausharren. Jenny hatte das nie langweilig gefunden, sie besaß genug Phantasie, um jede noch so lange Wartezeit zu überbrücken. Aus ihr wäre eine tolle Tierfotografin geworden. Stattdessen unterrichtet sie nun Schüler in kanadischer Literatur und Geschichte. Keine Frage, auch dazu braucht man Geduld.

Nach ein paar Jahren hatte er seine Agentur für Tierfotografie eröffnet und war von da an viel unterwegs auf Expeditionen in entlegenen Regionen, vor allem in der Arktis. Hinzu kamen Ausstellungen überall in der Welt, Mexico City, Chile, Brasilien, Japan. Der Erfolg fraß leider seine Ehe, ohne dass er es gemerkt hatte. Rosa konnte und mochte einfach nicht lange alleine sein. Ihr Traum war es, mit der Großfamilie in einem Haus zu wohnen und Leben um sich zu haben – so wie sie es von zu Hause gewohnt war. Auch er genoss es, wenn ihr Haus voll war und sie laute Partys mit Freunden veranstalteten. Aber er liebte es mindestens genauso, zwischendurch ganz für sich zu sein. Und je älter er wurde und je mehr er arbeitete, desto mehr verlangte es ihn nach ruhigen, einsamen Stunden. Es ging einfach nicht mehr zusammen, das mit Rosa und ihm, und so ließen sie sich vor ein paar Jahren scheiden.

Seitdem ist er Single und kommt bestens zurecht, er hat tolle Freunde, die mit ihm durch dick und dünn gehen. Die Agentur läuft immer noch gut – sogar ohne ihn, wie er gerade ein wenig schmerzlich feststellt. Nein, jemand wie er kann sich über sein Leben wirklich nicht beschweren. Normalerweise tut er das auch nicht.

Normalerweise.

Er spürt Zorn in sich aufsteigen. Damit, dass Maike auf Föhr lebt, hätte er nicht gerechnet. Er war sich sicher gewesen, dass sie nach der Schule weit weg aufs Festland gezogen war und nie wieder einen Fuß auf die Insel gesetzt hat. Sie hatte es in ihrer Kindheit nicht leicht gehabt und dachte täglich darüber nach, wie sie am schnellsten von hier wegkommen konnte.

Und nun ist sie Ärztin in Oldsum? In dem Haus, in dem sie zusammengekommen sind?

«Föhr bringt mir einfach kein Glück», murmelt er. Schon seine Ankunft auf dieser Insel vor über vierzig Jahren war eine Katastrophe gewesen. Sein Instinkt hatte ihn damals mehr als deutlich gewarnt: «Du bist falsch hier.»

Er hätte auf seine innere Stimme hören und sofort wieder umkehren sollen.

5.

ENDE DER SECHZIGER

Eine Regenfront nach der nächsten fegte über das Deck der *MS Nordfriesland*, die unberechenbar von Backbord nach Steuerbord schlingerte. Mühsam kämpfte sich die Autofähre durch die aufgewühlte See nach Föhr. Harald stand auf dem Vorderdeck und schlotterte vor Kälte. Es war um die zehn Grad, kälter als an kalifornischen Wintertagen, und das mitten im Juli! Er schloss die Augen und war in Gedanken wieder in San Francisco, an seinem Lieblingsplatz unter dem Amberbaum im sonnigen Golden Gate Park: Es war heiß, über dreißig Grad, die ahornförmigen, sommergrünen Blätter spendeten ihm Schatten und verströmten ein süßes Kaugummi-Aroma, das sich mit der salzigen Brise des Pazifiks mischte. Dutzende junger Leute saßen vor ihm auf der großen Wiese, redeten und lachten miteinander, einige klimperten auf ihren Gitarren. In der Mitte der Wiese stand ein Mädchen in seinem Alter, das mit geschlossenen Augen ihre Arme Richtung Sonne öffnete und laut etwas sang, das wie ein indianischer Schamanengesang klang. Er holte seine Kamera heraus und fotografierte sie mit einem Teleobjektiv. Die Hippies schwärmten begeistert davon, dass im astrologischen Kalender gerade das Zeitalter des

Wassermanns angebrochen war. Diese Sternenkonstellation sollte die Erde zu einem Planeten der Liebe machen. Er war da eher skeptisch, so schön die Vorstellung auch war.

Harald war ein Junge vom Land, er kam von einer Hühnerfarm sechzig Meilen nördlich von San Francisco und wohnte erst seit vier Monaten im angesagten Szeneviertel Haight-Ashbury – und das auch nur, weil er dort zufällig ein billiges Zimmer gefunden hatte. Als stiller Beobachter zog er mit seiner Kamera durch die Straßen und fing kleine und große Besonderheiten ein. Seine blonden Haare hatte er sich bis über die Ohren wachsen lassen, und beim Fotografieren war er meist in weißer Malerhose und buntem Indianerhemd unterwegs. So fiel er unter all den Buntgekleideten nicht auf.

Er erinnerte sich genau, wie er eines Nachmittags vom Park zur Haight Street mit ihren dreistöckigen Patrizierhäusern geschlendert war. Eigentlich sah es hier gar nicht nach großer, weiter Welt aus, sondern eher wie in der Kleinstadt Petaluma, aus der er kam. Als er gerade an einem Laden für Gartenbedarf vorbeiging – auch so etwas gab es hier –, hörte er von irgendwoher eine Band. Plötzlich strömte alles in Richtung dieser Musik, auch er. Was er sah, ließ ihn seinen Gedanken an Kleinstadt sofort vergessen: Auf dem Balkon eines alten Hauses hatten drei langhaarige Typen ihre Verstärker und ein Schlagzeug aufgebaut. Sänger war ein Oberguru mit dichtem Vollbart, und der Song, den er zum Besten gab, fasste im Refrain alle angesagten Schlüsselwörter zusammen: *Only love makes you free for peace*, rief er wieder und wieder ins Mikrophon.

Nun ja, der Text war nicht gerade originell, aber die Musik ging richtig ab. Haralds Herz schlug höher, als er sich unters Publikum mischte und aus der Hüfte heraus die tanzende Menge fotografierte. Es waren wohl an die hundert Leute, die immer ausgelassener feierten, der Verkehr auf der Straße war bereits zum Erliegen gekommen.

Plötzlich fing es an zu tröpfeln, und kurze Zeit später entlud sich der Himmel in einem heftigen Regenguss. Was nicht schlimm war, die Tropfen fühlten sich warm und angenehm auf der Haut an. Die Band spielte einfach weiter, und auch das Publikum blieb. Ein Typ mit langen, dunklen Locken war der Erste: Er zog sich nackt aus. Sofort taten es ihm zwei blonde Frauen gleich, und bald tanzte eine ganze Menschenmenge ohne Kleidung. Harald war vollkommen perplex, er wusste gar nicht, wo er hingucken sollte. In Petaluma hatte er noch nie eine nackte Frau gesehen, nun waren es gleich Dutzende auf einmal. Würde er sich jemals trauen, bei so etwas mitzumachen?

Als sich unter die Musik Polizeisirenen mischten, nahm der Rausch ein jähes Ende. Die Beamten kündigten durch Megaphone an, dass die Party beendet sei. Kurz darauf marschierte eine dichte Kette finster dreinblickender Polizisten mit Schlagstöcken auf die feiernde Meute zu. Niemand reagierte, alle tanzten weiter. Die Menge wurde immer dichter, man hatte kaum noch Platz, sich nach links und rechts umzudrehen. Harald spürte Panik aufsteigen.

Und dann passierte etwas völlig Surreales: Plötzlich stand sein Vater vor ihm. In schwarzem Anzug und

Schlips – was ein Farmer sich eben so anzog, wenn er in die Großstadt fuhr …

Harald konnte es nicht fassen: «Dad?»

Erst als sein Vater ihm antwortete, wurde ihm klar, dass er nicht träumte.

«Ich habe dich überall gesucht», keuchte sein Vater, packte ihn am Arm und zog ihn weg von der heranrückenden Polizeikette.

«Ist was mit Mom?», rief Harald.

«Du musst sofort weg!», schrie Dad gegen den Lärm.

«Wieso?»

«Keine Zeit für Diskussionen. Polizisten sind zu uns auf die Farm gekommen, nach dir wird gefahndet.»

«Waas?»

«Du musst sofort aus dem Land verschwinden.»

«Ich hab noch meine Sachen in der Wohnung.»

«Egal.»

Zuerst hatte er befürchtet, dass sein Vater ihn zurück auf die Farm holen wollte, weil er sein Studium nicht ernst genug nahm. Doch es war viel schlimmer. Fahnder des FBI waren ins Haus seiner Eltern gekommen, weil er per Losverfahren in die US-Armee eingezogen worden war. Er sollte nach Vietnam. Das musste man sich einmal vorstellen: In einem freien Land wurde man per Losverfahren in den Tod geschickt! Er hatte sich nicht bei der Kaserne gemeldet und wurde deswegen als Deserteur und Verbrecher gesucht.

Wenig später saß er mit seinem Vater im Auto Richtung Norden. Kurz vor der kanadischen Grenze bog sein Vater auf ein paar abenteuerliche Feldwege ab. Zwischendurch hatte Harald die berechtigte Angst gehabt, dass der schwere Lincoln auseinanderbrechen würde, aber noch mehr fürchtete er die amerikanischen Grenzpatrouillen. Die hätten ihn umgehend in den nächsten Truppentransporter Richtung Saigon gesetzt. Kanada hingegen lieferte amerikanische Deserteure nicht aus, das wusste er.

Als sie die andere Seite der Grenze erreicht hatten, atmeten sie erleichtert auf. Sein Dad drückte ihm einen falschen Pass auf den Namen Harry Brown in die Hand. Harald konnte es nicht fassen: Sein Vater war ein konservativer Hühnerfarmer, wie kam er an einen falschen Pass? Doch offenbar hatte er seine Flucht schon länger vorbereitet. Gleich nach der Einberufung seines Sohnes hatte er sich an seinen alten Kumpel Sören Hansen gewendet, der Kunstdrucker von Beruf war.

Unglaublich.

«Ich habe den Krieg in Europa erlebt», sagte sein Vater. «Glaub mir, mein Sohn, nichts wäre schlimmer für mich, als wenn du das Gleiche erleben müsstest.»

Beim Abschied standen sie an einer Tankstelle neben einer Schnellstraße, auf der laut der Verkehr rauschte. Ein schrecklicher Ort, Harald fühlte sich wie ausgesetzt, als sein Vater ihm den Schlüssel für ein Haus am anderen Ende der Welt in die Hand drückte, auf der deutschen Insel Föhr, seiner Heimat.

«Das ist so abgelegen, da findet dich nicht mal der liebe Gott», versprach ihm Dad.

Er hätte heulen können. Sein Leben in San Francisco war so wunderbar gewesen, er hatte das Gefühl gehabt, genau zur richtigen Zeit am richtigen Ort zu sein. Es konnte nur schlechter werden.

Der Boden unter Harald schaukelte bedenklich hin und her, ihm wurde immer flauer zumute. Ein riesiger Brecher raste auf den Bug zu und schlug weiß schäumend über das gesamte Vorderdeck. Sein bunt bemalter VW-Bus wurde für einen Moment vollständig unter der weißen Gischt begraben.

Auf der Überfahrt von Halifax nach Hamburg hatte er den ursprünglich hellblauen Wagen mit bunten Fischen und Blumen bemalt – in Kalifornien fuhren neuerdings einige solcher umgemalten Fahrzeuge herum, die Sängerin Janis Joplin hatte sogar ihren Porsche bunt bemalt.

Die Fähre legte an, nun würde er zumindest wieder festen Boden unter den Füßen haben. Als er in Wyk von Bord fuhr, starrten ihn die wenigen Menschen, die bei diesem Wetter am Hafen standen, misstrauisch an.

«Hello, nice to meet you, too», rief er laut, ohne dass ihn jemand hören konnte. Das kanadische Kennzeichen mit dem Ahornblatt wirkte an sich schon exotisch, aber ein buntes Auto wie seines hatten die Einheimischen wohl höchstens mal im Fernsehen gesehen (und dort auch nur in Schwarzweiß).

Als er Wyk hinter sich ließ, schüttete es immer noch wie aus Eimern, der Wischer schaffte es kaum, die Scheibe freizuhalten. Kein Hügel war zu sehen, die kilometerweite grüne Fläche vor ihm endete irgendwo im Nichts.

«Hier kommst du her, Dad?», sagte er laut zu sich selbst. «Wie furchtbar.»

Zumindest konnte er jetzt nachvollziehen, warum sein Vater ausgewandert war. Und die Großeltern seiner Mutter, sie kamen auch von der Insel Föhr.

Das Bauerndorf Oldsum, wo angeblich Dads Haus stand, lag inmitten der deprimierenden Einöde. Die Reetdächer der dunkelroten Häuser zogen sich, wie Sturmhauben, tief über das Mauerwerk. Sie sahen provisorisch aus und ähnelten nur vage einem festen Dach. Mittlerweile waren die schweren Regenwolken so schwarz geworden, dass man vermuten konnte, gleich beginne die Nacht – dabei war es gerade mal fünf Uhr nachmittags! Nach vier Monaten Sonne in San Francisco war er in der dunkelsten Hölle des Planeten Erde gelandet. Nur am Ende der Hauptstraße strahlte ihm ein Fremdkörper gleißend hell entgegen: Die quietschgelbe, neonbeleuchtete Telefonzelle erschien ihm wie ein Ufo, das notgelandet war. Hier sollte er rechts in die kleine Allee mit den Ulmen abbiegen.

Er stutzte: Dort, wo das Haus sein sollte – schräg gegenüber einem ärmlichen Bauernhaus –, stand nur eine verlassene Ruine mit großen Löchern im Reetdach. Einige Fensterscheiben waren zersplittert, das Mauerwerk mit grünem Moos überzogen.

«Falsche Straße», fluchte Harald. Er schaute noch einmal auf die handgeschriebene Skizze, die ihm sein Vater mitgegeben hatte. Der Zeichnung nach zu urteilen war er richtig. Ihm schwante nichts Gutes. Widerwillig stieg er aus und war schon nach ein paar Schritten pitschnass. Die Tür zu dem verfallenen Haus hatte sich verzogen und klemmte. Er half mit dem Fuß nach, und es gelang ihm schließlich, sie zu öffnen.

Das Erste, was ihm auffiel, als er eintrat, war das Wasser, das von der Decke auf den Holzfußboden tropfte. Der wellte sich an vielen Stellen bereits unförmig nach oben. Es roch nach feuchtem, modrigem Holz. Überall hatten sich die Tapeten von der Wand gelöst und hingen schlapp nach unten. Eines war klar: Schlafen konnte er in dieser Bruchbude nicht.

Ihm fiel nichts anderes ein, als sich in seinem VW-Bus unter eine dicke Wolldecke zu legen. Er schlug ein Batiktuch, das er einer Inderin in Halifax abgekauft hatte, mehrmals übereinander, sodass es ein weiches Kissen wurde, auf das er seinen Kopf legen konnte. Bald beschlugen die Scheiben, was er als Gnade empfand, so brauchte er das Elend draußen wenigstens nicht mehr zu sehen.

Gott sei Dank hatte er immer seinen kleinen batteriebetriebenen Kassettenrecorder dabei. Er spulte zurück und drückte auf die Starttaste. *I'd be saved and warm*, erklang es aus dem Recorder, *if I was in L.A., California, California Dreaming on such a winter's day.* Wie passend, dachte er. Mit der Faust rieb er ein kleines Guckloch in die Seitenscheibe. Draußen war es so dunkel, dass der Bauer nebenan in der Küche Licht angemacht hatte. Er sollte sich dort vorstellen, dachte Harald, immerhin waren sie ab jetzt Nachbarn. Was das wohl für Menschen waren? Hippies in indischen Klamotten und mit Blumen im Haar wie in San Francisco? Wohl kaum. Andererseits, was hatte der Guru auf dem Balkon in San Francisco gesungen? «Nichts ist unmöglich, vor allem nicht das Unerwartete» – man wusste also nie.

Sein Vater hatte selten von seiner Heimat erzählt. Er war ein fröhlicher Mann, der immer einen Scherz auf den Lippen hatte, die ausgelassenen Kostümpartys seiner Eltern auf der Farm waren legendär. Wie konnte es sein, dass er an einem derartig trostlosen Ort groß geworden war? Aber vielleicht täuschte Harald sich ja, und die Föhrer tanzten schon vorm Frühstück bunt verkleidet in ihren Reetdachhäusern, um die Regen- und Kältedämonen zu vertreiben.

Er gab sich einen Ruck und stieß die beiden Seitentüren seines Busses auf. Sofort prasselten harte Regentropfen erbarmungslos auf ihn nieder. Im Höchsttempo sprintete er zu der massiven Holztür des Bauernhauses, das mit Sicherheit älter war als das Land, aus dem er kam. Auf sein Klopfen hin regte sich nichts. Gerade wollte er umkehren, als er vom Inneren des Hauses Schritte hörte. Die Tür öffnete sich, und ein Mädchen stand vor ihm. Sie mochte ein, zwei Jahre jünger sein als er. Ihre schwarzen Haare hatte sie streng zur Seite gescheitelt und mit einer silberfarbenen Haarspange befestigt. Zu ihrer weißen Bluse trug sie eine feine schwarze Stoffhose, was beides so gar nicht auf einen Bauernhof passen wollte.

«Ja?»

Ein intensiver Geruch von feuchtem Heu und rahmiger Milch waberte ihm entgegen. Das Mädchen starrte mit großen, hellblauen Augen durch ihn hindurch. Sie wirkte filigran wie eine Balletttänzerin.

«Hi, ich bin Harry Brown», stellte er sich auf Deutsch vor. «Ihr neuer Nachbar.» Der falsche Name kam ihm noch nicht leicht über die Lippen. Aber so stand es nun mal in seinem neuen Pass. Anstatt etwas zu erwidern, ließ das Mädchen ihn einfach vor geöffneter Tür stehen und lief zurück ins Haus. War das eine Aufforderung, ihr zu folgen? Er war noch nie in Europa gewesen und wollte nichts falsch machen.

Nach kurzer Zeit trat eine hagere ältere Frau in den Flur. Sie war etwa sechzig Jahre alt und hatte einen blondgefärbten Lockenkopf. Ihre grauen Augen musterten ihn misstrauisch.

«Ja?», fragte auch sie.

«Hi, äh, ich bin Harry Brown, Ihr neuer Nachbar», wiederholte er.

«Tee?»

Er verstand nicht auf Anhieb: War «Tee» ihr Name? Oder wollte sie ihn zu einem Tee einladen? Fehlten da nicht die Fragewörter und Höflichkeitsfloskeln, die ihm die Lehrer an der deutschen Schule in Kalifornien beigebracht hatten, so wie «Möchten Sie vielleicht …», «Dürfte ich bitte …»?

Zögerlich folgte er ihr durch die Seitentür in eine düstere Küche mit kleinen Sprossenfenstern. Die Wände waren von einer dünnen Rußschicht überzogen, neben dem Kohleherd stand ein uralter, klobiger Holztisch, dahinter befand sich eine Essecke, in hellem Holz gehalten, wo das Mädchen von eben und ein weiteres saßen, vermutlich die ältere Schwester. Die trug mittellange Haare und hätte ohne ihren abweisenden Gesichtsausdruck vielleicht sogar hübsch ausgesehen.

Aus dem Kofferradio über dem Herd dudelte ein Tanzorchester mit schmachtenden Violinen *Spanish Harlem*. Die ältere Frau stellte es mit einem energischen Knopfdruck aus.

Erst jetzt fiel ihm ein Mann auf, der in einer schattigen Ecke auf einem Holzstuhl mit hoher Lehne saß und düster auf die Küchenwand vor sich starrte. Das musste der Bauer sein. Er hatte schwarze Haare und trug zu seiner

Arbeitslatzhose eine grüne Mütze, die Harald an die Soldatencaps der U.S. Army erinnerte.

«Karen Olufs», nuschelte die ältere Frau und ließ sich auf einem Stuhl nieder. Mit einem Nicken bedeutete sie ihm, ebenfalls Platz zu nehmen. «Das sind Edda und Maike.»

Maike war die Jüngere, die ihm die Tür geöffnet hatte. Der Mann wurde gar nicht erst vorgestellt, aus welchen Gründen auch immer. Harald fragte nicht nach, sondern sandte ein unverbindliches amerikanisches Lächeln in die Runde, worauf allerdings niemand reagierte.

«Sind Sie der Sohn von Peter Petersen?», fragte die ältere Frau plötzlich.

Er spürte, wie sein Atem stockte. Woher wusste sie das? Als er den Namen seines Vaters hörte, fing der Boden unter ihm zu schwanken an, wie vorhin auf der Autofähre. Mit der Frage hatte er nicht gerechnet, vor allem nicht bei fremden Leuten, die er noch nie im Leben gesehen hatte.

Viele behaupteten, dass er und sein Vater die gleiche Kopfform und Augen besaßen. War die Ähnlichkeit so deutlich? Karen Olufs kannte seinen Vater wohl von früher, wahrscheinlich waren sie als Nachbarskinder zusammen aufgewachsen.

«Nein, wieso?», hüstelte er.

«Sie sind ihm wie aus dem Gesicht geschnitten.»

«Das ist unmöglich. Mein Vater ist Kanadier in der vierten Generation, seine Familie stammt aus Irland», log er. «Eine Agentur in Toronto hat mir das Nachbarhaus vermittelt.»

Ein kläglicher Versuch. Wenn er hier seine wahre Identität preisgab, könnte er genauso gut zurück nach San Francisco gehen und sich der Polizei stellen.

«Und woher sprechen Sie so gut deutsch?», erkundigte sich die Frau misstrauisch.

«Meine Mutter stammt aus Regensburg.»

Die nächste Lüge.

«Was arbeiten Sie?»

Endlich konnte er mal die Wahrheit sagen, oder jedenfalls etwas, was ihr recht nahe kam: «Ich will mich hier zum Malen zurückziehen. Ich bin Künstler. Meine Spezialität ist es, Fotos mit Ölfarbe zu übermalen.»

«Und davon kann man leben?», staunte sie.

«Drüben reißen sie sich um meine Bilder», behauptete er. Was sein Traum gewesen wäre, aber egal.

«Soso.»

Erneutes Schweigen. Frau Olufs zog eine filterlose Zigarette aus einer dunkelroten Packung und zündete sie sich an. «Auch eine?»

«Ja, danke.»

Normalerweise rauchte er nicht, aber vielleicht würde es helfen, Vertrauen zu schaffen. Die ältere Schwester nahm ebenfalls eine. Während sie schweigend vor sich hin qualmten, betrachtete Harald das einzige Bild an der Wand. Es war das verblichene Farbporträt einer Frau, die einen seltsamen Hut trug, an dem große, rote Bommeln hingen. Darunter stand in weißer Schreibschrift: «Sonja Ziemann, Schwarzwaldmädel, 1956».

Auch nachdem alle aufgeraucht hatten, wurde weiter geschwiegen. Keiner sah den anderen an. Ob es ein Wettbewerb war, wer die Stille am längsten aushielt?

Er verlor.

«Haben Sie schon mal vom Zeitalter des Wassermanns gehört?», erkundigte er sich in der verzweifelten Hoffnung, die Stimmung etwas aufzulockern. Ob man auf dieser abgelegenen Insel von den Hippies etwas mitbekommen hatte?

Die Olufs blickten ihn stumm an.

«Kommt das auch nach Föhr?», fragte die Jüngste. Sie wirkte irritiert.

«Unsinn, hier bleibt alles, wie es ist», schnarrte die Alte und fügte hinzu: «Und das finden wir auch gut so, damit das gleich klar ist.»

Deutlicher ging es nicht.

«Ich muss dann mal wieder», behauptete Harald und stand auf. Dabei hatte er nichts anderes vor, als sich unter seine Wolldecke im Wagen zu legen und sein Schicksal zu betrauern.

«Tschüs», sagte Frau Olufs tonlos, ihre Töchter nickten nur stumm zum Abschied. Niemand machte Anstalten, ihn zur Tür zu begleiten. Egal, er fand den Weg ja auch alleine.

Als er ins Freie trat, erlitt er einen mittelschweren Schock. Das Oluf'sche Bauernhaus schien ein Raumschiff zu sein, das in der Zwischenzeit unbemerkt abgehoben hatte und ins Paradies geflogen war. Plötzlich war es warm, die Wolken waren verschwunden, stattdessen knallte die pralle Abendsonne vom dunkelblauen Himmel herunter. Die Landschaft war nicht wiederzuerkennen. Auf den Feldern explodierten sämtliche Blau- und Grüntöne, schwarz-weiß gefleckte Kühe dösten auf der Weide hinter seinem Haus satt und zufrieden vor sich hin, ein angenehmer leichter Seewind spielte verträumt mit den Gräsern. Dazu zwitscherten fröhliche Vögel, deren Stimmen er noch nie im Leben gehört hatte.

Wo war er hier gelandet?

6.

Als Harald am nächsten Morgen in seinem bunten VW-Bus aufwachte, schien die Morgensonne durch die geteilte Frontscheibe und kündigte einen grandiosen Sommertag an. Sofort kam ihm wieder der Besuch bei seinen Nachbarinnen in den Sinn, und er musste unwillkürlich grinsen. Eigentlich schade, dass er nach der Zigarette angefangen hatte zu quatschen. Wie lange hätten sie ihr Schweigen wohl durchgehalten? Vermutlich bis nach Mitternacht. Zu Hause würde ihm das kein Mensch glauben. In den USA war es ja schon undenkbar, wenn man in einem Coffeeshop neben einem Fremden saß und einfach gar nichts sagte; Nichtreden im öffentlichen Raum war nur im Sterbefall erlaubt, ansonsten galt man als geistesgestört oder spionageverdächtig. Aber *zu Hause* zu schweigen, wenn man Besuch hatte, kam in den USA mit Sicherheit nirgends vor. Er beschloss, die Olufs als sportliche Herausforderung zu nehmen: ob er sie im Lauf der Zeit zum Reden bringen würde?

Lächelnd öffnete er die beiden Seitentüren seines Busses. Um etwas zum Frühstücken zu bekommen, musste er erst einmal eine Runde im Dorf drehen. Es war kühler als erwartet, der Wind hatte wieder zugenommen. Er zog sich eine Jacke über und stapfte los.

Wieder wurde ihm klar, dass sein erster Eindruck von Oldsum vollkommen falsch gewesen war. Fast alle Häuser waren mit Reet gedeckt. Die Halme waren unten an der Dachkante ganz gerade abgeschnitten und sahen aus wie frisch vom Friseur. So provisorisch sie auf ihn gewirkt hatten, den gestrigen Sturm hatten sie unbeschadet überstanden. Auf den Giebelwänden war oft in schmiedeeisernen Zahlen das Baujahr vermerkt, die meisten Häuser stammten aus dem siebzehnten oder achtzehnten Jahrhundert. Zwischen den Höfen lagen Sandwege, an deren Rändern struppiges Gras wuchs.

Er bog in eine wunderschöne Eichenallee und seufzte. Als sein Vater klein war, hatte er diese prachtvollen Bäume vermutlich als Setzlinge gesehen. Die Allee gab dem Bauerndorf fast etwas Aristokratisches. Der strenge Geruch der vielen Misthaufen machte diese Vision allerdings schnell zunichte, und er musste andauernd über Pfützen springen, die sich nach dem gestrigen Regen gebildet hatten.

Das Dorf war nicht besonders groß, alle Läden waren leicht zu finden. Seine erste Station war die Bäckerei. Als er im Schaufenster drei Mischbrote auf beige Kacheln liegen sah, lief ihm das Wasser im Mund zusammen.

«Hi», sagte er, als er den kleinen Laden betrat. Mit einem Blick stellte er fest, dass hier zwei Sorten Brot angeboten wurden, dunkel und hell, sowie ein paar weiße Brötchen.

«Good morning», antwortete der glatzköpfige Bäcker auf Englisch. «How are you?»

Dass Harald der Kanadier mit dem bunten Bus war, hatte sich vermutlich längst herumgesprochen.

«Fine, and you?»

«Fine, too. – I'm Eicke Braren. Nice to meet you.»

«Harry Brown. Ich spreche auch deutsch», sagte Harald.

«Ich habe fünf Jahre in einem Deli Store in New York gearbeitet», erklärte Eicke und fügte grinsend hinzu: «Wenn nur dieses blöde Heimweh nicht gewesen wäre.»

Als Nächstes betrat ein schlaksiger, großer Kerl mit einer ledernen Handwerkerschürze den Laden, grüßte kurz und murmelte: «Na, as det di Kiarl, wat jister kimen as?»

Na, ist das der Kerl, der gestern hier angekommen ist?

«Let üs ens fe wat det för een as.»

Wolln mal sehen, was das für einer ist.

«Hi schocht doch rocht gud üütj.»

Der sieht doch ganz okay aus.

«Stiitei am dat ik ej üüb fering swaare kün», dachte Harald.

Schade, dass ich euch nicht auf Friesisch antworten darf.

Immerhin verstand er alles, was die Leute über ihn redeten, das brachte fast noch mehr Spaß.

Er nahm die Tüte mit seinen zwei Brötchen und dem Mischbrot entgegen, zahlte und ging hinüber zum Kaufmannsladen. *Bernhard Rickmers* stand an der Tür. Harald staunte nicht schlecht, als ihm der Besitzer zur Begrüßung erst einmal ein Glas selbstgemachte Marmelade schenkte. Dann zeigte Herr Rickmers ihm den Weg über den Huuchstiigh zur Meierei, wo er Butter kaufen konnte.

Mit der vollen Einkaufstüte in der Hand kam Harald auf

dem Rückweg am Oluf'schen Hof vorbei. Kein Mensch war im Haus zu sehen. Er musste lächeln. Wahrscheinlich war das die nächste Stufe nach dem Dauerschweigen: Sie hatten sich in Luft aufgelöst.

Die Insel Föhr war wie ein sonniges Paradies mitten im Meer. Er frühstückte im Sonnenschein auf der Wiese hinterm Haus, mit der herrlichen Marmelade, Butter, Brötchen und einer Spezialität der Insel, die er so noch nie vorher gesehen hatte: Würmer in Mayonnaise. Die Würmer lebten im Meer und wurden Krabben genannt, ein Hochgenuss.

Nach dem Frühstück schnappte er sich seine Kamera und machte sich auf in Richtung Deich. Kaum hatte er das Dorf hinter sich gelassen, wurde der Wind rauer. Harald fotografierte einen schmalen Streifen Weide mit wilden Büschen und dem riesigen blauen Himmel darüber. Die Marsch war zwar leer und weit, strahlte aber eine unheimliche Energie aus. Hier existierte etwas Unsichtbares, das man nicht erklären konnte. Der Wind ließ nicht nach, er machte ihn erst richtig wach und ließ eine Menge Gedanken in ihm hochkommen. Wie lange musste er wohl auf Föhr bleiben? Wochen? Monate? Jahre? Erst wenn in den USA die Gesetze geändert wurden, konnte er zurückkehren. Das wurde zwar von vielen gefordert, aber wann es so weit war, konnte niemand sagen. Es blieb ihm nichts anderes übrig, als abzuwarten und zu hoffen.

Was, wenn er hier nicht zurechtkam? Nein, solche Ängste musste er schnell verdrängen, sie führten zu nichts. In den USA würden sie ihn für Jahre ins Gefängnis stecken, er hatte keine andere Wahl und damit basta. Zum Glück stand der Dollar im Vergleich zur Deutschen Mark sehr günstig. Sein Vater hatte ihm für den Anfang genug Geld mitgegeben. Als Erstes musste er das Haus renovieren, denn er wollte bestimmt nicht den Winter im Bus verbringen. Aber es war ja erst Juli, das würde er schon hinbekommen. Dann würde er sich einen Job suchen, und alles andere würde sich auch finden.

In der Ferne sah er einige Pferde auf einer Weide stehen. Auf der Farm seiner Eltern hatten sie auch Pferde, als Kind war er oft mit seinem Dad ausgeritten, manchmal sogar übers Wochenende mit Übernachten im Freien. Mom war dann immer etwas besorgt um ihre beiden Männer gewesen, aber für ihn zählte es zu seinen schönsten Kindheitserinnerungen.

Ihm kam eine Idee: Wenn er schon auf dieser abgelegenen Insel ausharren musste, wäre es dann nicht großartig, ein Pferd zu haben? Vielleicht war das zu diesem Zeitpunkt etwas voreilig, immerhin hatte er noch nicht mal ein festes Dach über dem Kopf. Es würde bestimmt noch einige Zeit dauern, bis das Haus fertig war, aber er hatte keine Lust, darauf zu warten.

Über einen schmalen Feldweg zwischen den Marschwiesen ging er langsam auf die Pferde zu. Direkt neben den Weiden lag ein Bauernhof, der sich von den anderen im Ort unterschied: Das langgestreckte Wohnhaus war noch nicht alt, das Dach bestand aus dunklen Ziegeln und nicht, wie sonst üblich, aus Reet. Neben dem Haus befand sich ein Stall mit grüner Holzverkleidung, davor gab es einen Platz zum Voltigieren und mehrere Weiden, die von frischgestrichenen weißen Holzzäunen eingerahmt wurden.

Als er den Hof betrat, kam gerade ein älterer Mann aus dem Stall. Er musste um die sechzig sein, war sehr groß und zog beim Gehen sein steifes Bein nach. Trotzdem bewegte er sich unglaublich schnell, als wollte er sein Handicap mit Tempo überspielen. Sein Gesicht war wettergegerbt, er verbrachte mit Sicherheit die meiste Zeit an der frischen Luft.

«Moin», grüßte er Harald misstrauisch, ohne ihm die Hand zu geben.

Harald kam direkt zur Sache: «Moin, ich möchte ein Pferd kaufen.»

«Du siehst aus wie Peter.»

Schon wieder!

«Kenne ich nicht.»

«Du bist der Kanadier aus dem Petersen-Haus?»

«Jo.»

«Ich bin Tober. – Hast du 'ne Weide?»

«Hinterm Haus.»

«Und im Winter?»

«Mein Haus ist so verrottet, da stört ein Pferd im Wohnzimmer auch nicht.»

«Wie Pippi Langstrumpf, oder was?»

Harald tat so, als verstünde er ihn nicht. «Äh, sorry, ich spreche zwar eure Sprache, bin aber das erste Mal in Deutschland. Ist Frau Langstrumpf eine Schauspielerin?»

Tober verzog keine Miene. «Nee, sie ist neun und wohnt zusammen mit ihrem Pferd und ihrem Affen in einem Haus.»

«Viele deutsche Sitten und Gebräuche kenne ich noch nicht», entschuldigte sich Harald, ohne mit der Wimper zu zucken.

Tober hasste es offensichtlich, freundlich zu sein, aber seine Augen lachten jetzt doch.

«Kannst du reiten?», fragte er.

«Ja.»

«Zeigen.» Tober schaute ihm streng in die Augen.

«Muss ich etwa eine Prüfung ablegen, um mein Geld loszuwerden?», erwiderte Harald, leicht gekränkt.

Doch Tober kannte keine Ausnahme. «Meine Pferde gebe ich nicht an jeden, und dich kenne ich nicht.»

Das sprach wiederum für ihn. Wenn er ihn reiten sehen wollte, liebte er seine Pferde, und das bedeutete wiederum, er hatte sie gut gepflegt.

Tober begann, einen schwarzen Hengst zu satteln, der unruhig hin und her tänzelte. Er bekam ihn kaum aus dem Stall heraus, so wild war er.

«Das ist Wotan», erklärte er. «Er ist ein bisschen nervös, aber ansonsten ein feiner Kerl.»

Als Tober fertig war, kletterte Harry auf den Hengst, der sofort bockte und unruhig vor und zurück schnellte. Harald war einige Wochen nicht geritten und musste sich kurz einfinden. Das ging zum Glück sehr schnell, bald hatte er die Zügel fest in der Hand, und Wotan machte, was *er* wollte.

War das schön, wieder auf einem Pferd zu sitzen, die Wärme seines mächtigen Leibes zu spüren, es zu riechen! Harald drehte ein paar Runden im Kreis, erst im Schritt, dann im Trab, dann wieder im Schritt.

«Du kriegst Fury», entschied Tober. Womit er wohl sagen wollte, dass Harald die Wotan-Prüfung bestanden hatte.

Tober führte ihn zu einer schönen braunen Stute im

Stall, deren Fell hell glänzte. Auf ihrer Stirn prangte eine hellweiße Blesse. Harald war begeistert. Tober sattelte die Stute unglaublich schnell und geschickt.

«Fury», stellte er vor.

«Nach der Fernsehserie? Gibt es die in Deutschland auch?»

«Hmh.»

Harald sah sich die Stute von der Seite an. Ihre Schulter war gut geneigt und bemuskelt, er tastete die Rippen am Bauch ab, die bloß zu spüren, aber nicht zu sehen waren. Auch das war ein gutes Zeichen, Fury stand gut im Futter. Sie besaß einen langen Rücken, was bedeutete, dass sie zwar weniger zum Springen geeignet war, man aber mit ihr bequem auf Strecke reiten konnte. Er ließ sie an der Longe ein paar Runden drehen. Die Stute verteilte ihr Gewicht gleichmäßig auf alle vier Beine, Gelenke und Hufe sahen auch gut aus. Dann ging Harald von vorne auf sie zu und schob ihre Lippen auseinander. Je älter das Pferd, desto spitzer der Winkel, in dem Ober- und Unterkiefer aufeinandertreffen.

«Vier Jahre», schätzte Harry.

Tober nickte. «Haut hin.»

Fury schaute ihn neugierig aus ihren riesigen, braunen Augen an. Er streichelte ihr zärtlich über den weichen Kopf, sie forderte sofort mehr, was er ihr gern gewährte. Dann setzte er sich auf den Sattel und staunte: Tober hatte Bügel und Zügel perfekt auf seine Größe eingestellt, ohne dass er dafür hatte Maß nehmen müssen. Harald drehte ein paar Runden auf einer Weide neben dem Hof. Die Stute bewegte sich so geschmeidig wie eine Partnerin, die sich beim Tanzen blind führen ließ.

«Kostet?», fragte er, als er vor dem Pferdezüchter wieder zum Stehen kam.

«Gute Tiere haben ihren Preis», antwortete Tober.

Das klang teuer.

«Schau erst mal ein paar Tage, ob du mit Fury klarkommst. Den Sattel bekommst du gratis dazu.»

Harald streichelte Fury erneut an Kopf und Hals. Ihr Fell war weich und warm, außerdem roch sie so wunderbar, wie ein Pferd riechen sollte.

Nachdem er sich von Tober verabschiedet hatte, ritt er glücklich und stolz über die Toftumer Dorfstraße, die als einzige im Ort geteert war. Furys metallisches Hufgeklapper hörte sich an wie ein Schlagzeug, es fehlte eigentlich nur noch die Melodie. Prompt begann er, den aktuellen Nummer-eins-Hit von Manfred Mann zu singen, *Come on without, Come on within, You'll not see nothing like the Mighty Quinn.* Dann bog er ab in die sandigen Nebenstraßen. Die Reetdachhäuser waren so niedrig, dass er, wenn er sich etwas streckte, in die Giebelfenster schauen konnte. Die paar Passanten, denen er begegnete, grüßten ihn neugierig, im Sütjerstigh liefen ihm ein paar Kinder ein Stück weit hinterher. Trotzdem wirkte dieser Ort immer noch wie ausgestorben. Auf der Straße zu seinem Haus kam ihm eine Frau entgegen, die er erst im letzten Moment erkannte: Edda, die ältere der beiden Olufs-Töchter. Sie trug Blue Jeans und dazu eine weiße Bluse.

«Moin», grüßte sie freundlich.

Das abweisende Mädchen von gestern hatte sich überraschenderweise in eine gutaussehende, sympathische Frau verwandelt.

«Hi.»

«Deins?» Sie deutete auf Fury.

«Ich überlege noch.»

Sie ging einmal um Fury herum und schaute sie sich von allen Seiten an. «Tolles Tier. Wo hast du sie her?»

«Tober.»

«Der verkauft nur an Leute, die gut mit Pferden umgehen können.»

«Ja, ich musste eine harte Prüfung ablegen.»

«Wo lernt man in Toronto reiten?»

Mist, da war sie wieder, seine falsche Identität.

«Auf der Farm von meinem Opa.» Langsam fiel ihm das Lügen leichter.

«Und sonst? Schon eingelebt?»

Harald staunte, sie plauderte mit ihm wie eine Amerikanerin.

«Na ja.»

«Du stehst nicht auf Inseln ohne Hügel, was?»

Er lächelte sie an. «Ich bin Maler. Wenn ich einen Hügel brauche, male ich ihn mir.»

«Ah ja?», sagte sie überrascht. Offenbar wusste sie nicht so recht, was sie damit anfangen sollte. «Warst du schon mit Fury im Watt?»

«Nein. Geht das denn?»

«Aber ja.» Sie zeigte auf einen schmalen, sandigen Wirtschaftsweg, der nicht geteert war. «Diesen Weg musst du dir merken, er heißt Sörenswaii und führt direkt über den Deich ins Watt.»

«Habt ihr auch Pferde?», fragte er.

«Wir haben schon vor zwei Jahren auf Trecker umgestellt. Nur Thor wollten wir nicht abgeben. Den reitet Maike.»

Harald staunte: «Bis dahin habt ihr mit Pferden gepflügt?»

«Alle im Dorf haben das so gemacht. Wir waren die
Letzten, die umgestiegen sind.»

Willkommen in Europa, dachte Harald. Pferde waren
in Kalifornien ein Hobby. Auch eine Windmühle gab
es in seiner Heimat nicht, da mahlte man das Korn mit
großen Maschinen, die mit Benzin- oder Elektromotoren
betrieben wurden. Deutschland wirkte auf ihn ein wie ein
riesiges Freiluftmuseum, aber natürlich hütete er sich,
das offen auszusprechen.

«Und jetzt reitet nur noch deine Schwester?», fragte er.

Plötzlich verwandelten sich Eddas Gesichtszüge wieder, und sie erinnerte kurz an das mürrische Wesen von
gestern.

«Maike ist meine Tochter, die lässt du schön in Ruhe.»

Harald riss die Augen auf. «Deine Tochter? Wie kann
das sein?»

«Ich habe sie mit fünfzehn bekommen.»

«Wow.»

Dann war Karen also Eddas Mutter und Maikes Großmutter.

«Und was ist mit dem Vater?»

«Das geht dich nichts an.» Ihre Augen funkelten zor-
nig.

«Sorry, vielleicht habe ich mich falsch ausgedrückt. Ich
meinte, was ist mit *deinem* Vater?»

«Wieso? Was soll mit ihm sein?»

«Ich hatte nur den Eindruck, dass es ihm gestern nicht
so gut ging. Er hat kein Wort gesagt, als ich da war. Sorry,
ich wollte dir mit meiner Fragerei nicht zu nahe treten.»

«Ist schon okay», lenkte sie ein. «Du bist nicht der Erste, dem das auffällt. Papa ist gemütskrank.»

«Gemütskrank? Was bedeutet das?» Manchmal verließ ihn sein Deutsch.

«Depressiv.»

«Das tut mir leid.»

«Ich muss zurück auf den Hof. Aber pass auf, in zwei Stunden läuft die Flut wieder auf.»

«Das merke ich dann ja schon.»

«Nee, die kommt nicht an allen Stellen gleichmäßig. In den Prielen ist sie früher da als woanders, und dann wird dir der Weg abgeschnitten.»

Er salutierte mit der Hand an der Schläfe. «Aye, aye, Madam!»

«Viel Spaß dann …», sagte Edda.

«Selber auch.»

Er drückte sanft mit den Beinen gegen Furys Leib und ritt auf den Sörenswai. Als er oben auf dem Deich stand, staunte er. Vom Rücken eines Pferdes aus sah die Marsch noch größer und weiter aus. Harald ging das erste Mal mit Fury ins Watt. Der weiche Meeresboden schien wie für sie gemacht zu sein, sie beschleunigte wie ein Katapult. Der Schlick unter ihren Hufen spritzte nach allen Seiten, ihr Tempo war beängstigend. Dazu knatterte der salzige Wind in seinen Ohren, die Luft roch frisch wie der Ozean. Am Horizont wartete das Meer silbern glänzend darauf, dass die Gezeiten wechselten und es zum Strand zurückdurfte.

Der Wind blies immer heftiger, er musste sich gut festhalten. Über ihm rasten weiße Wolken so schnell über den Himmel, dass ihm fast schwindelig wurde. Seine Ohren glühten, seine Lungen füllten sich mit purem Sauerstoff, sein gesamter Körper wurde mit Energie geflutet. Die Nachbarn waren netter als erwartet, die Landschaft war ein Traum – alles würde gut werden.

7.

ZWEITAUSENDVIERZEHN

Maike schaut sich missmutig um. Heute pfeift der Wind besonders launisch über die alten Gräber von St. Laurentii in Süderende, am Himmel jagen sich Wolken und Sonne bis zum Horizont. Sie geht an den alten Walfängergräbern vorbei, deren Steine aufwändig ornamentiert sind. Traditionell ist darauf ein Abriss der Lebensgeschichte jedes Verstorbenen eingemeißelt. Unglaublich, wie weit die Seeleute herumgekommen sind, denkt Maike, teilweise haben sie auch ihre Frauen mitgenommen, nach Indien, Grönland und Amerika. Und wenn sie nicht auf hoher See geblieben sind, kamen sie meist zurück nach Föhr und wurden am Ende ihres Lebens wieder auf ihrer Heimatinsel bestattet.

Eddas Grab liegt auf der anderen Seite der alten Kirche aus dem dreizehnten Jahrhundert. Der starke Wind heult in wechselnden Tonlagen so schrill um das Gebäude, als schlüge jemand mit der flachen Hand auf die Tasten einer Orgel. Maike hat eine Gießkanne und einen kleinen Spaten dabei, bestimmt ist am Grab ihrer Mutter einiges zu tun. Sie war länger nicht mehr hier, den Friedhof meidet sie wie keinen anderen Ort auf der Insel, denn jedes Mal kommen ihr böse Erinnerungen hoch.

«Das Geheimnis, wer mein Vater ist, hast du mit ins Grab genommen, das ist nicht fair», beschwert sie sich in Gedanken bei ihrer Mutter. Es lässt ihr auch nach ihrem Tod keine Ruhe. Immer wieder hat sie Edda deswegen gelöchert, aber eine Antwort hat sie nie bekommen. Nun ist es zu spät, Edda ist vor vier Jahren, im Alter von dreiundsiebzig, gestorben.

Trotzdem: Heute sieht Maike ihre Mutter in einem etwas milderen Licht. Als Edda sie bekam, war sie gerade mal fünfzehn und selbst noch ein Kind. Deswegen wollte man sie in ein Heim für minderjährige Mütter stecken. Um das zu verhindern, kämpfte Maikes Großmutter Karen wie eine Löwin um die Vormundschaft für sie, die sie ausnahmsweise vom Jugendamt bekam. Sonst wäre Maike in einem jener gruseligen Heime aufgewachsen, die es damals überall gab. Karen blieb aber somit auch immer Eddas Bestimmerin, aus dieser Abhängigkeit hatte sich ihre Mutter nie befreien können. So lebten Edda und sie wie zwei Schwestern unter der Fuchtel der autoritären Mutter beziehungsweise Großmutter. Nur wenn die nicht da war, tanzten sie wild nach Beatmusik und veranstalteten Kissenschlachten.

Anders als die Mütter von Maikes Freundinnen war die junge Edda modisch immer auf dem neusten Stand, darauf war Maike sehr stolz gewesen. Natürlich mangelte es immer an Geld. Aber Not macht erfinderisch. Die Klamotten, die sie sich nicht leisten konnte, nähte Edda selbst, darin war sie äußerst geschickt. Die Großmutter wiederum, das sieht Maike inzwischen ganz klar, war ziemlich überfordert gewesen: Nachdem ihr Mann wegen schwerer Depressionen praktisch ausfiel, musste sie den

Hof allein führen. Und der brachte kaum Ertrag. Dann wird auch noch ihre Tochter im Teenageralter schwanger, und sie muss die Enkeltochter mit großziehen. Dass sie da nicht gerade tiefenentspannt durchs Leben ging, kann Maike heute gut verstehen. Trotzdem wird es ihr wohl niemals gelingen, mit diesen beiden Frauen Frieden zu schließen.

Seufzend füllt sie die Gießkanne am öffentlichen Wasserhahn randvoll. Als sie um die Kirche herumgeht, lässt sie vor Schreck fast die Kanne fallen. Harald steht am Grab ihrer Mutter. Sein Gesicht wirkt wie versteinert, sein Haar vom Wind zerzaust. Er hat die Hände vor dem Bauch gefaltet und scheint zu beten. Was um Himmels willen hat er hier verloren?

«Na, woran denkst du an Eddas Grab?»

Sie steht jetzt etwa zwanzig Meter von ihm entfernt.

Harald zückt, anstatt zu antworten, eine Kamera und macht, immer noch kniend, einige Fotos von dem Grab. Das ist an Geschmacklosigkeit nicht zu überbieten.

«Der Friedhof ist kein Disneyland, Cowboy», zischt sie.

Unwillkürlich schüttet sie die Gießkanne in seine Richtung aus, aber der Wind bläst das Wasser direkt auf ihre Hose zurück, sodass sie pitschnass wird. Jetzt hat sie nur noch einen Gedanken: so schnell wie möglich weg von diesem Mann. Sie dreht sich um, hastet an den Gräbern vorbei zum Ausgang. Erst im Auto holt sie tief Luft. Dann rast sie los. Sie muss weg von der Insel, weg von Harry, auf nach Sylt.

Zu Hause packt sie alles, was sie für zwei Tage Sylt braucht, in ihren hellen Lederkoffer. Zum Glück ist heute Freitag, und sie hat am Wochenende keinen Notdienst. Noch auf der Rückfahrt vom Friedhof hat sie beschlossen, nicht mit Fähre und Zügen zu Rainer zu fahren, sondern ausnahmsweise zu fliegen. Auf dem Wyker Flughafen landen zwar eigentlich nur Sportflugzeuge, aber es gibt auch eine Linienverbindung nach Sylt, in nur fünfzehn Minuten ist man in Westerland.

Als sie am Tresen des kleinen, rustikalen Flughafenrestaurants steht, um das Ticket zu kaufen, spürt sie, wie ruhig sie wird. Da niemand zu sehen ist, drückt Maike auf eine Klingel, die sich prompt mit einem schrillen Ton meldet. Die rundliche Ilona schlurft aus der Küche und wischt sich die fettigen Hände an einer Schürze ab. Auch sie ist eine Patientin von Maike, Diabetes plus Bluthochdruck.

«Moin, Maike.»

«Moin, Ilona. Machst du einmal Sylt klar?»

«Was willst du da denn? Ärztekongress?»

Föhrer sind in der Regel häufiger in Hamburg als auf Sylt. Wer mit siebzig Jahren auf mehr als einen Besuch auf der Nachbarinsel kommt, zählt auf Föhr zu den seltenen Ausnahmen.

«Nee, nur mal so.»

Ilona händigt ihr das Ticket aus, Maike bedankt sich und beschließt, noch eine Kleinigkeit im Restaurant zu essen, Camembert mit Preiselbeeren, sehr lecker. In einem Wandregal sind die blankpolierten Pokale des örtlichen Flugvereins ausgestellt. Nach großer Welt sieht es hier nicht aus, eher nach Schrebergarten, aber das hat schon wieder was.

Eine knappe Stunde später schleppt Maike ihren Koffer in die dunkelblaue Maschine. Von den zehn Sitzplätzen ist nur die Hälfte besetzt. Sie wählt die letzte Reihe. Plötzlich reißt die Wolkendecke auf, und die Sonne knallt ungefiltert vom blauen Himmel. In der Maschine wird es sofort um etliche Grad wärmer.

Mit aufheulendem Motor rumpelt das Flugzeug über die unebene Rasenpiste und schießt über eine Reihe von Tannen hinweg.

Normalerweise hat sie keine Flugangst, aber jetzt wird ihr doch etwas mulmig zumute, und sie betet kurz dafür, dass sie heil drüben ankommt. Der spektakuläre Blick aus dem Fenster ist eine willkommene Ablenkung. In den Prielen des Wattenmeeres läuft das Wasser gerade in Blaugrau und Türkis auf, Seehunde aalen sich auf einer Sandbank. Endlich kann sie sich entspannen.

Das ist ja alles wunderschön, denkt sie, aber was tue ich hier eigentlich? Sie erkennt sich selbst kaum wieder. Als zurückhaltende Insulanerin liegt ihr nichts ferner als Aufdringlichkeit. Und so kommt ihr der spontane Entschluss, zu Rainer zu fliegen, auf einmal ziemlich unangemessen vor. Wie sieht denn das aus, wenn sie unangemeldet vor ihm steht? Sie sollte einfach umkehren. Andererseits, gleich wieder zurück nach Föhr zu fliegen ist auch blöd. Nein, da muss sie jetzt wohl durch. Wenn Rainer ihr Besuch nicht passt, soll er sich halt beschweren. Erwachsen genug ist er ja.

Auf dem Flughafen in Westerland parken neben Sportflugzeugen große Jets der bekannten Ferienflieger. Das hier ist eine komplett andere Welt als das Vereinsheim neben dem Flugfeld von Föhr. In der kleinen Eingangshalle gibt es Flugschalter von großen Airlines und mehrere Autovermietungen, nur dass alles auf wenige Quadratmeter zusammengeschrumpft ist – als hätte man einen großen Verkehrsflughafen zu heiß gekocht.

Maike fährt mit dem Taxi über die Keitumer Straße nach Archsum. Sylt ist zwar die Nachbarinsel von Föhr, wirkt aber wie ein anderer Kontinent. Während Föhr von Sylt und Amrum vor der offenen See geschützt wird, liegt die Westseite von Sylt direkt in der offenen Meeresbrandung. Der Strand hinter den Dünen zieht sich vom Süden bis Norden durch. Außerdem sind die Orte hier eleganter und das Publikum auch.

Archsum, wo Rainer wohnt, liegt auf der ruhigeren Wattseite, dort fahren die Züge vom Festland vorbei, die in kurzer Taktung über den Hindenburgdamm geschickt werden. Immer mal wieder wurde diskutiert, ihn zu einer Autostraße auszubauen, aber die Deutsche Bahn drohte jedes Mal, sofort ihren Betrieb einzustellen – es ist eine ihrer lukrativsten Strecken.

Das Taxi rollt auf Rainers Hotel zu. Sie hat es sich schon im Internet angeschaut, aber als sie den ehemaligen Bauernhof nun vor sich hat, ist sie noch einmal mehr begeistert: Das reetgedeckte Haus mit dem großzügigen Wintergarten und der riesigen Terrasse sieht aus wie der perfekte Friesentraum. Und genau so heißt es auch: *Hotel Friesentraum.* Kaum zu glauben, dass das mal ein schlichtes Gehöft gewesen ist, Rainer hat wirklich was daraus gemacht.

Hinter dem Haus ist eine große Rasenfläche, auf der ein Dutzend Gäste verstreut auf Stühlen, Bänken und in Strandkörben sitzen, in der Sonne lesen oder etwas zusammen trinken. Vor dem Wintergarten liegt die Terrasse mit Blick auf das Wattenmeer als riesige Kulisse. Ganz hinten ist als schmaler Strich sogar Föhr zu erkennen. So gesehen wohnen Rainer und sie in Sichtweite.

Der Wagen hält vor dem Eingang mit der großen blauen Tür, die mit traditionellen friesischen Mustern bemalt ist. Rainer wird keine Zeit für sie haben, das Hotel ist ausgebucht, aber vielleicht wird ein gemeinsames Getränk drin sein. Sie wird ihm irgendeine Geschichte erzählen, warum sie zufällig hier vorbeikommt, vielleicht hat sie jemanden in der Nähe besucht. Oder besser noch: Sie hatte dienstlich hier zu tun, das wirkt immer überzeugend. Auf jeden Fall möchte sie ihr Gesicht wahren. Etwas zögerlich steigt sie aus. Der Fahrer reicht ihr den Koffer, und da fällt ihr ein, dass sie sich eine neue Ausrede ausdenken muss. Ohne das Gepäckstück könnte ihr Besuch beiläufig wirken, aber so …

Doch dann passiert das Schlimmste: Rainer kommt aus der Tür! In Jeans und weißem Kochhemd. Er schaut kurz in ihre Richtung und dann wieder weg. Oje. Offenbar ist ihm erst jetzt klargeworden, wer da gekommen ist. Seine Augen leuchten auf. Mit großen Schritten läuft er auf sie zu. Das sieht sehr uncool aus, was absolut für ihn spricht. Schnell bezahlt sie den Fahrer und wird schon im nächsten Augenblick herzlich von Rainer umarmt.

«Maike, was für eine Überraschung! Moiiin.»

Sie bekommt einen Kuss auf den Mund, was sie ziemlich perplex macht.

«Ja, ich dachte, wenn ich schon mal auf Sylt bin, schaue ich mal rein», sagt sie mit bebender Stimme.

Rainer nimmt ihr den Trolley ab. «Ich werde den Gästen sagen, sie können sich jetzt selbst bedienen. Ich habe keine Zeit mehr für sie.»

«Kein Stress. Ich trinke erst mal einen Aperitif auf der Terrasse, und dann schauen wir.»

Er führt sie in den geschmackvollen Essensraum mit einem großen Herdfeuer in der Mitte. Die Wände sind aus Naturziegeln, die vor Jahrhunderten Stein für Stein aufgeschichtet wurden. Helle Stühle und Tische heben sich davon geschmackvoll ab. Das Wichtigste ist aber das, was man *nicht* sieht: Es hängen keine Bilder an der Wand, wie sonst oft in Hotels. Dieser Raum wirkt aus sich selbst heraus, er braucht keinerlei Dekoration.

Als Nächstes gehen sie in Rainers Wohnung im Dachgeschoss, wo sie ihren kleinen Lederkoffer abstellt: zwei riesengroße Räume, die unverputzt unter Reet liegen. Alles ist mit hellen, freundlichen Möbeln eingerichtet, es gibt viele freie Flächen, die den schönen Holzfußboden zur Geltung bringen. In der Mitte des Schlafzimmers steht eine rundliche, hüfthohe Skulptur aus Wurzelholz, die eine urweibliche Figur darstellt. Kurz ist Maike irritiert. Warum stellt er sich so etwas hin? Ist das Kunst oder eine Anspielung auf irgendeine sexuelle Vorliebe? Und wenn ja, auf welche? Vielleicht sollte sie es besser vorher herausbekommen, das raten alle, die auf Partnersuche im Internet unterwegs waren. Ansonsten sieht es fast so aus wie bei ihr, nur eben alles einen Tick größer. Im Wohnraum gibt es einen Kamin, und durch alle Fenster kann man weit ins Wattenmeer schauen.

«Ich muss nachher wieder zurück nach Föhr», kündigt sie vorsorglich an.

«Jaja. Aber erst mal trinkst du was mit mir. Ich muss mich nur noch kurz um einen alten Freund kümmern. Der steht unten und will im Herbst das ganze Hotel für eine Tagung mieten.»

«Klar, ich platze hier einfach so unangemeldet rein … Weißt du, was? Ich glaube, ich mache jetzt einfach mal einen langen Spaziergang, dann …»

«Von wegen! Ich lass dich doch jetzt nicht wieder gehen. Setz dich einfach zu uns, es dauert nicht lange.»

Rainer führt sie auf die Terrasse zu einem Tisch, an dem ein Herr in karierter Golfhose und gelbem Poloshirt sitzt. Maike schätzt ihn auf Mitte fünfzig, er trägt seine drahtigen Haare stoppelkurz und wirkt sehr sportlich. Seine Augen mustern sie aufmerksam.

«Das ist Volker Schmidt», stellt Rainer vor. «Und das ist meine Freundin Dr. Maike Olufs.»

Herr Schmidt steht auf und gibt ihr lächelnd die Hand. «Angenehm.»

«Ich bin gleich bei euch», ruft Rainer und verschwindet nach drinnen Richtung Küche.

Maike lässt ihren Blick von der Terrasse über das ruhige Wattenmeer in Richtung Föhr schweifen. Ganz kurz hat sie das Gefühl, auf der falschen Seite des Meeres zu sein, aber dann beginnt sie, sich zu entspannen. Die Luft ist lau, auch wenn kaum noch Sonne durch die Wolken dringt, der Blick aufs Watt phantastisch.

«Was für ein herrlicher Abend», schwärmt auch Herr Schmidt, um dann gleich darauf das Gesicht zu verziehen. «Man sollte hier Urlaub machen. Leider bin ich geschäftlich hier, aber was soll's, von irgendwas muss man ja leben.»

«Natürlich», antwortet sie höflich. Was für ein Wichtig-
tuer. Sein «stressiger» Geschäftstermin auf Sylt besteht
darin, im traumschönen Hotel seines Kumpels vorbei-
zuschauen und eine Tagung für den Herbst zu buchen.

«In welcher Branche arbeiten Sie denn?», fragt sie, um
etwas Konversation zu betreiben. Sie weiß, dass viele
Männer gern über ihren Beruf reden.

«Ich bin Bezirksleiter bei VW.» Seine Augen leuchten
stolz.

«Aha.»

«Was fahren Sie für einen Wagen?», fragt er nun.

Die Faszination für fahrbare Blechbehälter ist ihr im-
mer schleierhaft geblieben. Ein Auto soll sie von A nach B
bringen und nicht mehr. Einzige Ausnahme ist für sie der
Aston Martin aus den Sechzigern, den Sean Connery als
James Bond fuhr. Aber das lag vermutlich mehr an Sean
Connery als an dem Wagen.

«Toyota.» Sie hebt entschuldigend die Hände. «Ich weiß
schon, es ist kein VW.»

«Hmmh», brummt Herr Schmidt. «Wie alt?»

Beinahe hätte sie gesagt: zweiundsechzig. «Drei Jahre.»

Er verzieht sorgenvoll das Gesicht. «Schon mal Probleme mit den Bremsen gehabt?»

«Nein.»

«Bremsen sind ein Riesenthema bei Toyota. Nicht, dass
Sie da mal ins Leere treten.»

«Im Ernst?»

Über dem Watt fangen Millionen Lichtpunkte an zu
tanzen, es ist die Stunde, bevor sich die Sonne rötlich
färbt. Ein Vogelschwarm fliegt vorbei, der Sonne entgegen. Am liebsten würde sie einfach nur hier sitzen und

still genießen. Aber Herr Schmidt scheint sich jetzt richtig in Rage geredet zu haben.

«Natürlich hängen die das nicht an die große Glocke, aber es ist Fakt.»

«Mir kann ja zum Glück nichts passieren», sagt sie und lächelt entspannt.

«Wie das?»

«Ich glaube an Gott.»

Er schaut sie verblüfft an.

«Wenn es schiefgeht, lande ich im Paradies. Und dort soll es ja noch viel schöner sein als hier auf Erden.»

«Tja, das hofft man natürlich», sagt er.

«Ich glaube fest daran.» Sie beugt sich näher zu ihm: «Und ich denke doch, im Paradies fahren wir alle VW, oder was meinen Sie?»

Herr Schmidt sieht sie verdattert an. Sie dachte, er würde vielleicht lachen, aber Ironie scheint nicht seine Stärke zu sein. Doch nach ein, zwei Sekunden kommt noch was:

«Genauso ist es. Ins Paradies liefern wir unsere allerbesten Modelle.» Er legt jetzt lächelnd seine Visitenkarte neben ihren Teller. «Die können Sie aber auch jetzt schon fahren. Ich mache Ihnen einen guten Preis.»

Zum Glück kommt Rainer in diesem Moment zurück und setzt sich zu ihnen.

«Ihr habt euch doch vertragen?»

«Ich bitte dich», protestiert Herr Schmidt. Dann erklärt er Rainer die neusten VW-Motoren, Einspritzdüsen und Sondermodelle. Während er seinen Kumpel überreden will, seinen alten Passat gegen einen Neuwagen aus seinem Haus zu tauschen, schaut Maike ins sonnige Wattenmeer und muss plötzlich an Harald denken. Harald mit Stirnband auf einem großen, rot lackierten Trecker beim Pflügen, Harald auf einer Sandbank, ganz dicht neben ihr, Harald singend am Steuer seines bunt bemalten VW-Busses.

Der Sprung von San Francisco nach Oldsum muss damals hart für ihn gewesen sein. Vorher waren die Musiker von Jefferson Airplane seine Nachbarn, auf Föhr war es ihre düstere Familie.

Maike war später mal mit ihrem damaligen Mann in San Francisco gewesen. Einige gealterte Hippies verdienten sich im Haight-Ashbury-Viertel ihr Geld damit, dass sie Touristen zu den legendären Stätten im sogenannten «Sommer der Liebe» führten. An jeder Ecke der Stadt hat sie sich Harald vorgestellt, wie er als junger Mann mit seinen langen blonden Haaren durch die Straßen zog.

Weiter auseinander als Oldsum und San Francisco konnten Welten kaum liegen, aber das hat Harald, nachdem er die Anfangsschwierigkeiten auf Föhr überwunden hatte, seltsamerweise so nicht empfunden. Für ihn waren die Insel und das Wattenmeer die Erfüllung dessen, was die Hippies in San Francisco suchten. Eine größere Freiheit als die, die in der Weite Nordfrieslands jeden Tag vor ihnen lag, konnte es für ihn nicht geben. «Die Friesen sind Hippies, die nicht wissen, dass sie es sind», sagte er damals immer. Das konnte sie nicht nachvollziehen, denn zu dieser Zeit wollte sie einfach nur weg von der Insel. Inzwischen weiß sie, was er meinte, und stimmt ihm zu.

«Maike?»

Rainer fasst sie leicht am Arm.

«Entschuldige», sie legt ihre Hand auf seine. «Ich war ganz in Gedanken.»

«... Abgasvorschriften», sagt Herr Schmidt gerade und

japst plötzlich nach Luft. Dann sackt er auf seinem Stuhl in sich zusammen. Maike springt auf. Auch Rainer hat begriffen. Schnell legt er seinen Freund auf den Boden, Maike kniet sich neben ihn.

«Brustenge», keucht Herr Schmidt und liefert die Diagnose gleich mit: «Herzinfarkt.»

Kurz entschlossen öffnet Maike seinen Gürtel und fühlt seinen Puls. Er ist leicht erhöht.

«Geh schnell zu meinem Koffer», bittet sie Rainer, «darin ist ein Notfallset.»

Rainer rast hoch und ist binnen kürzester Zeit zurück. Maike zieht Herrn Schmidt das Poloshirt hoch, hört ihn mit dem Stethoskop ab und misst seinen Blutdruck. Sie ist lange genug Notarztwagen gefahren, um zu wissen, dass es *kein* Infarkt ist.

«Er hyperventiliert», erklärt sie. «Ganz ruhig atmen, Herr Schmidt.»

Doch das kann er nicht, er atmet mehr ein als aus und gerät in Panik. Die Gäste von den anderen Tischen sind herangekommen und bilden einen Kreis um sie.

«Bitte eine Plastiktüte», sagt Maike unbeirrt.

Eine Frau reicht ihr eine Edeka-Tüte, wenigstens dafür sind die Schaulustigen gut. Maike legt Herrn Schmidt die Plastiktüte vor den Mund, sodass er nur noch verbrauchte Luft einatmet.

«Aber dann erstickt er doch!», protestiert jemand.

«Keine Sorge.»

Und tatsächlich: Innerhalb einer Minute hat sich Herr Schmidt beruhigt und atmet wieder normal.

«Was war das?», flüstert er erschöpft. Er sieht noch sehr blass aus.

«Eine Panikattacke. Sie haben zu viel Sauerstoff eingeatmet und zu viel Kohlendioxid ausgeatmet. Deswegen kam es zu einer Übersäuerung Ihres Blutes.» Maike zieht eine Augenbraue hoch. «Legen Sie sich ein bisschen hin und ruhen Sie sich aus. Es ist alles okay.»

«Ich begleite dich», sagt Rainer zu seinem Freund.

«Nicht nötig», erwidert der.

Aber da hat sich Rainer schon den Arm seines Freundes über die Schulter gelegt und führt ihn in sein Zimmer. Nach zehn Minuten kommt Rainer zurück, zwei Weißweingläser in der Hand.

«Kannst du nachher noch mal zu ihm gehen, nur zur Sicherheit?», fragt er und stellt die Gläser ab. «Ihm ist das Ganze sehr peinlich.»

«Wieso peinlich? Wenn du mich fragst, muss er dringend ein paar Gänge runterschalten.»

«Was speziell in der Autobranche überhaupt nicht angesagt ist», frotzelt Rainer und fügt ernst hinzu: «Ich rede morgen ein ernstes Wort mit ihm.»

Dann sitzen sie ein paar Minuten schweigend am Tisch, trinken und blicken aufs Meer.

«Also, ich wollte doch eigentlich jetzt …», beginnt sie und deutet auf ihre Armbanduhr.

Rainer schaut ihr in die Augen. «Es ist sowieso zu spät, um irgendwo in Westerland ein Hotel zu bekommen. Bleib einfach hier.»

Sie zuckt mit den Schultern. «Also ja.»

Als sie ausgetrunken haben, führt er sie in den Essensraum.

«Ich müsste im Hotel noch ein paar Dinge für morgen klären. Kann ich dir was zu essen bringen lassen?»

«Höchstens eine Kleinigkeit, großen Hunger habe ich nicht.»

Rainer verschwindet im Büro hinter der Rezeption. Kurze Zeit später serviert eine freundliche Kellnerin Antipasti, garniert mit fangfrischen Krabben. Sie kann sich nicht erinnern, wann sie das letzte Mal so etwas Köstliches gegessen hat.

Zwei Stunden später sind sie in Rainers Schlafzimmer. Maike sieht sich um. Die rundliche Holzskulptur wird jetzt von einem Extrascheinwerfer beleuchtet.

«Was ist das?», fragt sie nun doch und deutet auf die Statue.

«Das ist die Nachbildung einer weiblichen Figur, die man in Papua-Neuguinea gefunden hat. Das Original ist zwanzigtausend Jahre alt.»

«Und was fasziniert dich daran?», hätte sie am liebsten gefragt, hält dann aber doch lieber den Mund. Es wird schon nichts Schlimmes sein.

Rainer dimmt das Licht und fummelt an einer Weinflasche herum. Beiden ist klar, was jetzt ansteht: die Bettfrage.

Irgendwann legt er den Korkenzieher beiseite und schaut sie mit großen Augen an.

«Soll ich ehrlich sein?», sagt er.

Was kommt denn jetzt?

«Bitte.»

«Ich habe gar keine Lust mehr auf Wein. Aber du kannst gerne ein Glas nehmen.»

Erleichterung. Mehr war da nicht?

«Nein, nein.»

«Und jetzt?», murmelt er.

Sie ist auch unsicher.

«Man weiß nicht, was man tun oder sagen soll», denkt sie laut.

Er umarmt sie und gibt ihr einen Kuss auf die Wange. «In unserem Alter haben wir keine Zeit mehr für Kompromisse, oder?»

Das klingt offensiv. Er will es also.

«Trotzdem braucht man Mut», sagt sie.

«Es ist so, Maike», erklärt er, sichtlich peinlich berührt. «Ich bin heute Morgen um fünf aufgestanden, und jetzt ist Mitternacht. Morgen muss ich wieder um fünf raus.»

Maike atmet tief ein und dann wieder aus.

«Was willst du damit sagen?»

Er räuspert sich. «Ich wollte nur herausfinden, ob es geht, dass … dass wir uns ins Bett legen und einfach schlafen.»

Sie lächelt erleichtert. «Ich brauche auch noch etwas Zeit.»

«Gut.»

Es ist nicht anders als zur Teenagerzeit, denkt sie: Wie soll sie sich ausziehen? Abgewandt von ihm? Oder zeigt man sich ganz offen? Die Problemzonen haben mit dem Alter nicht gerade abgenommen – also wie? Das muss in den nächsten Sekunden entschieden werden.

Rainer zeigt ihr das Badezimmer, das man direkt vom Schlafzimmer aus betreten kann. Sie nimmt ein paar Sachen aus ihrem Koffer und geht hinein.

Das moderne Bad ist ganz in Schiefer gehalten, mit nagelneuen Armaturen, einer Dusche und einer großen Badewanne. Soll sie die Tür abschließen? Das würde er auf jeden Fall hören und womöglich spießig finden. Andererseits will sie nicht, dass er hereinkommt, während sie sich umzieht. Also hält sie die Luft an und schließt die Tür so leise wie möglich ab, Millimeter für Millimeter, als ob sie einen Tresor knacken würde. Dann erst sieht sie sich genauer um.

Erstaunlich, dass hier so gar nichts Persönliches herumliegt. Alle Utensilien müssen in den verspiegelten Schränken verstaut sein. Obwohl sie das selbst schäbig von sich findet, geht sie vorsichtig auf Schranksafari. Hinter einer der Türen findet sie Rasierschaum und Pinsel, Weleda-Zahncreme und Eau de Toilette von Davidoff. Alles so weit normal, aber wieso benutzt er ausgerechnet die seltene Veleda-Zahncreme?

Schluss jetzt, Maike, schäm dich!

Sie wäscht sich an dem modernen Waschbecken, das wie eine große Obstschüssel aussieht, putzt sich die Zähne und zieht ihren roten Pyjama an. Als sie zurück ins Schlafzimmer kommt, ist das Licht weiter gedimmt, und Rainer ist ebenfalls schon im Pyjama – ein geschmackvolles, sportliches Modell, wie sie erleichtert feststellt. Auch er verschwindet kurz im Bad.

Jetzt liegt sie im Bett, das Herz klopft ihr bis zum Hals. Schon lange war sie einem Mann nicht mehr so nahe. Das fühlt sich gut an, aber auch ein bisschen bedrohlich.

Sie hört ihn aus dem Bad kommen, und schon liegen sie nebeneinander im Bett.

Wie geht es jetzt weiter?

Doch Sex?

Rainer legt seinen Arm um sie, sie kuschelt sich an ihn. Wenige Minuten später ist sein Atem regelmäßig. Er ist schnell eingeschlafen, wie angekündigt. Das erleichtert sie einerseits, verunsichert sie aber auch: Warum möchte er nicht doch ein bisschen mehr? Nicht, dass *sie* es unbedingt gewollt hätte – oder doch? Begehrt er sie denn überhaupt? Oder hat er ein medizinisches Problem?

Unsinn.

Und wenn doch?

Das ist schon anders als mit siebzehn, denkt sie. Zum Beispiel, wenn wie aus dem Nichts der zwanzigjährige Harald vor dir auftaucht.

Dann stellt sich diese Frage gar nicht.

8.

Harry sitzt im Frühstücksraum des Hotel Duus und blickt aus dem Fenster. Draußen, auf dem Platz vor dem Rathaus, flattert eine Friesenfahne im Wind, die Sonne scheint – was will man mehr? Genussvoll träufelt er ein paar Krabben auf sein goldgelbes Brötchen und beißt hinein. Über vierzig Jahre hat er auf diese kulinarische Freude verzichtet, die es so nur hier gibt.

«Alles in Ordnung bei Ihnen?», fragt die Kellnerin mit dem blonden Pferdeschwanz und lächelt ihn an. Sie hat gerade erst ihre Ausbildung begonnen.

«Nein, es ist nicht einfach nur in Ordnung», bekennt Harald. «Die Krabben sind ein Traum! Es gibt nichts Besseres auf dieser Welt.»

Auch wenn Boje ihm tags zuvor verraten hat, dass die Tiere nach dem Fang im Wattenmeer nach Marokko und Polen zum Pulen gehen, um von dort zurück an die Nordsee gebracht und als «frischer Fang» verkauft zu werden: Ihm ist das egal, solange sie so schmecken.

Die Kellnerin schüttelt den Kopf. «Das sollten Sie erst sagen, nachdem Sie unsere selbstgemachte Johannisbeermarmelade probiert haben.»

«Ich nehme Sie beim Wort.»

«Ich bitte darum.»

Prompt geht sie in die Küche und kehrt mit einem kleinen Glas Marmelade zurück.

«Die hat meine Mutter fürs Hotel selbst eingekocht. Schenke ich Ihnen.»

«Danke, vielen Dank.» Er ist beeindruckt, wie freundlich man ihm hier begegnet, und muss unwillkürlich an die Marmelade denken, die Kaufmann Rickmers ihm damals bei seiner Ankunft in Oldsum schenkte.

«Kann ich sonst noch irgendwas für Sie tun?», fragt die Kellnerin.

Er überlegt. «Ja, vielleicht. Wissen Sie zufällig, wann der nächste Bus nach Alkersum fährt? Ich muss zum Fotoarchiv in der Feringstiftung.»

Die Stiftung sammelt seit Jahrzehnten alle möglichen Fotos, die auf der Insel Föhr gemacht werden, inzwischen sind es Zehntausende. Wenn er Glück hat, findet er dort Bilder von seinen Eltern.

«In der Stiftung hat es gestern einen Wasserschaden gegeben», sagt sie. «In der Zeitung stand, dass das Archiv für eine Woche geschlossen bleibt.»

Schicksal, denkt er und seufzt. Dann wird er wohl doch etwas länger auf der Insel bleiben müssen. Er schaut aus dem Fenster. Es ist bedeckt, mit sonnigen Abschnitten – das perfekte Wetter für eine Fototour durch Wyk. Sein Plan für den heutigen Tag steht. Als Erstes wird er sich den Hafen und die alten Häuser vornehmen, das wird ein Spaß! Genussvoll überhäuft er das nächste Brötchen mit Krabben.

«Moin, Moin.» Wie aus dem Nichts baut sich Boje vor ihm auf.

«Moin, Boje.»

«Ich hab was für dich», erklärt der, ohne sich zu setzen.

«Was denn?»

«Wirste sehen, komm.»

«Jetzt? Sofort? Und mein Brötchen?»

«Nimm es mit, ich hab nicht so viel Zeit. Wir beide machen eine Inseltour.»

«Geht das nicht später?»

Eigentlich wollte Harald es sich heute richtig gut gehen und mal keine Hektik aufkommen lassen. Andererseits ist er auch neugierig. Aber da zieht Boje ihn schon ohne weiteren Kommentar aus dem Raum. Vor der Tür des Hotels steht ein neuer schicker BMW mit mattpolierten Sportfelgen.

«Du willst doch nur mit deinem teuren Schlitten angeben», scherzt Harald.

Boje scheint das gar nicht witzig zu finden. «Auf Föhr ist so eine Riesenkiste total sinnlos», grummelt er. «Aber meine Frau wollte ihn unbedingt haben – was willst du dagegen machen?»

Harald steigt ein, und schon fährt Boje los. Nach ein paar Minuten kommen sie in Boldixum an der legendären Disco Erdbeerparadies vorbei, die unauffällig unter großen Bäumen liegt. Hier hat Harald damals mit Boje, Holgi, Edda und Wiebke bis zum Sonnenaufgang getanzt. Dann geht es weiter durch die offene Marsch, die sich gerade von wechselnden Winden massieren lässt. Die Büsche werden hin und her geweht. Nach einiger Zeit stellt Harald besorgt fest, dass Boje direkt nach Oldsum fährt – ausgerechnet. Ihm ist gar nicht wohl dabei, von zufälligen

Begegnungen mit Maike hat er erst mal die Nase voll. Aber davon muss Boje nichts wissen.

Am Ende der Hauptstraße, im Ortsteil Klintum, biegt Boje in eine schmale Gasse ein. Zu beiden Seiten stehen wunderschöne Reetdachhäuser, an den Hauswänden ranken blühende Rosen. Am Ende der Straße steht ein nagelneues kleines Haus, das ebenfalls mit Reet gedeckt ist und die inseltypischen Sprossenfenster besitzt. Von seiner Terrasse aus hat man den Blick direkt in die dunkelgrüne Marsch mit dem mächtigen, langgezogenen Deich im Hintergrund. Ein paar Strandregenpfeifer fiepen fröhlich im Reet, das in den Gräben wächst.

«Tolle Hütte», sagt Harald.

«Finde ich auch.» Boje grinst. «Ist nämlich meine.»

«Hier wohnst du? Herzlichen Glückwunsch.»

«Nee, ich wohne in Wyk. Das Haus ist zum Vermieten.»

«Ah ja.»

«Aussteigen», befiehlt Boje.

Sie gehen durch den kleinen Vorgarten in das Haus, das geschmackvoll mit hellen dänischen Möbeln eingerichtet ist. Im Wohnzimmer gibt es einen Kamin, das angrenzende Badezimmer ist riesengroß und hat Wanne, Whirlpool und Dusche. Kurzum: Es ist alles da, was man für ein gutes Leben braucht.

«Du hast ja richtig Stil», frotzelt Harald.

Boje lüpft die rechte Augenbraue. «Hast du das je bezweifelt?»

«Soll ich die Wahrheit sagen?»

«Du hast ja recht, da steckt meine Frau hinter. Die Heizung ist noch nicht fertig, deswegen kann ich es noch nicht vermieten. – Kannst du dir vorstellen, hier zu wohnen?»

«Was?»

Harald zuckt zusammen. Er soll nach Oldsum ziehen? Das würde niemals gutgehen. Andererseits wohnt Maike am anderen Ende des Ortes und arbeitet den ganzen Tag in ihrer Praxis, da werden sie sich kaum ständig über den Weg laufen. Und soll er sich wegen ihr dieses Traumhaus entgehen lassen? Das wäre ja noch schöner!

«Einverstanden», hört er sich sagen. «Aber ich zahle Miete.»

Boje drückt ihm die Schlüssel in die Hand und schaut auf seine Armbanduhr. «Mach, was du willst. Ich muss noch mal kurz nach Utersum. Danach hole ich dich ab, und wir bringen dein Gepäck aus dem Hotel hierher.»

Und schon verschwindet er in seinem Wagen.

«Danke», ruft Harald noch.

Boje winkt nur kurz, ohne sich umzudrehen.

Harry schlendert auf die Terrasse, setzt sich auf einen der Gartenstühle und atmet tief ein. Die Marsch hat einen ganz eigenen Geruch. Wieder spürt er die ungeheure Energie, die von dieser Weite ausgeht. Auf der Wiese vor dem Haus stehen zwei Norwegerpferde mit rötlich braunem Fell und dunkler Mähne, die ihn neugierig mustern. Hinter ihnen erstreckt sich der Himmel mit seinen bauschigen, weißen Wolken, die langsam vorbeiziehen. Sie wirken wie Schriftzeichen aus einem fernen Land, die ihm signalisieren: Du hast es richtig gemacht. Ein warmer Windhauch streicht ihm unters T-Shirt.

Er ist wieder in Oldsum.

Kaum zu fassen. Der Ort, der in seinen Albträumen die Hauptrolle spielt, seit über vierzig Jahren. Aber vielleicht lassen sich die bösen Geister ja vertreiben, wenn man sich ihnen stellt. Sicher ist er da nicht.

Es ist Mittag. Boje hat ihm geholfen, seine Sachen aus dem Hotel zu holen, jetzt macht Harald seinen ersten Spaziergang durch den Ort. Immer in Alarmstimmung, denn Maike könnte jederzeit auftauchen. Seine Kamera hat er dabei, er will jeden Winkel des Ortes fotografieren. Sein erster Eindruck hat ihn nicht getäuscht: Die meisten Reetdachhäuser stehen noch so da wie früher, sie sind nur besser in Schuss. Und natürlich ist einiges dazugekommen. Den Pferdehof des alten Tober gibt es immer noch. Er besaß damals zwei, drei Pferde, hauptsächlich lebte er von Milchwirtschaft. Heute scheint aus dem Nebenerwerb das Kerngeschäft des Hofes geworden zu sein, es gibt mehrere neue Gebäude, der Stall ist jetzt mindestens dreimal so groß wie früher.

Auch sonst hat sich einiges verändert: Die Telefonzelle auf der Hauptstraße ist weg, und das Postamt, das hinter der scharfen Rechtskurve im Schatten großer Bäume lag, gibt es nicht mehr. Von dort aus hatte er immer mit seinen Eltern in Kalifornien telefoniert. Jetzt wohnt in diesem Haus eine Familie mit kleinen Kindern. Er kniet sich hin und fotografiert jedes Detail, einige Fenster, ja sogar ein paar alte rote Ziegelsteine an den Hauswänden, die an den Ecken etwas abgebröckelt sind. Dann schlendert er weiter. In vielen der Gärten liegen die Menschen in der Sonne. Das gab es früher nicht, die Oldsumer mussten zusehen, dass sie über die Runde kamen, für Muße war keine Zeit. Die Mühle, zu der er damals selbst noch das Korn fuhr, ist natürlich nicht mehr in Betrieb. Plötzlich wird ihm bewusst, dass er gerade so etwas wie Zeuge einer untergegangenen Welt ist. Daran mag er gar nicht denken: Ist er tatsächlich schon so alt?

Neu sind die kleinen Kunstgalerien in Oldsum: «Art und Weise», wo es CDs mit Föhrer Entspannungsmusik von Hauke Nissen gibt, «Himmel und Meer», «Galerie Inge Haferkorn» und wie sie heißen. Fast alle zeigen Bilder und Aquarelle, die etwas mit der Insel zu tun haben, das gefällt ihm. Langsam nähert er sich dem «verbotenen Bezirk», in dem Maike wohnt.

Vor einem alten Reetdachhaus legt er sich flach auf den Asphalt, um einen Rosenstock von unten zu fotografieren. Als er sich aufstützt, drücken ein paar kleine Steinchen unangenehm gegen seinen Ellenbogen. Aber er bewegt sich nicht von der Stelle, bis er die perfekte Einstellung gefunden hat.

«Rosenfan?», fragt eine sonore Altstimme hinter ihm.

Er dreht sich um. Vor ihm steht eine große, schlanke Frau in einem weißen Overall, der mit allen vorstellbaren Farben bekleckert ist. Sie ist etwa Mitte vierzig, trägt ihr kastanienbraunes Haar offen, auf ihrer Nase sind Dutzende Sommersprossen zu sehen.

«Nee, gar nicht.» Harald bleibt liegen, macht noch ein Foto und fügt hinzu: «Es ist eher eine böse Erinnerung.»

Das muss ohne weitere Erläuterung ziemlich wirr klingen.

«Ich kann dir einen Fallschirm anbieten.»

Was mindestens genauso irre klingt.

«Wo?»

«Ein paar Häuser weiter.»

Er steht auf, reibt sich kurz den Staub von den Klamotten und hält ihr dann die Hand hin.

«Harald Peterson.»

«Suse Hansen. Komm mit, ich zeig ihn dir.»

Sie führt ihn in den «verbotenen Bezirk», ganz in die Nähe von Maikes Haus. In einer umgebauten Scheune hat Suse eine Galerie mit dem friesisch-englischen Namen «BiikeArt» eingerichtet. Die Scheunentore sind verglast und lassen viel Licht herein. An den Decken und Wänden hängen riesige Fallschirme. Er staunt.

«Die Bilder werden an dem Stoff befestigt», erklärt sie. «Dadurch schweben sie immer ein wenig hin und her.»

Sie geht an den Kühlschrank, holt eine Flasche Prosecco heraus und zeigt ihm dann den kleinen Garten neben dem Haus. Auch hier liegt ein riesiger Fallschirm auf dem Rasen.

«Du bist Fotograf?», fragt sie und schenkt ein.

«Woran merkt man das?»

«Wer sonst legt sich mit einer Kamera mitten auf die Straße?»

«Das macht mich noch nicht zum Fotografen.»

«Aber ich sehe einfach, wie geschmeidig du mit der Kamera umgehst.»

Tatsächlich ist seine Kamera im Lauf der Zeit eine Art Verlängerung seiner Hände geworden.

Sie holt einen Laptop aus einem alten Bauernschrank, tippt seinen Namen ein und pfeift anerkennend durch die Zähne.

«Harald Peterson, Fotograf. Ausstellungen in Tokio, London, New York. Bist du das?»

«Ja, aber hier bin ich privat.»

«Was hältst du davon, mir die Bilder zu zeigen, wenn sie fertig sind? Vielleicht kann ich sie hier in meiner Galerie ausstellen.»

«Eher nicht, das hier ist eher was ganz Persönliches.» Er nimmt einen großen Schluck Prosecco und blickt nachdenklich auf die vielen Fallschirme, die den Raum drinnen so unwirklich schweben lassen. Plötzlich kann er sich doch vorstellen, hier auszustellen. Vielleicht, weil er in Oldsum wieder dazugehören möchte. Und um alles Schreckliche, was damals passiert ist, ungeschehen zu machen.

9.

ENDE DER SECHZIGER

In den großen Schulferien ritt Maike einmal am Tag auf ihrem Wallach Thor ins Watt. Zu welcher Uhrzeit, war abhängig von den Gezeiten, die sie immer genau im Kopf hatte. Im Sommer ritt sie am liebsten barfuß, so auch an diesem Tag. Dass sie nie einen Sattel auflegte, hatte einen speziellen Grund, den niemand wissen durfte.

Ein frischer Wind blies bauschige Schönwetterwolken heran, die sich vor ihr aufbauten wie die schneebedeckten Rocky Mountains, die sie gerade in ihrem Englischbuch bewundert hatte. Ob sie in ihrem Leben wohl jemals auf die andere Seite des Atlantiks kommen würde? Sie konnte es sich nicht vorstellen, wahrscheinlich würde das immer unerreichbar für sie bleiben.

Ein paar Möwen begleiteten sie auf ihrem Weg in der Hoffnung auf ein paar Krumen. Thor wieherte fröhlich auf, das Watt war sein Revier, er wurde häufiger auf dem Meeresboden ausgeritten als auf der Weide. Wie sehr sie dieses Tier liebte! Es war wie ein Familienmitglied, es schützte sie davor, krank zu werden wie ihr armer Großvater, der schon seit langem in seiner Dachkammer vor sich hinvegetierte. Sie hielt im lockeren Trab auf die Insel Sylt zu, die durch ein tiefes Priel von Föhr getrennt wurde. Wenn sie sich die grüne Krone aus Strandhafer und Dünengras einfach wegdachte, könnten die Dünen auf der anderen Seite die Sahara sein. Noch nie war sie auf der Insel gegenüber gewesen. Im Hause Olufs musste jeder Pfennig umgedreht werden, schon die Überfahrt wäre ein unüberwindbares finanzielles Problem. Damit stand sie aber nicht allein, den Kindern aus anderen Bauernfamilien ging es genauso. Landwirte waren nun mal keine Weltenbummler. Sylt würde irgendwann schon kommen – Amerika eher nicht.

Nach einer Weile entdeckte sie vor sich im Watt eine Sandbank voller Muscheln und Steine. Sofort brachte sie Thor zum Stehen und stieg ab. Mit geübtem Blick sammelte sie ein paar besonders schöne Exemplare auf und legte sie in ihren alten französischen Tornister, den ihr Großvater aus dem Zweiten Weltkrieg mitgebracht und ihr überlassen hatte. Nachdem sie ein Dutzend beisammenhatte, stieg sie wieder auf und tat endlich das, was ihr strengstens verboten war: Sie hockte sich auf Thors schwarzen Fellrücken, sodass sie sein Rückgrat unter ihren nackten Fußflächen deutlich spüren konnte. Dann richtete sie sich langsam auf, wobei sie darauf achtete, die Knie nicht ganz durchzudrücken.

«Scheeritt!», rief sie, und Thor setzte sich langsam in Bewegung. Das war einfach.

«Teerab!»

Thor wurde schneller. Sie verlor kurz das Gleichgewicht. Der Tornister auf ihren Schultern schlackerte zur Seite, sie konnte sich gerade noch fangen.

Dann wollte sie es wissen.

Sie stellte sich mit durchgedrückten Knien auf den Rücken und breitete die Arme nach beiden Seiten aus. Thor beschleunigte von Trab auf Galopp. Der Wind fuhr ihr in die Haare und pfiff in ihren Ohren, es fühlte sich an wie Fliegen. Sie durfte sich auf nichts anders konzentrieren als auf ihr Gleichgewicht, immer wieder musste sie Thors Bewegungen ausgleichen. Die vollständige Balance erreichte sie immer nur für einen winzigen Moment – obwohl Galopp für Reiter viel ruhiger war als Trab.

Plötzlich sah sie aus dem Augenwinkel einen Mann neben einer braunen Stute auf dem Deich stehen. Das Tier graste am Deichsaum, die Zügel hingen lässig herunter. Der Mann – fotografierte sie!

«Mist!», fluchte sie laut. Sie ließ sich sofort wieder auf Thors Rücken gleiten und ritt auf den Mann zu. Mit Glück war es ein Kurgast, dann bestand keine Gefahr, denn der verschwand ja bald wieder aufs Festland. Nur zu Hause durfte das Foto niemand zu Gesicht bekommen, womöglich nahmen sie ihr Thor dann weg. Was das bedeuten würde, mochte sie sich nicht ausmalen.

Aber es war kein Kurgast, sondern – ihr neuer Nachbar Harry Brown. Jetzt erkannte sie auch die wunderschöne Stute, sie stand sonst immer auf Tobers Weide.

War das peinlich gewesen, als sie sich vor zwei Tagen das erste Mal gesehen hatten. Sie hatte sich gerade heftig mit ihrer Großmutter gestritten, weil sie wieder einmal das Ausmisten vergessen hatte. Und dann hatte Karen mit ihren Geldproblemen angefangen. Es war immer dieselbe Leier: Sie, Maike, durchzubringen sei schon schwer genug, aber dass sie einmal studieren werde, solle sie sich tunlichst abschminken. Woher sollten sie denn das Geld für ein Zimmer in Hamburg oder Kiel nehmen? Deswegen könne Maike gleich die Schule abbrechen, dann hätten sie eine Arbeitskraft auf dem Hof mehr, und die sei auch bitter nötig, nachdem Opa ausgefallen sei. Maike hatte erwidert, dass sie das mit dem Studium auch alleine schaffe, das werde ihre Oma schon sehen. Ihr größter Albtraum war, dass ihr Leben da enden würde, wo es begonnen hatte: auf dem Hof in Oldsum. Ihre Großmutter hingegen träumte davon, dass Maike einmal einen vermögenden Bauern auf der Insel heiratete, sie hatte sogar schon Kandidaten im Kopf – allesamt Knallköpfe, die für sie nie in Frage kämen. So still sie sonst war, so laut war sie geworden, als das Thema aufkam: «Das entscheide ja wohl ich ganz alleine!», hatte sie geschrien. «Ein Insulaner ist dir wohl nicht gut genug», konterte Karen. Da griff endlich ihre Mutter ein: «Nun ist aber gut. Einen Mann findet die Deern schon von selbst, da mach dir mal keine Sorgen.» Doch ihre Großmutter ließ nicht locker. «Da können wir nur hoffen, dass sie nicht nach ihrer Mutter kommt!»

Genau in dem Moment hatte es geklopft, und Harry Brown aus Kanada stand vor der Tür …

Jetzt war Maike nur noch wenige Meter von Harry entfernt. Anstatt innezuhalten, hockte er sich nun unten an die Deichkante und schoss ungerührt ein weiteres Foto von ihr.

«Jetzt ist aber gut!», rief sie und schaute vom Pferderücken auf ihn herab.

«Moin.»

«Hi, äh, Moin.»

Harry sah sie mit seinen klaren, grünen Augen an. Die blonden Haare reichten ihm über die Ohren, er sah ein bisschen aus wie diese Hippies in Amerika, über die alle in ihrer Klasse sprachen.

«Deine Stute?» Maike deutete auf das schlanke braune Tier, das sie neugierig anstarrte.

Er nickte. «Das ist Fury.»

Dann ging er auf Thor zu und streichelte seine schwarzen Nüstern, was dem Tier sichtlich gefiel.

«Du hast mich fotografiert», sagte sie. Sie konnte sich immer noch nicht entschließen abzusteigen.

«Ja.»

«Und jetzt übermalst du das Foto?»

«Ja.»

«Auch mein Gesicht?»

«Weiß ich noch nicht.»

Eine kleine Wolke zog vor die Sonne und legte alles in Schatten. Plötzlich sah die Welt viel nüchterner aus.

«Tu dir keinen Zwang an, du kannst mich gerne übermalen.»

Es sollte wie eine Aufforderung klingen, denn dann wäre sie, was ihre Großmutter anbelangte, auf der sicheren Seite.

«Nein, besser nicht.»

«Warum nicht? Ich denke, du übermalst *alles*.»

«Na ja, ich versuche San Francisco irgendwie mit Föhr zu verbinden.»

«Klingt wie … Marmelade mit Senf.»

Er lächelte. «Vom Weltall aus betrachtet, ist die Erde letztlich eins.»

«Aber wer wohnt schon im All?», erwiderte sie.

«Vielleicht wir alle, in ein paar Jahren? Immerhin wollen die Amis bald zum Mond fliegen.»

Er hatte eine schöne, kräftige Stimme. Wie er da mit seinen breiten Schultern vor ihr stand, fest im Boden verwurzelt, machte sie irgendwie unsicher.

«Das glaube ich erst, wenn es so weit ist.»

«Che Guevara hat gesagt: ‹Seien wir realistisch, versuchen wir das Unmögliche›.»

«Aber der war doch gegen die Amis, oder?»

Er sollte sie nicht für eine Provinztussi halten. Auch auf Föhr bekam man mit, was in der Welt passierte.

Harry lachte. «Stimmt.»

Mit einem Ruck kam die Sonne wieder hinter der Wolke hervor. Beide hielten sich kurz die Hand über die Augen, um sich an die gleißende Helligkeit zu gewöhnen.

Maike stieg ab, um Thor laufen zu lassen. Der schubberte kurz seinen rundlichen, schwarzen Leib an Fury, dann grasten beide friedlich nebeneinander auf dem Deich.

«Magst du Westcoast-Musik?», fragte sie.

Er nickte. «Klar. Was kennst du da so?»

«Jefferson Airplane zum Beispiel.»

Er zeigte sich erstaunt. «Du kennst Jefferson Airplane?»

«Wir sind zwar etwas rückständig auf Föhr, aber wir essen schon mit Messer und Gabel. Und wir hören Radio.»

Hörte sich das jetzt zickig an? Und wenn schon. Dass ein Internatsschüler ihr gerade erst vor einer Woche eine Platte von Jefferson Airplane aus Hamburg mitgebracht und sie vorher noch nie was von der Band gehört hatte, musste er ja nicht wissen.

«Die wohnten bei mir um die Ecke!», rief Harry begeistert.

«Ich denke, du kommst aus Toronto.»

«Äh, ich meine, bei einem Freund von mir aus San Francisco, den ich mal besucht habe.»

Angeber, dachte sie. Vor den Sommerferien hatte sie in der Schule im Englisch-Unterricht ein Referat zum Thema «Emigration to California» gehalten. Ihre Lehrerin Frau Dr. Gerwald hatte ihr ein paar aktuelle Ausgaben des *San Francisco Chronicle* in die Hand gedrückt, die sie aus Hamburg mitgebracht hatte. Was in der kalifornischen Zeitung über die Hippies geschrieben wurde, hatte Maike kaum glauben können. Im Viertel Haight-Ashbury schien jeden Tag ein riesiges Volksfest für junge Leute stattzufinden, auf den Straßen wurde die ganze Nacht laut Musik gehört und getanzt. Ihre Freundin Carla und sie hatten die ganze Zeit darüber gekichert, dass die männlichen Hippies mit ihren langen Bärten genauso aussahen wie die Goldgräber im letzten Jahrhundert.

«Weißt du, in San Francisco reden alle über das Zeitalter des Wassermanns. Das beginnt jetzt im Sternenkalender», sagte er.

«Was für ein Sternenkalender?» Davon hatte sie noch nie gehört.

«Sie sagen, dass sich von nun an die Kraft der Liebe auf der Erde durchsetzen wird», erklärte er.

Kraft der Liebe. Sie verzog den Mund. Glaubte er das etwa? Oder hatte sie so etwas wie Belustigung in seinem Blick gesehen?

«Wir werden sehen.»

«Ich verrate dir jetzt noch etwas.» Er tat geheimnisvoll. «Das habe ich in San Francisco gehört. Es ist noch nicht offiziell, aber wenn es stimmt, könnte es einiges auf diesem Planeten verändern …»

Was kam denn jetzt noch? Fliegende Untertassen?

«Kennst du das Pentagon?»

«Von Fotos.»

«Es ist ja ein fünfzackiger Stern. Und der ist in der Alchemie das Symbol für missbrauchte Macht.»

Er machte eine Kunstpause. Sie verstand nicht im Geringsten, worauf das hinauslaufen sollte.

«Und?»

«Man weiß, dass die Macht des fünfzackigen Sterns aufgehoben wird, wenn man einen Kreis darum bildet. Und genau das haben ein paar tausend Leute jetzt vor. Sie werden eine Menschenkette in Form eines Kreises um das Pentagon bilden.»

«Das sieht von oben bestimmt nett aus.»

Harry sah sie irritiert an: «Darum geht es nicht. Wissenschaftler haben ausgerechnet, dass das gesamte Pentagon dann ganz genau 7,5 Zentimeter über dem Boden schweben wird.»

Sie überlegte einen Moment. «Mit Keller?»

«Über den Keller habe ich mir noch nie Gedanken gemacht.» Er sah nachdenklich aus. «Ich habe immer gedacht, es schwebt in der Luft, und ich kann untendurch gucken. Aber du hast recht, das Pentagon hat bestimmt einen Keller …»

«Mal abgesehen davon, wozu das Ganze?»

Harry sah sie ernst an. «Damit die bösen Geister entweichen können! Danach ist der Vietnamkrieg vorbei.»

«Glaubst du das im Ernst?»

«Angeblich ist es wissenschaftlich bewiesen, das haben

mir mehrere Leute unabhängig voneinander versichert. Ich kann es auch kaum glauben. Aber was ist, wenn es stimmt?»

Fast hätte sie laut gelacht. Doch wenn es tatsächlich stimmte, würde sie als Dummchen dastehen, und das wollte sie auch nicht riskieren.

«Es gibt auf der Erde mit Sicherheit einige Kräfte, die wir noch gar nicht kennen», bestätigte sie. «Denen begegne ich im Wattenmeer jeden Tag.»

Harry schaute an ihr vorbei zum Horizont. «Das glaube ich sofort.»

«Die meisten dieser Kräfte sind wissenschaftlich nicht bewiesen. Und trotzdem spürst du sie.»

Jetzt kam Thor auf sie zugelaufen und streckte Harry seinen Kopf entgegen.

«Schönes Pferd», sagte Harry und streichelte dem Tier über den Kopf.

Plötzlich klimperte es in ihrem Tornister.

«Was hast du da?», fragte er.

«Steine und Muscheln aus dem Meer.»

Sie schnallte den Tornister ab und zeigte ihm ein paar Exemplare. Dabei berührten sich ganz kurz ihre Finger. Harrys Hand war schmal wie die eines Violinenspielers und trotzdem sehr kräftig. Er schaute ihr direkt in die Augen und wurde ein bisschen rot. Sie spürte, wie verlegen sie das machte.

«Was machst du damit?», fragte er.

Sie räusperte sich. «Ich bastele daraus Ketten und kleine Figuren. Irgendwann will ich in Wyk einen Laden für Touristen aufmachen und den Schmuck verkaufen. Mit dem Geld, das ich dort verdiene, werde ich studieren.»

Einem, der mal so eben von Kanada nach Deutschland ziehen konnte, kam Muschelsammeln bestimmt erbärmlich vor.

«Superidee.»

Meinte er das ernst, oder sagte er das nur so?

Jetzt kam auch Fury neugierig näher. Maike war froh, dass sie sie streicheln konnte. Das Tier gab ihr Sicherheit.

«Im Augenblick mache ich Abitur und helfe auf dem Hof.»

«Tough.»

«Seien wir realistisch, versuchen wir das Unmögliche.» Sie lächelte und kam sich gleichzeitig albern vor. Und dann wurde ihr klar, dass sie diesem Fremden gerade mehr von ihren Zukunftsplänen preisgegeben hatte als ihrer besten Freundin. Plötzlich waren alle Wolken verschwunden, und die Sonne schien ungefiltert vom knallblauen Himmel.

Doch was war das?

Wie aus dem Nichts stürmte ihre Großmutter von der Deichkrone auf sie und Harry zu. Sie hatte nicht einmal ihre Küchenschürze abgebunden, ihr kurzes Haar sah vollkommen verwuselt aus.

«Hi, Frau Olufs», grüßte Harry, als Karen vor ihnen stand, und lächelte ihr breit ins Gesicht.

Karen brüllte ihn ohne Vorwarnung an: «Von Maike lässt du die Finger, Cowboy!» Dann wandte sie sich an Maike: «Ab jetzt herrscht Kontaktverbot zu diesem Herrn.»

Maike sah ihre Großmutter wütend an. Dann sprang sie auf Thors Rücken, drückte ihre Füße sanft in seine Seite und ritt mit vollem Galopp ins Watt davon.

10.

Auch nach einer Woche hatte Harald noch nicht einmal in seinem Haus übernachtet. Wegen des kaputten Dachs wäre das nur bei gutem Wetter möglich gewesen, aber es hatte nachts immer geregnet. Seit dem Zwischenfall am Deich hatte er Maike nicht mehr zu Gesicht bekommen. Sie hielt sich offenbar an Karens Kontaktverbot. Zum Glück blieben die Olufs eine Ausnahme. Ansonsten waren die Oldsumer sehr freundliche Menschen, beim Bäcker, in der Meierei und beim Kaufmann hatte jeder ein nettes Wort für ihn übrig. Langsam hatte er sogar ihre Spitznamen drauf, die sich meist auf ihre jeweiligen Berufe bezogen. Sim Simonsen nannten alle «Sim Schlachter», es gab «letj (den kleinen) Robert», «Otto Sutjer», den Schuster, und «Eenje Kloogmager», den Uhrmacher. Aber so richtig angekommen war er auf der Insel trotzdem noch nicht, und das lag allein an ihm. Er bewegte sich mit einer falschen Identität auf Föhr und fühlte sich gar nicht wohl damit. Die unsichtbare Wand zwischen sich und den Insulanern würde er so wohl niemals überwinden können.

Ob er jemals wieder nach Petaluma zurückkehren würde? Es hing davon ab, ob in den USA die Gesetze geändert wurden, und das konnte er kaum beeinflussen.

Im schlimmsten Fall würde es Jahre dauern. Er seufzte. Allein Fury hielt ihn bei Laune, mit ihr ritt er jeden Tag, und das stundenlange sorgfältige Striegeln ihres Fells war seine tägliche Meditationsübung.

Eines Morgens hielt vor seinem Haus ein weißes Auto, das er noch nie gesehen hatte, ein alter DKW. Heraus stieg eine Frau, die ungefähr in Eddas Alter war und einen eleganten, weißen Hosenanzug trug. Sie stürmte fröhlich auf ihn zu und rief laut: «Wie aus dem Gesicht geschnitten!»

Dann umarmte sie ihn, was ihn vollkommen verdutzte. «Ich bin Imke, eine Cousine von deinem Vater Peter», stellte sie sich vor und strahlte ihn an. «Gut siehst du aus!»

Sie musterte voller Bewunderung seine gelben Pumphosen und das bunte Indianerhemd, das er trug. Harald schluckte, als er den Namen seines Vaters hörte. Klar, Dad musste noch etliche Verwandte auf der Insel haben, daran hatte er gar nicht gedacht.

«Das muss ein Missverständnis sein», murmelte er. «Ich bin Harry Brown aus Toronto.»

«Erzähl nichts, du bist ein Petersen!»

«Das muss ein Zufall sein. Die Familie meines Vater ist seit vier Generationen in Kanada.»

Sie schaltete sofort um. «Das gilt bei euch ja schon als alter Adel, was?»

Er musste lachen.

«Ja, drüben darf ich überall umsonst parken.»

Sie sah ihm noch einmal prüfend ins Gesicht. «Aber du siehst Peter so was von ähnlich.» Sie senkte die Stimme. «Hat dir deine Mutter wirklich alles erzählt?»

Das war frech, aber mit ihren lachenden Augen konnte

er ihr nichts übel nehmen. Sie war der Typ Mensch, der für eine gute Pointe jeden Freund verraten würde, genau wie sein Vater. Bestimmt hatten sich die beiden gut verstanden, als Dad noch auf Föhr lebte.

«Vielleicht sollte ich mir die Adresse von diesem Peter besorgen und ihn fragen.» Es kam ihm trotz des scherzhaften Tons befremdlich vor, so über seinen Vater zu reden.

«Lieber nicht, ich will keine Morde auslösen», sagte Imke. «Komm, ich habe Frühstück mitgebracht.»

Dass sie nun doch nicht verwandt waren, hatte sie offenbar kein bisschen aus der Fassung gebracht. Sie holte einen Picknickkorb aus dem Kofferraum und stellte friesisch blaues Geschirr auf die Decke, dazu kamen Besteck, verschiedene Marmeladen und frische Brötchen. Dann begann sie, von ihrem Lieblingscousin zu erzählen – seinem Vater.

«Ich verstehe nicht, warum Peter ausgewandert ist. Er war so ein Netter. Ein bisschen still, aber ein ganz Feiner.»

Sein Vater still? Das konnte er sich nicht vorstellen. Auf Föhr musste er ein ganz anderer Mensch gewesen sein.

«Und dann kam eine Emily zu Besuch aus Long Island ...»

Seine Mutter!

«... ihre Großeltern stammten auch von Föhr, und sie wollte etwas über ihre Wurzeln erfahren. Ein bildhübsches Mädel. Peter fand sie toll, alle fanden sie toll. Aber er war still und schüchtern. Die Bauern standen Schlange, um sie zu kriegen. Und was soll ich sagen? Sie wollte den stillen Peter. Die beiden haben geheiratet und sind in diesem Haus hier gezogen. Aber nur kurz, dann sind sie leider ausgewandert. – Aber nun erzähl von dir, was hast du vor auf der schönsten Insel der Welt?»

«Das Haus fertig machen.»

«Und dann?»

«Malen.»

«Was malst du? Abstrakt und wild, nehme ich doch an.» Sie lachte. «Nach röhrenden Hirschen siehst du jedenfalls nicht aus.»

Er ging mit ihr zu seinem bunten VW-Bus, dessen Lackierung Imke als die schönste aller Zeiten feierte. Aus der hinteren Ablage holte er eine Mappe mit Fotos, die er auf der Überfahrt von Halifax nach Bremerhaven übermalt hatte. Es waren jene Fotos, die noch in seiner Kamera gewesen waren, als sein Vater ihn aus Haight-Ashbury mitgenommen hatte. Der Balkon mit der Band, die nackten Tänzer im Regen. Um sie herum schwebten Blumen durch die Luft. Die Nackten taten es Imke besonders an.

«Sensationell», staunte sie. «Das sieht fast aus wie auf Sylt.»

«Was?» Harald lachte herzlich.

«Du kannst dir das wohl nicht vorstellen. Das liegt daran, dass du noch nie da warst.»

«Was, bitte sehr, hat Sylt mit San Francisco zu tun?»

«Auf Sylt laufen Reiche nackt am Strand herum und tanzen zu Musik aus ihren Kofferradios.»

«Nackt», wiederholte er ungläubig.

«Ja, nackt!»

Er glaubte ihr kein Wort, sie wollte ihn mit Sicherheit verschaukeln.

«Ich gebe dir einen Tipp», sagte sie. «Föhr ist anders als Sylt. Lass den Leuten hier etwas Zeit mit deiner Kunst, die sind noch nicht ganz so weit.»

«Okay.»

«Hast du noch etwas von dem Autolack übrig?» Sie deutete auf seinen Bus.

«Ja.»

«Dann möchte ich bitte den Walfisch von deiner Seitentür auf meinem Kofferraumdeckel haben, geht das?»

«Das kriegst du hinterher nicht mehr ab», warnte er.

«Das hoffe ich.»

Eine Viertelstunde später prangte ein großer blauer Walfisch auf der Kofferraumklappe des weißen Wagens.

«Danke», rief sie begeistert. «So ein Auto fährt hier auf Föhr keiner – außer dir natürlich.»

«Was wird dein Mann wohl dazu sagen?»

«Och, dem puhle ich das schon bei.»

Bei Imkes Charme konnte er sich das gut vorstellen.

Als Imke nach dem Frühstück verschwand, fühlte er sich auf einmal hundeelend. Da tauchte eine sympathische Verwandte von ihm auf, und er musste sie anlügen. Über seinen Vater und seine Mutter zu reden, als seien sie Fremde, kam ihm vor wie Verrat. Harald war plötzlich so einsam wie nie zuvor in seinem Leben. Alle Wege auf Föhr führten auf eine unüberwindbar hohe Mauer zu. Das Schlimme war, dass sich an seiner Situation für Jahre nichts ändern würde. Deswegen sollte er sich auch diese Maike aus dem Kopf schlagen, die er auf ihrem Pferd getroffen hatte. Eine falsche Identität war keine gute Voraussetzung, um hier auf der Insel jemandem näherzukommen.

Er musste öfter an sie denken, ihre Gelassenheit und Souveränität hatten ihn schwer beeindruckt. Die ließ sich bestimmt von niemandem die Butter vom Brot nehmen. Mal angenommen, sie kämen sich näher, rein theoretisch natürlich: Dann müsste er ihr doch irgendwann beichten, wer er wirklich war. Das würde sie ihrer besten Freundin sagen, die würde es weitererzählen, und dann war es bald rum auf der Insel. Nein, das ging nicht. Mit keinem Mädchen, mit keinem Freund, den er hier kennenlernte. Er musste sie alle belügen. Am besten hielt er die Insulaner auf Abstand. Doch sie waren alle derartig herzlich, dass er sich immer schlechter dabei fühlte.

Um sich abzulenken, stellte er das Radio an. Er atmete auf, als es endlich eine gute Wettervorhersage für die Nacht gab: Ein riesiges Hochdruckgebiet zog sich von Spanien bis nach Dänemark. Endlich musste er nicht mehr im VW-Bus schlafen! Er verteilte in einem Raum etwas von dem Stroh, das ihm ein Bauer für Fury mitgegeben hatte, und legte seinen Schlafsack darauf. Es fühlte sich fast besser an als ein richtiges Bett.

Abends vor dem Einschlafen löschte er die weiße Kerze neben seinem Bett und schaute durch eins der großen Löcher im Dach in den Sternenhimmel, der über Föhr besonders prächtig zu sein schien. Kurzzeitig überlegte er, noch einmal auf den Deich zu gehen, um sich das Spektakel genauer anzusehen, aber dann dämmerte er doch sanft weg. Um zwei Uhr nachts wachte er davon auf, dass sich wahre Sturzbäche über seinen Nacken ergossen. Der Wetterbericht hatte versagt, ein heftiges Gewitter war im Gange, draußen schüttete es wie aus Kübeln, sein Schlafsack war innerhalb von Sekunden pitschenass. Hastig schälte er sich raus und floh in den Bus. Dort packte ihn pure Verzweiflung. Das hier auf Föhr war alles zu viel für ihn. In dieser nassen Welt würde er nie ankommen, er war eben doch durch und durch Kalifornier.

Am nächsten Morgen hatte der Regen nachgelassen, es nieselte aber immer noch. Missmutig blickte er in den trüben Himmel. Alles war feucht, seine Knochen fühlten sich an wie aufgeweicht. Auf dem Weg zum Bäcker musste er wie immer am Kuhstall der Olufs vorbei, dessen Tür weit offen stand. Er hörte, wie von drinnen eine Kuh wie wahnsinnig blökte, dazwischen schrie eine helle Frauenstimme.

«Shut up», zischte er leise und ging weiter. Seine Laune war auf dem Tiefpunkt.

«Aaaaaaaaaaaaaah!»

Das hörte sich wirklich nicht gut an, die Frau war in akuter Not.

Er kehrte um und eilte in den Stall. Dort stank es erbärmlich, es gab keine Lampe, alles lag in einem ungemütlichen Halbdunkel. Die Frau schrie erneut, und da entdeckte er Maike in einer Stallbox. Sie stemmte sich mit ihrem schmalen Körper verzweifelt gegen den riesigen Leib einer trächtigen Kuh. Ihre großen blauen Augen waren weit aufgerissen, ihr dunkles Haar war schweißnass und klebte an ihren Schläfen. Neben ihr stand, regungslos vor sich hinstarrend, ihr Großvater in Latzhose und grüner Mütze. Er war unfähig, sich zu bewegen. Harald sah, dass eine Träne über seine Wange lief, er litt wohl am meisten darunter, dass er nicht in der Lage war, mit anzupacken.

«Das Kalb sitzt schief im Bauch», rief Maike, als Harald auf sie zustürmte. Sie versuchten zusammen, das Kalb in die richtige Position zu drücken, was ihnen mit aller Kraft nicht gelang. Auch seine blonden Haare waren bald pitschnass und hingen nach allen Seiten.

«Du musst einen Tierarzt rufen», schrie er.

«Zu teuer!»

«Dann sag mir, was ich tun soll!» Mit Hühnern kannte er sich bestens aus, aber diese Kuh hier war eine Nummer zu groß für ihn. Maike überlegte nicht lange.

«Der Strick», rief sie.

Die Fruchtblase hing schon halb heraus, die Hufe des Neugeboren waren bereits zu sehen. Maike lief in die andere Ecke der Scheune, kam mit einem Strick wieder und wickelte ihn um die Klauen des Kalbs.

«Zieh du und mach, so doll du kannst!», schrie Maike.

Er packte den Strick und gab alles. Währenddessen versuchte sie, das Kalb von der Seite in die richtige Position zu schieben. Das Muttertier riss voller Schmerz die Augen auf. Nichts passierte.

«Wo ist deine Großmutter?», stöhnte Harald. Karen hatte bestimmt mehr Erfahrung als sie beide zusammen.

«Beim Arzt, auf dem Festland.»

Er blickte kurz hinüber zu Maikes Großvater, der sich in eine andere Ecke des Stalles verzogen hatte und dort auf dem Boden kauerte. Der arme Mann! Er war der Bauer und konnte nichts tun – wie schrecklich musste sich das anfühlen. Harald legte sich den Strick über die Schulter und zog ihn vom Muttertier weg, das vor Anstrengung brüllte. Währenddessen drückte Maike ihren Körper gegen den Bauch der Kuh.

«Es geht nicht», rief sie frustriert. Sie war dem Weinen nahe.

«Los, weiter», feuerte er sie an. «Wir schaffen das!»

Beide zogen und schoben erneut wie wahnsinnig. Es bewegte sich nichts, die Kuh schrie jetzt fast ohne Unterbrechung. Maike sackte erschöpft zu Boden. Harald gab nicht auf, er holte kurz Luft und zog weiter am Strick. Plötzlich bewegte sich das Kalb, vielleicht einen Zentimeter.

«Es kommt!», schrie er.

Maike lief zu ihm und packte erneut an. Seite an Seite zogen sie das Tier heraus. Harry schrie wieder, aber diesmal vor Glück.

Wenig später lag vor ihnen das neugeborene Kalb und wurde von seiner Mutter liebevoll geleckt. Mit seinen langen Beinen sah es ganz zart und filigran aus, wie ein scheues Reh, und schaute sich verwirrt um.

Maike fiel ihm um den verschwitzten Hals.

«Danke», keuchte sie.

«Gern geschehen», sagte Harry, der immer noch vollkommen außer Atem war. Er war schweißüberströmt und musste penetrant nach Tier stinken. Trotzdem fühlte sich die Umarmung von Maike wunderbar an.

«Tschüs», verabschiedete er sich leicht verlegen. «Ich muss sehen, dass ich mich wieder halbwegs sauber kriege.»

Mit dem Waschen würde es nicht so leicht werden. Der Wasseranschluss in seinem Haus stand noch aus, bis dahin musste er sich mit einem Plastikkanister vom «Nordfriesischen Gasthof» versorgen. Um diesen Gestank loszuwerden, würde eine kleine Wäsche allerdings nicht reichen.

«Du kannst bei uns baden», sagte Maike.

«Das wäre toll. Ich beeil mich auch.»

Beide schauten noch einmal auf das Kalb, das wie ein Wunder vor ihnen lag. Es sah ganz zerbrechlich aus mit seinen langen unsicheren Beinen. Auch die Kuh wirkte nicht wie ein dickes, wiederkäuendes Vieh, sondern wie ein zärtliches, stolzes Muttertier.

«Es ist zum Glück ein Mädchen», seufzte Maike erleichtert. «Die wird bestimmt eine Menge Milch geben.»

Zusammen gingen sie vom Stall ins Wohnhaus der Olufs. Das schmucklose Badezimmer mit der gusseisernen Wanne lag direkt neben der dunklen Küche, und auch hier fiel nur schummriges Licht durch ein winziges Fenster hoch oben an der Wand. Es war äußerst spärlich eingerichtet, ein weißes Waschbecken ohne Spiegel, eine Toilette, eine Wanne und der Badeofen, das war's.

Maike ließ Wasser in den Ofen laufen, holte etwas dünnes Anmachholz aus der Küche und zündete es an der Feuerstelle unter dem Badeofen an.

«Es dauert einen Moment, bis das Wasser warm ist», erklärte sie.

«Gut, dann hole ich mir eben frische Klamotten von drüben.»

Als Harald wiederkam, begleitete Maike ihn in das nun aufgeheizte Badezimmer. Nachdem sie ihm ein Stück grobe Seife in die Hand gedrückt hatte, zögerte sie kurz. Ihm ging etwas die Phantasie durch: Wollte sie etwa mit ihm in die Wanne steigen? Wie sollte er darauf reagieren? Ihm wurde ganz anders. Doch im letzten Moment verließ sie den Raum, und Harald zog sich aus.

Er ließ die Wanne halbvoll laufen, setzte sich hinein

und schloss die Augen. Im heißen Wasser fiel alle Anspannung von ihm ab, das undichte Haus, die Einsamkeit, das Heimweh. Es war das beste Gefühl seit Wochen. Er schrubbte sich mit der Seife am ganzen Körper ab, bekam den Tiergeruch aber nicht aus der Nase. Plötzlich öffnete sich die Tür leicht. Er hatte ganz vergessen, sie abzuschließen, vermutlich hatte ein Luftzug sie aufgestoßen. Von der Wanne aus konnte er Maikes Beine sehen, sie saß am Küchentisch und hörte Radio. Er überlegte, schnell aus der Wanne zu steigen, zur Tür zu huschen und sie zu schließen, damit Maike ihn nicht sah. Andererseits war das warme Wasser gerade so angenehm, und er hatte nicht die geringste Lust, etwas an seinem momentanen Zustand zu ändern. Die Tür war ja nur einen Spalt breit auf, es würde schon niemand kommen und sie aufreißen.

Plötzlich hörte er die Haustür knallen, und Karen stand mit Edda in der Küche. Karen trug ein strenges, dunkelbraunes Kostüm, das sie wohl nur anzog, wenn sie aufs Festland musste. Edda hatte ein blau gepunktetes weißes Sommerkleid angezogen.

«Was sitzt du hier faul rum? Hast du nichts zu tun?», blaffte Karen ihre Enkelin an.

Es war nur eine Frage von Sekunden, bis dieser Drache von einer Frau im Badezimmer stand und ihn nackt in ihrer Wanne vorfand.

«Das Kalb ist gekommen», erklärte Maike knapp. «Es ist gesund.»

«Sehr gut», murmelte Karen. «Ich gehe mich umziehen.»

Das war seine Chance. Er sprang aus der Wanne, band sich ein Handtuch um die Hüften, raffte seine Klamotten zusammen und eilte zur Tür, um sie zu schließen. Doch wie aus dem Nichts stand sie vor ihm, mit weit aufgerissenen Augen: Karen. Sie brachte vor Schreck keinen Ton heraus.

«Hi», grüßte er so unbefangen wie möglich.

Karen drehte sich um und brüllte Maike an: «Fängst du jetzt schon an wie deine Mutter? Hast du ein Kind gemacht mit diesem Kerl?» Sie stürmte auf ihre Enkelin zu. Edda stellte sich schützend vor sie.

Harald beschloss, dass es das Beste war, die Tür zuzumachen, sich abzutrocknen und schnell anzuziehen. Als er fertig war, ging er in die Küche, wo Karen immer noch tobte und weder ihre Enkelin noch ihre Tochter zu Wort kommen ließ.

«Wenn du ein Blag kriegst, kommt das ins Heim, dass du das nur weißt!»

«Moment.» Harald stellte sich vor sie und sah ihr direkt ins Gesicht.

«Raus hier, aber sofort!», tobte sie.

Aber er ließ sich nicht beirren. «Sie müssen sich bei Ihrer Enkelin entschuldigen.»

Karen wurde bleich. «Sie wagen es, in meinem Haus …?»

Maike nutzte ihre Atempause: «Harry hat mir geholfen, das Kalb zur Welt zu bringen. Es saß quer. Ohne ihn hätte ich es nicht geschafft. Da er noch keinen Wasseranschluss hat, habe ich ihm angeboten …»

«Interessiert mich nicht!», unterbrach Karen sie und stürmte nach oben ins Dachgeschoss.

«Mama, ohne Harry wäre das Kalb tot», wiederholte Maike leise. Sie war den Tränen nahe.

«Ich weiß», sagte Edda, ohne dass sie ihrer Tochter näher kam oder sie gar tröstend in den Arm nahm.

Harald blickte betreten zu Boden.

«Ich muss mich für meine Mutter entschuldigen», erklärte Edda.

«Da kannst du doch nichts für», sagte Harald.

Edda bedeutete ihm mit einer Geste, dass sie ihn nach draußen begleiten würde.

«Es würde dir vielleicht helfen, wenn du ein paar Leute triffst, die dir bei deinem Haus helfen», sagte sie, als sie vor der Tür standen. «Sonst wird es nie fertig.»

Offensichtlich wollte sie etwas von dem gutmachen, was ihre Mutter nicht einsah.

«Schon in Ordnung», sagte Harald.

«Heute Abend ist Tanz im Nachbardorf. Hast du Lust mitzukommen?» Sie sah ihn aufmerksam an. Er war perplex. Wieso wollte Maikes Mutter mit ihm ausgehen? Das war nun wirklich seltsam. Aber vielleicht sollte er sich einfach nicht zu viele Gedanken machen. Und außerdem war es wirklich nicht schlecht, wenn er mal unter Leute kam.

11.

Abends saß Harald am Tisch und kaute am letzten Bissen seines Käsebrots, dazu nahm er einen Schluck Tee aus seiner Tasse. Die ganze Zeit musste er an Maike denken. Bei ihrer ersten Begegnung hatte sie ihm nicht einmal «Guten Tag» sagen können, dann, am Strand mit den Pferden, war es plötzlich ganz vertraut, und heute während der Kalbsgeburt waren sie sich auch körperlich nahe gewesen, wie ein Ehepaar. Bei der Aktion selbst hatte er nur an das Kalb gedacht, aber hinterher … Maikes Geruch hatte sich mit seinem und dem des Stalls und der Kuh vermischt, er hatte ihn auch nach dem Baden immer noch in der Nase. Sehr betörend.

Ein Klopfen an der Tür ließ ihn aus seinen Träumen hochschrecken. Edda trat in die Küche. Er staunte: Sie hatte sich richtig schick gemacht. Die geblümte Sommerbluse und den engen orangefarbenen Minirock konnte sie sehr gut tragen. Zusätzlich hatte sie sich geschminkt und ihre Wimpern verlängert, wie es gerade Mode war. Trotzdem kam es ihm seltsam vor, dass er mit Edda ausging und nicht mit Maike. Er schob den Gedanken beiseite. Heute Abend wollte er unter Leute, und Maike konnte ihn nun mal nicht begleiten.

«Wie sieht's aus, Cowboy? Bist du so weit?», rief sie.

In der Hand hielt sie eine Flasche Korn, was ihn etwas irritierte. In den USA war es streng verboten, Alkohol öffentlich zu zeigen.

«Hi, Edda. Wieso nennen mich hier alle Cowboy?»

Sie lachte. «Erstens hast du heute ein Kalb zur Welt gebracht, und zweitens …» Sie fing an zu singen: *Ich will 'nen Cowboy als Mann, dabei kommt's mir gar nicht auf das Schießen an, denn ich weiß, dass so ein Cowboy küssen kann.*»

Sie flirtete ihn so offen an, dass es ihn ein bisschen erschreckte. Sie war über dreißig und er gerade mal zwanzig, das war ihr hoffentlich klar.

«Man merkt, dass Deutschland ein Land der Dichter und Denker ist», bemerkte er trocken. «Sogar die Pop-Songs klingen wie Goethe.»

Sie warf den Kopf in den Nacken und lachte herzlich. «Lass dich anschauen», sagte sie.

Er drehte sich einmal vor ihr im Kreis. Zu seinen Blue Jeans, die in Deutschland «Nietenhosen» genannt wurden, wie er beim Bäcker gelernt hatte, trug er ein weißes Hemd. Nicht gerade Hippie-Look, aber vielleicht passend, wenn man in Deutschland ausging.

«Nimmst du mich so mit?»

Sie strahlte: «Yessir.» Schon erstaunlich, wie sich die mürrische Frau aus der Küche in eine übermütige sympathische Person verwandelt hatte.

Edda goss zwei Wassergläser halbvoll mit Schnaps. Sie stießen an und kippten das hochprozentige Zeug in einem Zug herunter. Er schüttelte sich, es schmeckte teuflisch scharf.

«Willst du mich vergiften?», protestierte er.

Sie lachte und hakte sich bei ihm ein.

«Wenn du länger auf Föhr bist, gewöhnst du dich daran.»

Als sie aus dem Haus traten, ging gerade die Sonne unter. Er hielt ihr die Tür auf, als sie in seinen buntbemalten VW-Bus stieg, und setzte sich ans Steuer.

«Wo geht es hin?»

«Zum Vorglühen.» Sie hielt die Flasche Korn hoch. «In der Kneipe ist es zu teuer, deswegen trinken wir immer etwas vorweg.»

Er warf den Kassettenrekorder mit Jefferson Airplane an und startete den Motor. *California Dreamin'* begleitete sie nach Westen in Richtung Sonnenuntergang. Edda sang laut mit, während sie ihn zu einem abgelegenen Bauernhof in Dunsum lotste, der ähnlich heruntergekommen wirkte wie sein neues Zuhause. Das Mauerwerk des Wohnhauses schien feucht zu sein, das Reetdach war stark vermoost.

Edda sprang aus dem Bus und ging, ohne zu klopfen, ins Haus. Nach kurzer Zeit kam sie mit ein paar Leuten zurück, zwei Männer und zwei Frauen. Er staunte: Alle waren mehr als zehn Jahre jünger als Edda, also in seinem Alter. Jeder von ihnen hielt eine Flasche Schnaps in der Hand. Edda öffnete die beiden hinteren Seitentüren, und die Truppe kletterte herein, samt Harry.

«Moin», grüßte er in die Runde.

Ein spitteldürrer Zweimetermann antwortete: «Moin, wir haben uns schon mal bei Eicke gesehen.»

«Eicke?»

«Der Bäcker. Ich bin Holgi.»

Der andere Mann war deutlich kräftiger und stellte sich

als Boje vor. Er trug ein Fischerhemd und einen dünnen Vollbart. Bald erfuhr Harry, dass die Hübsche mit den weizenblonden langen Haaren Beate hieß und die Dunkelhaarige mit der Dauerwelle Wiebke. Sie setzten sich auf die Matratze hinten im Bus, was eng war und allein deswegen allen gefiel.

«Fuel», las Holgi beeindruckt vom Armaturenbrett ab.

«Das heißt Benzin», sagte Wiebke.

«Weiß ich selbst», brummte Holgi.

«Hoffentlich geht uns Menschen nie das Benzin aus», seufzte Boje.

Harald lachte. «Wie das denn? Öl gibt's mehr als genug auf der Erde.»

«Irgendwann ist es alle.»

«In einer Million Jahren vielleicht.»

«Wir brauchen sowieso bald kein Öl mehr», behauptete Holgi und sah triumphierend in die Runde.

«Und womit sollen wir dann Auto fahren?», fragte Wiebke.

«In wenigen Jahren düsen wir alle mit atomgetriebenen Autos durch die Gegend. Die halten fünfzig Jahre, ohne zu tanken.»

«Echt?»

«Ganz sicher.»

«Das wäre ja auch was für meinen Krabbenkutter», überlegte Boje.

«Der flitzt dann so schnell, dass du damit Wasserski fahren kannst», rief Edda.

Alle lachten. Dann wurde es heikel für Harald. Er war der erste Kanadier, den sie kennenlernten, deswegen wollten sie alles über sein Land wissen. Keiner ahnte, dass er von Kanada auch nur das wusste, was er im Geographie-Unterricht gelernt hatte, und das war nicht viel. Schnell lenkte er das Gespräch auf San Francisco, wo er kürzlich einen Freund besucht habe, und brach damit in der Clique alle Dämme. San Francisco war offenbar für sämtliche jungen Menschen der Welt so etwas wie die Hauptstadt der Freiheit.

Ansonsten ging es auch in Deutschland um die Grundsatzfrage: Beatles oder Stones? Wie in den USA fanden auch hier die braven Mädchen Paul McCartney besser als Mick Jagger – außer Edda, was ihn nicht wunderte. Die mochte auch Jefferson Airplane und Jimi Hendrix. Holgi schwärmte von Led Zeppelin, da ging für ihn nichts drüber. Boje träumte von einer deutschen Rockmusik, wofür er von allen ausgelacht wurde: «Das wird es nie geben. Dazu eignet sich die deutsche Sprache einfach nicht.» Nebenbei tranken sie einen Korn nach dem anderen.

Nach etwa einer Stunde machten sie sich auf den Weg zum Tanzlokal. «Knudsens Gasthof» lag mitten in Utersum, was ungefähr sieben Kilometer entfernt war. Die Gaststätte war umgeben von reetgedeckten Bauernhäusern, es sah fast aus wie in Oldsum und roch auch genau so stark nach frischem Misthaufen und Nordseewind. Harald fühlte sich wie ein Völkerkundler auf einer Expedition zu einem fremden Stamm. Er hatte keine Ahnung, was für Sitten und Riten ihn hier erwarten würden. Mittelschwer angeheitert stolperten sie aus seinem bunten Bus, der von den umstehenden Dorfjugendlichen neugierig beäugt wurde.

Harald hielt Edda die schwere Holztür zum Gasthof

auf. Der Schankraum war so verraucht, dass man kaum von einem Ende zum anderen schauen konnte. Über dem Tresen hing ein längliches Markenschild der Brauerei «Holsten», dahinter zapfte ein Wirt mit kariertem Hemd und schwarzer Lederweste ein Bier nach dem anderen. Neben groben Holztischen und -stühlen lag die Tanz- fläche. Ein Diskjockey mit Seitenscheitel und kariertem Hemd stand hinter dem Plattenspieler. Harald staunte: In diesem Raum waren Menschen im Alter von zwanzig bis sechzig versammelt, welche Musik würde den Ge- schmack aller treffen?

Die Antwort war ganz einfach und funktionierte wohl nur auf der Insel Föhr: Der Diskjockey legte abwechselnd Platten für jede Altersgruppe auf. Nach *Hey Joe* von Jimi Hendrix kam ein deutscher Schlager: *Immer bricht der Sommerwind, Blüten wie ein kleines Kind, das mit seinem schönsten Spielzeug nichts mehr anzufangen weiß.* Darauf folgte knallhart *Sympathy for the Devil* von den Rolling Stones und so weiter. Die Musikmischung kam Harald vor wie ein psychedelischer Trip ins Nirwana, was auch an dem hochprozentigen Korn liegen mochte, den er nicht gewohnt war. Weder die Jungen noch die Alten schien die jeweils andere Musikrichtung zu stören, sie tanzten ein- fach alle Stücke durch. Harald lernte dabei von Wiebke, wie man zu Jimi Hendrix Foxtrott tanzte. Schließlich spielte der Diskjockey Gitte mit ihrem Cowboylied, und natürlich grölten Edda und ihre Freunde textsicher mit. Sie sprangen auf die Tische, was sowohl der Wirt als auch die anderen Gäste offenbar vollkommen normal fanden. Als er selbst das erste Mal auf dem Tisch stand und laut mitsang, staunte er über sich selbst. In Petaluma hatte er immer als schüchtern gegolten, da schien sich auf Föhr einiges verändert zu haben.

Edda sang am lautesten von allen. Als unverheiratete Frau mit, wie er jetzt erfahren hatte, dreiunddreißig Jahren war sie eine Außenseiterin, das sah er deutlich. Einige verheiratete Männer hielten sie für Freiwild, andere ließen sie links liegen, weil sie für sie eine Art «Unberührbare» war. Frauen mit Ehering zeigten ihr die kalte Schulter, vermutlich empfanden sie sie als Bedrohung. Trotzdem ließ sich Edda die Freude am Feiern nicht nehmen, dafür bewunderte Harald sie.

Als sie aus der Gaststätte traten, war es draußen bereits hell. Ein herrlicher Sommermorgen stand ihnen bevor, das lag in der Luft. Die Vögel zwitscherten laut, in den Wiesen hing ein leichter Morgennebel. Die Luft roch nach Meer, er bekam Lust, sich in die Fluten zu stürzen und zu schwimmen, aber seine neuen Freunde hatten andere Pläne.

«Kommst du noch mit zum Skoften?», fragte Edda.

«Ist das was Versautes?»

«Kann man so sagen, es ist eine alte Tradition auf Föhr.»

«Was muss ich tun?»

«Mitkommen.»

Er konnte beim besten Willen nicht mehr fahren. Zu Fuß ging die Clique zu dem Bauernhaus, vor dem sie im Bus «vorgeglüht» hatten. Hier wohnte Beate, deren blonde Mähne nach dem Tanz ziemlich wild aussah. Sie schlichen durch einen Hintereingang in die rauchgeschwärzte Küche, die fast noch verrußter aussah als die der Olufs. Der Herd wurde, wie fast überall auf der Insel, mit Holzscheiten befeuert, die daneben auf dem Boden lagen. Beate zündete eine alte Zeitung an und warf sie hinein. Schnell fing das Holz Feuer.

«Komm, wir holen das Wichtigste», nuschelte Edda und zog ihn hinaus. Sie überquerten den Hofplatz und gingen in einen dunklen Stall, in dem es penetrant nach vermodertem Heu und Hühnermist stank. Edda drehte einen schwergängigen, uralten Porzellanschalter um, und eine funzelige Birne an der Decke ging an. Das Heu lagerte auf einer Art Holzempore, darunter waren Nester für Hühner. Die Ställe seines Vaters in Petaluma sahen komplett anders aus, er besaß über zweitausend Hühner, dort gab es helles Licht und saubere Futterlager.

«Geht es beim Skoften ums Schlachten?», fragte er vorsichtig.

Edda sah ihn amüsiert an. «Schiss?»

Er lachte. «Wäre nicht das erste Huhn, das ich schlachte, meine Liebe.»

Was glatt gelogen war. Als Sohn eines Hühnerfarmers hatte er nie ein Tier angerührt, was ihm sein Vater immer etwas übel genommen hatte.

«Wir brauchen für jeden mindestens drei Eier», erklärte Edda.

«Und dann?»

«Skoften bedeutet: Man geht nach dem Feiern zu jemandem nach Hause und holt Eier aus dem Stall. Die gibt es nämlich auf jedem Hof. Dann wird Spiegelei oder Rührei mit Speck gebraten.»

«Stammt das noch aus dem Mittelalter?»

«Bestimmt.» Edda lächelte. «Auf jeden Fall schmeckt es nach dem Feiern wie ein Festmahl.»

Ungeniert hob sie ihren kurzen Rock vorn etwas an, und Harald legte so viele Eier hinein, wie in den Nestern zu finden waren. Als sie zurück in die Küche kamen, stand bereits eine riesige Pfanne mit Butter auf dem Herd. Beate köpfte die frischen Eier, gab etwas Speck und Zwiebeln dazu und stellte dann sechs Teller auf den Tisch. Es gab Spiegeleier satt, Boje und er aßen noch einen sauren Hering dazu. Nach dieser langen Nacht schmeckte das tatsächlich wie in einem schicken Restaurant. Danach brühte Beate in einer großen Porzellankanne kräftigen Bohnenkaffee auf, der alle Lebensgeister zurückbrachte.

«Nächste Woche ist Disko im Erdbeerparadies», kündigte Wiebke an. «Bist du dabei?»

Harald nickte. Ab jetzt war er drin.

12.

Maike hatte sich ihre alte Cordhose und ein viel zu weites Hemd ihres Großvaters angezogen, das sie nur zum Arbeiten trug. Seit einer halben Stunde packte sie im dunklen Stall mit einer Forke Mist und Stroh auf eine Schubkarre. Auf der anderen Seite schuftete ihre Mutter, ebenfalls mit einer Forke in der Hand.

«Und? Wie war unser Nachbar so?», fragte Maike.

Dass ihre Mutter Harry mit ihrer Insulanerclique zusammengebracht hatte, sah Maike mit gemischten Gefühlen. Einerseits freute sie sich für ihn, dass er Freunde fand, andererseits blieb sie selbst außen vor. Und das, obwohl *sie* mit ihm das Kalb zur Welt gebracht hatte und nicht Edda. Eigentlich hätte *sie* mit ihm tanzen gehen müssen. Aber leider lebte sie in einer verkehrten Welt, in der ihre fünfunddreißigjährige Mutter mit dem Anfang zwanzigjährigen Nachbarn ausging.

«Gefällt er dir?» Edda grinste ihre Tochter breit an.

«Nicht witzig», zischte Maike.

«Er tanzt gerne und versteht wenig von Föhr.»

«Meinst du, er bleibt?»

Edda machte eine kleine Pause und stützte ihr Kinn auf dem Holzstiel ab.

«Ich habe ihm ein wenig unter die Arme gegriffen.»

«Will sagen?»

«Holgi und die anderen helfen ihm jetzt beim Haus.»

«Einfach so?»

«Im Gegenzug pflügt er bei ihnen.»

«Kann er das denn?»

«Keine Ahnung, er sagt ja. – Willst du noch mehr wissen?»

«Ja, wann kann ich auch mal mit ihm tanzen gehen?» Sie sah Edda direkt in die Augen.

Ihre Mutter stieß in der Stallbox nebenan ihre Forke ins Stroh und sah sie ernst an. «Von mir aus morgen. Aber du kennst ja deine Großmutter.» Den Satz, der als Nächstes kam, kannte Maike zur Genüge: «Immerhin ist *sie* dein Vormund, nicht ich.»

Maike fand, dass Edda es sich damit zu leicht machte. Mutter und Tochter auf derselben Tanzveranstaltung, das hätte für Edda schlecht funktioniert, sie wollte beim Feiern lieber freie Bahn haben. Und allein im Mittelpunkt stehen.

Maike blickte in die Stallbox, in der sie mit Harry das Kalb zur Welt gebracht hatte. Sie hatte es «Gitte» getauft, nach der dänischen Schlagersängerin. Als sie erneut eine extra große Portion Heu auf die Forke nahm, entdeckte sie ein breites braunes Lederarmband auf dem Stallboden. Das musste Harry hier verloren haben, sie erinnerte sich, dass er so eins getragen hatte. Ohne dass ihre Mutter es mitbekommen konnte, hob sie es auf und steckte es schnell in die Hintertasche ihrer Cordhose.

Bis vor kurzen hatten den Oluf'schen Hof ausschließlich Wind- und Regengeräusche umgeben, hin und wieder fuhr ein Trecker vorbei, oder eine Kuh gab ein Muhen von sich. Jetzt begleitete das stetige Klopfen und Hämmern vom Nachbarhaus Maikes Alltag. Harrys neue Freunde Boje und Holgi verstanden eine Menge von Handwerks-arbeiten und packten kräftig mit an. Da wurden Balken ausgetauscht, Leitern lehnten am Dach, damit die Löcher im Reet geflickt werden konnten, neue Fenster hatte das Haus auch schon bekommen. Am späten Abend gab es nebenan neuerdings Licht, das bis in ihr Zimmer drang. Wenn sie sich vorbeugte und Harry gerade in der Küche saß, konnte sie ihn sogar sehen. Wie gern wäre sie einfach rübergegangen und hätte sich zu ihm gesetzt. Aber dann hätte sie Karen wohl zur Strafe in den Küchenofen ge-steckt. Immerhin, nach der Geburt des Kalbes hielt ihre Oma sich etwas zurück. Wahrscheinlich war Harry durch die Aktion in ihrem Ansehen doch etwas gewachsen.

Aber nun hatte Maike einen Plan. Schließlich musste sie ihm das Lederarmband zurückgeben, das sie im Stall gefunden hatte. Außerdem war ein persönliches Danke-schön fällig, ohne ihn wäre sie bei Gittes Geburt zusam-mengebrochen und das Kalb gestorben. Also schnapp-te sie sich Thor und ritt mit ihm nicht wie sonst über den Sörenswai Richtung Deich, sondern schlug einen weiten Bogen zur Geest im Süden der Insel. Von Edda hatte sie gehört, dass Harry in der Nähe von Nieblum zu tun hatte. Er nahm die Gegenleistungen für die Hilfe bei seiner Hausrenovierung sehr ernst und arbeitete alle Stunden auf den Höfen der Umgebung ab. Heute war er angeblich auf einem Feld von Holgis Vater, das gepflügt werden musste. Über eine Stunde ritt sie zwischen den Kirchtürmen von Nieblum und Süderende hin und her. Ihre Augen hafteten am Horizont und registrierten jede kleinste Erhebung, die sich bewegte und ein Trecker sein konnte. Es waren etliche auf den Feldern unterwegs, aber keiner mit Harry.

«Wo steckst du bloß, Harry Brown?», murmelte sie.

Ihr lief die Zeit davon, sie durfte nicht zu lange wegbleiben, sonst fiel es auf. Und wenn sie jemand hier entdeckte, würde es ihre misstrauische Großmutter bald erfahren.

Sie hatte die Gegend von Nieblum längst verlassen und war schon fast in Midlum, als sie schließlich in der Ferne einen weiteren Trecker entdeckte. Wenn das nicht Harry war, musste sie umkehren, es war ihre letzte Chance. Sie ging mit Thor in den lockeren Trab. «Braves Tier», lobte sie, auf ihn konnte sie sich immer verlassen.

Es war Harry, Glück gehabt.

Er saß auf einer froschgrünen Zugmaschine und pflügte ein riesiges Feld. Ein T-Shirt trug er nicht, sein kräftiger Oberkörper war braungebrannt. Seine schulterlangen Haare hatte er mit einem roten Stirnband gebändigt, in dessen Mitte ein gläserner Stein wie ein Diamant funkelte.

Er dachte nicht daran, sich die Haare zu schneiden, obwohl er von etlichen Föhrer Friseuren Gratis-Angebote bekam, denn an seinen langen Haaren hätten die Lehrlinge hervorragend Färben und Tönen üben können. Einige ältere Insulaner fanden seinen Aufzug schludrig und fürchteten den sittlichen Verfall der Insel. Aber das waren längst nicht alle. Viele Föhrer waren zur See gefahren und hatten Völker mit den unterschiedlichsten Bekleidungen kennengelernt, denen war es komplett egal, wie Harry aussah. Und selbst die Nörgler mussten anerkennen, dass Harry kräftig anpacken konnte und etwas von Landwirtschaft verstand, was für einen Städter aus Toronto bemerkenswert war. Die jungen Leute bewunderten ihn ohnehin.

Maike versteckte sich mit Thor hinter einem Busch und beobachtete Harry. Er hielt gerade sein Gesicht vor den Rückspiegel und probierte ein paar Grimassen aus, von gruselig bis schleimig. Sie musste kichern. Wenn er geahnt hätte, dass er beobachtet wurde, wäre es ihm bestimmt peinlich gewesen. Schließlich verließ Maike ihr Versteck und ritt auf ihn zu. Als ordentliche Bauerstochter achtete sie natürlich darauf, dass sie mit Thors Hufen nicht die Ackerfurche zerstörte; auf ihrem Teil war Harry noch nicht gewesen. Im Tornister ihres Großvaters hatte sie ein Butterbrot dabei, belegt mit Eszet-Schokoplättchen, die sie bei Rickmers in Oldsum von ihrem kargen Taschengeld gekauft hatte. Als Harry sie sah, stellte er das Grimassenschneiden schlagartig ein, zog mit dem Trecker eine Schleife und kam mit aufheulendem Diesel auf sie zu. Dann stellte er den Motor aus und strahlte.

«Moin, Maike, das ist ja eine nette Überraschung.»

Seit neustem sagte er nicht mehr «Hi» zur Begrüßung, sondern «Moin» wie alle Insulaner.

Maike stieg ab.

«Was machst du hier?», fragte er.

Sie fischte das Lederarmband aus dem Tornister.

«Das gehört dir», sagte sie und reichte es ihm.

«O ja.»

«Du hast es bei Gittes Geburt verloren.»

«Wie geht es ihr?»

«Prächtig.»

«Sehr gut.»

«Äh, ich habe dir Schokobrot mitgebracht, als kleines Dankeschön für deine Hilfe.» Sie reichte ihm die Stulle. Die Schokolade war etwas geschmolzen, aber es ging gerade noch.

«Wow, danke.»

Er biss genussvoll hinein. Dabei brach die Scheibe, er fing die herausfallenden Schokoladenkrümel mit der anderen Hand auf und schob sie ohne Brot in den Mund.

«Hmmh, wunderbar.»

«Es ist eine alte Föhrer Tradition, dass die Frauen den Männern Essen aufs Feld bringen», sagte Maike.

«Und wie bedanken sich die Männer?», fragte er kokett.

«Mit einem Lied.»

Er legte sein Brot auf die Motorhaube und begann zu singen: «*Ich will 'nen Cooooowboyyyy als Mann.* Überzeugt?»

«Geht so.» Er hatte eine schöne Stimme, auch wenn die Melodie nicht ganz stimmte.

Er lachte und nahm einen großen Schluck aus einer Wasserflasche, die auf dem Boden des Treckers stand.

«Auch?»

«Danke, nein», sagte sie, obwohl sie auch durstig war. Aber aus einer Flasche mit Harry zu trinken wäre ihr irgendwie komisch vorgekommen.

«In der warmen Sonne und mit dem ganzen Staub, das ist anstrengender, als man denkt, was?», fragte sie.

Sie war selbst auch schon Trecker gefahren und wusste, wovon sie sprach.

«Da bin ich von Kanada anderes an Hitze gewohnt.»

«Aber da ist es viel kälter als hier, oder?»

«Nicht im Sommer.»

Der Wind wehte einen Hauch seines Schweißes herüber. Sie stellte fest, dass sie diese Mischung aus süß und leicht herbe schon vorher an ihm gerochen hatte und den Duft mochte.

«Komm, wir teilen das Brot», schlug er vor. Er reichte ihr eine Hälfte zurück.

«Nein, es ist für dich.»

«Okay, dann schenke ich dir auch was, als Dankeschön.» Harry sprang vom Trecker herunter, zückte ein großes Fahrtenmesser und schnitt damit einen Weidenzweig von einem Busch ab, der neben dem Feld stand. Er bog ihn zu einem Kreis und band ihn mit einer Angelschnur zusammen.

«Was machst du da?», fragte sie.

«Das wird ein Traumfänger.»

«Was bitte?»

«Das stammt von den Indianern, in jedem Tipi hängt so einer. Hier in den Kreis flechte ich ein Netz, dann kommen noch Federn und Perlen dran. Wenn du schläfst, gehen die guten Träume durch, die schlechten bleiben im Netz hängen und werden später durch die Morgensonne neutralisiert. Hier, fertig, der ist für dich. Ab jetzt wirst du nie wieder schlecht träumen.»

Er reichte ihr das Geflecht. Sie hatte so etwas noch nie gesehen.

«Und das funktioniert?»

«Die Indianer sagen, ja.»

Sie hielt den Traumfänger gegen das Licht und freute sich insgeheim wie wahnsinnig darüber, dass sie etwas von Harry mit nach Hause nehmen durfte.

«Auf jeden Fall sieht es gut aus.»

«Soll ich dir zeigen, wie man die baut?», fragte er.

«Gerne.»

«Hier nimmst du die Weide, biegst sie, dann bindest du die Enden zusammen, sodass ein Kreis entsteht. Und danach musst du noch das Netz für die schlechten Träume in den Weidenkreis flechten, guck, so.»

Sie verharrten einige Minuten schweigend nebeneinander und flochten. Dabei berührten sich ihre Finger mehrmals. Es war so aufregend, dass ihr Puls prompt hochschoss.

«Gut gemacht!», sagte er, als sie fertig war.

«Dafür kann ich dich in die Kultur der friesischen Indianer einführen», bot sie an.

Harry lachte. «Ein sehr eigenes Volk, diese friesischen Indianer, wenn du mich fragst.»

«Wieso?»

«Ich bin der Überzeugung, man muss indische Schriften studieren, um Föhrer zu verstehen.»

«Ach ja?»

«Hast du mal ‹Siddhartha› von Hermann Hesse gelesen?»

«Nein.»

Er legte den Zweig kurz auf den Boden und holte aus einer Stofftasche, die im Fußraum des Treckers stand, ein zerfleddertes kleines Büchlein. «Bitte, leih ich dir, dann verstehst du, was ich meine.»

Ihre Hände zitterten leicht, als er es ihr reichte. Sie blätterte ein bisschen darin. Harry hatte ihr sein Lieblingsbuch geliehen, das bedeutete doch etwas, oder? Es hieß auf jeden Fall, dass sie sich noch einmal zur Rückgabe treffen mussten. Sie konnte kaum erwarten, es zu lesen. Nach außen versuchte sie natürlich, sich ihre Aufregung nicht anmerken zu lassen.

«Danke. Und was hat Indien jetzt mit Föhr zu tun?», fragte sie.

«Ich denke, viele Insulaner haben sich eine Schweigeübung auferlegt, um ins Nirwana zu kommen. In Wirklichkeit sind sie brahmanische Mönche.»

Das klang jetzt wieder so verrückt wie das schwebende Pentagon …

«Komm schon! Ich rede, Edda redet, Holgi schnackt praktisch den ganzen Tag, Boje …»

«Aber andere sagen gar nichts.»

«Das sehen sie als besonderen Respekt Fremden gegenüber. Sie denken, vielleicht will der ja gar nicht vollgesabbelt werden, also halte ich besser die Klappe.»

«Du meinst, es ist eine hohe Form der Diplomatie?»

Sie nickte. «Die schlimmste Sünde im Leben eines Friesen ist Aufdringlichkeit.»

«Und die zweitschlimmste?»

«Zu viel Brimborium um sich machen.»

«Brimborium? Sorry, das Wort habe ich noch nie gehört.»

«Es bedeutet: viel Wind um sich machen, hohe Wellen schlagen, angeben. Das Wichtigste sagen die Menschen hier, indem sie nichts sagen.»

«Und wie soll ich dann verstehen, was sie wollen?»

Sie musste lachen. «Im Notfall übersetze ich das für dich.»

Harry nahm ihren Traumfänger in die Hand.

«Du hast ein Händchen dafür», sagte er anerkennend.

«Hoffentlich funktioniert es auch.»

«Probier es aus.»

«Komm, das ist Unsinn, oder?»

«Selbst wenn, damit kannst du eine Menge Geld verdienen.»

«Wer sollte so etwas kaufen?»

«Touristen. In San Francisco hängen sie über jedem Bett, aber in Deutschland kennt sie noch niemand.»

Auf einmal fühlte sie sich sehr klein. Sie würde auch gerne einfach mal so nach San Francisco fahren und am Puls der Zeit sein. Wenn Harry erfuhr, dass sie bisher noch nicht einmal in Hamburg gewesen war, würde er sie sicher auslachen.

«Föhr ist aber nicht San Francisco.»

«Die verkaufen sich auch hier, da bin ich sicher.»

Mehr Geld zu haben wäre toll.

Plötzlich spürte sie seine Hand auf ihrer Schulter. Sie hielt den Atem an.

«Wenn es hier nicht klappt, fahren wir nach Kanada und verkaufen deine Traumfänger dort. Versprochen.»

Ihr wurde schwindelig. Harry würde sie mit nach Kanada nehmen? Meinte er das ernst?

13.

Sooft es ging, las Maike an versteckten Orten «Siddhartha», sogar auf Thors Rücken. Von dem Buch durfte in ihrer Familie keiner etwas wissen, Karen und Edda wären sofort misstrauisch geworden. Der Roman war irgendwie seltsam, und wenn sie ehrlich war, verstand sie über lange Strecken kein Wort. Wie konnte das sein, wo doch «Siddhartha» für Harry eine Art Bibel war? War sie etwa zu doof dafür? Also setzte sie sich auf ihr altes klappriges Damenrad mit den dicken Ballonreifen und radelte ins benachbarte Süderende, wo die Leihbücherei lag. Bestimmt gab es dort ein Buch, das erklärte, worum es in «Siddhartha» ging. Sie fuhr extra einen Umweg durch den ganzen Ort und ließ sich viel Zeit, vielleicht würde sie ja zufällig auf Harry treffen. Wie gerne würde sie weiter mit ihm über Kanada reden. Sie wollte alles wissen: wie er aufgewachsen war, wie er sich mit seinen Eltern verstand, wie man in Toronto so lebte. Vielleicht könnte das bald auch ihr Zuhause werden!

Dass er sie nach Kanada mitnehmen wollte, hatte ihr eine Tür geöffnet, die bisher verschlossen schien. Wenn man da wirklich diese Traumfänger verkaufen konnte, wäre das eine echte Perspektive. Ja, sie war bereit für diesen Schritt, nichts wie weg, notfalls ginge sie auch ohne ihn. Blöderweise hatte sie noch drei Jahre bis zur Volljährigkeit, erst dann konnte sie tun und lassen, was sie wollte.

Leider war Harry nicht zu sehen, also fuhr sie von Oldsum aus ein paar Kilometer durch die Marsch und bog dann in Süderende ab zu dem modernen Flachbau im Wald, wo neuerdings Grundschule und Leibücherei untergebracht waren. Da sie zu Hause keinen Fernseher besaßen, waren Bücher ihr Ein und Alles. Sie las pro Woche mindestens zwei dicke Schinken.

Als sie eintrat, stand wie immer der glatzköpfige Grundschullehrer Herr Knoll, der die kleine Bücherei führte, am Tresen und beschrieb mit einem Füllfederhalter Karteikärtchen. Neben ihm thronte das lebensgroße Skelett aus der Biologiesammlung, dessen Spitzname seit vielen Schülergenerationen «Ole Hansen» war. Es kam immer in der vierten Klasse bei Herrn Knoll zum Einsatz, und alle Schüler gruselten sich davor. Aber da mussten sie durch, wenn sie auf eine weiterführende Schule wollten.

Herr Knoll hatte Maike Lesen und Schreiben beigebracht, und jedes Wort hatte sie ein Stück selbstbewusster werden lassen, dafür war sie ihm dankbar. Er hätte sie auch nie, wie zum Beispiel die Schulleiterin, vor versammelter Klasse als «Kind der Schande» bezeichnet, nur weil sie ohne Vater aufwuchs. Ja, Herr Knoll war anders als die anderen Lehrer.

«Guud Dai, Maike, hü gongt et?», grüßte er, als er sie bemerkte.

«Moin, Herr Knoll. Guud, und Ihnen?»

Er warf einen düsteren Seitenblick auf Ole Hansen. «Ich gehe nächstes Jahr in Pension. Danach kommt nur noch ein Höhepunkt, und zwar der Tod.»

Was sollte sie dazu sagen?

«Ich brauche alles über Kanada, was Sie haben», wechselte sie schnell das Thema.

«Schönes Land.»

«Waren Sie schon mal da?»

Er sah sie mitleidig an. «Kindchen, wovon denn?» Dann setzte er seine Lesebrille auf. «Wir haben einen neuen Bildband, die Texte sind aber alle auf Englisch.»

«Umso besser.»

Er holte von hinten eines der dicksten Bücher, die in seiner Bücherei zu haben waren, und schlug eine Seite auf, die bunt verfärbte Bäume im Indian Summer zeigte.

«Traumhaft», seufzte er.

«Und haben Sie auch etwas über Hermann Hesses ‹Siddhartha›?»

Herr Knoll sah plötzlich sehr streng aus. «Das ist nichts für dich.»

«Wieso das denn nicht?»

«Hesse ist Drogenliteratur», erklärte er. «Das lesen nur Kommunisten.»

Wie kam er denn jetzt auf Kommunisten und Drogen? Das musste mit seinem Alter zusammenhängen, er war 1904 geboren und hatte zwei Kriege miterlebt.

«Aber Hermann Hesse hat den Nobelpreis bekommen», gab sie zu bedenken.

«Es irrt der Mensch, solang er strebt – sagte schon Goethe. Bleib du mal lieber bei Eichendorff.»

«Wir leben in einem freien Land», protestierte sie. «Wie können Sie mir das Buch verweigern?» Langsam wurde sie richtig wütend.

Herr Knoll starrte sie entgeistert an. «Nun werd mal nicht frech», raunzte er. Er trug den Kanada-Band in seine Ausleihliste ein und schob ihr das Buch ohne ein weiteres Wort über den Tresen. Dann verschwand er zwischen den Bücherregalen.

Maike stapfte hinaus. Überall in der Erwachsenenwelt stieß sie auf hohe Mauern – sogar bei dem sonst so netten Herrn Knoll. Zum Glück war Ärger-Herunterschlucken ihre Spezialdisziplin, zu Hause trainierte sie sie täglich. Und in der Schule gab man einem «Kind der Schande» ohnehin weniger Spielraum als den anderen Schülern, auch das hatte sie gelernt. Die Anleitungen für Hesse würde sie sich woanders besorgen, Kanada war erst einmal wichtiger.

Sie war so neugierig auf den Bildband, dass sie nicht abwarten konnte, bis sie zu Hause war. Also radelte sie von der Grundschule über den Waasterslaawswai hinaus aus dem Ort und überquerte eine Weide, die so matschig war, dass sie absteigen musste. Auf der anderen Seite war ein großer Busch, hinter dem sich eine kleine windgeschützte Kuhle mit einem Teich befand. Für Maike und ihre beste Freundin Carla war es im Sommer der perfekte Ort, um in Ruhe zu quatschen und von der Zukunft zu träumen. Zusammen dachten sie sich die tollsten Dinge aus, wie sie als Filmschauspielerinnen an der Seite von Alain Delon in einem Film auftreten oder die erste Kanzlerin Deutschlands würden. Dass Letzteres für eine Frau vollkommen ausgeschlossen war, wussten sie selbst, aber es machte einfach Spaß, so herumzuspinnen.

Maike setzte sich mit dem Bildband an den Rand des Teiches und verschlang die Seiten förmlich. Kanada war mit fast 10 Millionen Quadratkilometern fast so groß wie ganz Europa, es gab dort sechs Zeitzonen. Das Land besaß die längste Küstenlinie der Welt, fast eine viertel Million Kilometer lang. Dagegen war das nordfriesische Wattenmeer ein Gartenteich. Diese Dimensionen ließen sie ehrfurchtsvoll werden. Man konnte dort monatelang durch die Wildnis laufen, ohne einen Menschen zu treffen, weder einen Einheimischen noch einen Touristen! Auf Föhr war das höchstens im Winter möglich. Der wiederum war in Kanada so kalt, dass einem, wenn man nicht aufpasste, die Nase innerhalb von Sekunden zu Eis gefror und abstarb. Das fand sie nicht so schön, aber es änderte nichts an ihrer Begeisterung.

Als sie eine Stunde später fertig war, hatte sich ihr Entschluss gefestigt: Sie würde nach Kanada gehen, am besten zusammen mit Harry, und dort Traumfänger verkaufen. Plötzlich kamen ihr die Tränen. Sie würde ihre Mutter unendlich vermissen, das wusste sie, und umgekehrt auch. Andererseits konnte sie sicher sein, dass Edda sie verstehen würde. Wer, wenn nicht sie? Sobald sie genug Geld verdient hätte, könnte sie sie nachholen.

Maike wischte sich die Tränen weg und packte den Kanada-Band auf den Gepäckträger. In solchen Situationen gab es für sie immer nur eins: zu Carla fahren. Ihre Freundin wohnte in der Nähe der Bücherei, wo ihre Eltern sich gerade ein kleines Haus gebaut hatten. In weniger als fünf Minuten war sie da. Sie klingelte an der Tür, und einen Moment später öffnete Carla. Sie hatte sich gerade die Haare gewaschen und trug ein Handtuch auf dem Kopf.

«Moin, Maike, komm rein.»

«Moin, Carla.»

Carlas Zuhause war jedes Mal ein kleiner Schock für sie: Hier bekam sie vorgeführt, wie ein normales Leben aussehen konnte. Es gab keinen einzigen dunklen Raum, selbst die Schattenseite des Hauses war heller als die Sonnenseite bei ihr zu Hause. Carla ging vor in die nagelneue weiße ALNO-Einbauküche. Ihre Eltern waren nicht da.

«Soll ich uns einen Kaba machen?», fragte Carla.

«O ja.» Ein warmes Getränk würde ihr jetzt guttun.

«Ist irgendwas mit dir?»

«Nee, wieso?»

«Du siehst so bedröppelt aus.»

«Weiß auch nicht.»

Carla goss etwas Milch in einen kleinen Topf und stellte den Gasherd an. Wie schnell das hier ging! Kurz bevor die Milch kochte, gab Carla etwas von dem Instant-Kakaopulver in zwei große Becher und goss es mit der Milch auf. Dazu gab sie noch zwei Löffel Zucker. Nicht gerade das, was der Schulzahnarzt empfohlen hatte, aber es schmeckte wunderbar.

Sie nahmen die Becher mit nach oben. Carla bewohnte das kleine Zimmer unterm Dach, von dem aus man einen weiten Blick auf die Landschaft hatte. Die Wände waren mit hellen Holzpaneelen ausgeschlagen, über dem Bett hing ein Poster vom sanften Beatle George Harrison, das sie aus der «Bravo» ausgeschnitten hatte.

«Ich wollte, die Jungs würden mich auch so anbaggern wie dich», seufzte Carla und nippte an ihrem Kakao. Sie hatten es sich auf ihrem Bett bequem gemacht.

«Dein Tag wird kommen», sagte Maike.

«Aber nicht bei Morten. Wie findest du den?»

Morten war ein dänischer Schüler, der seit kurzem in ihre Klasse ging und tatsächlich toll aussah.

«Der hat schon was. Bist du in ihn verknallt?»

«Vielleicht. Und du?»

«Nee, keine Angst.»

Einige Jungen aus der Klasse zeigten zwar Interesse an Maike, aber sie selbst wollte lieber nichts mit ihnen zu tun haben. Manche wohnten im nahegelegenen Internat, es waren Söhne aus betuchtem Haus, deren Eltern Villen in Hamburg und Ferienhäuser in der Schweiz besaßen. Sie hätte sich geschämt, ihnen ihr heruntergekommenes Zuhause zu zeigen. Das sollte ihre Sache bleiben und in der Schule kein Thema werden.

«Hast du mal ‹Siddhartha› von Hesse gelesen?», fragte sie unvermittelt. Sie trug das Buch, das Harry ihr geschenkt hatte, immer bei sich.

«Zeig mal.»

Carla schlug eine beliebige Seite auf und las eine Stelle laut vor, die Maike mit Bleistift unterstrichen hatte: «‹Ein Reiher flog überm Bambuswald – und Siddhartha nahm den Reiher in seine Seele auf, fraß Fische, hungerte Reiherhunger, sprach Reihergekrächz, starb Reihertod.›» Sie sah sie ratlos an: «Was will uns der Autor damit sagen?»

«Na ja, das hat schon einen Sinn», sagte Maike.

«Und welchen?»

Carla war manchmal erschreckend verbindlich.

«Ähm, vielleicht, dass man sich in die Natur hineinversetzen soll?»

Das war jetzt geraten und bestimmt falsch, aber egal.

Carla schlug eine andere Stelle auf: «‹Tagelang verharrte er im Nicht-ich.› Und was heißt das?»

«Ich finde es einfach abgefahren, auch wenn ich es dir nicht erklären kann.»

«Verstehe.» Carla blätterte an den Anfang und grinste plötzlich. «Ah, jetzt ist es klar.»

Maike stellte sich ans Fenster. «Du hast es doch gar nicht gelesen.»

«Ich meine, jetzt wird mir klar, wofür Siddhartha steht.»

«Das ist was Indisches.»

«Nee, vorne steht ein Name … H. Peterson.»

«So?» Maike spürte, wie sie rot anlief.

Carla lachte. «Ich würde sagen, Siddhartha ist aus Kanada und wohnt gleich bei dir um die Ecke.»

«Harry heißt aber Brown und nicht Peterson.»

«Dann hat er das Buch eben gebraucht gekauft. Komm schon, gib es zu!»

Maike holte tief Luft. «Vielleicht hast du ein bisschen recht.»

Carla lachte erneut. «*Ein bisschen*? So schnell, wie du in letzter Zeit nach der Schule nach Hause willst, das ist nicht normal. Du bist total in ihn verknallt!»

«Gut, es stimmt.» Es war das erste Mal, dass sie es vor einer anderen Person aussprach.

«Dann müssen wir reden.»

«Worüber?»

Carla nahm ihre Hand, was sie sonst nie tat. Was kam denn jetzt?

«Du bist doch meine beste Freundin, oder?», fragte sie.

«Ja, klar.»

Carla stand auf und schaute aus dem Fenster auf die Kurklinik, die ein paar Kilometer entfernt wie eine wuchtige Burg am Strand lag.

«Das bedeutet, dass wir uns immer die Wahrheit sagen müssen.»

«Logo. Und?»

Worauf wollte sie hinaus?

«Es ist nicht ganz einfach ...», stammelte Carla.

«Sag es.»

«Gut.» Sie holte tief Luft. «Hippies sind alle Drogendealer, wusstest du das?»

Maike lief ein Schauer über den Rücken. «Harry ist kein Hippie!»

Aber Carla ließ sich nicht beirren: «Hippies haben nur ein Ziel: dich von Drogen abhängig zu machen und zu schwängern.»

«Wer sagt das?»

«Das stand in der Zeitung.»

«Aber damit hat Harry nichts zu tun.»

«Weißt du's?»

«Er nimmt keine Drogen, da bin ich sicher. Außerdem ist er anders.»

«Das kann ich nur für dich hoffen.»

Maike spürte ganz genau, dass sie sich jetzt nicht einschüchtern lassen durfte. Ihr Gefühl sagte ihr eindeutig, dass sie richtig lag. Ab jetzt würde sie so viele Traumfänger produzieren, wie es nur ging, und jeder einzelne von ihnen war ein Teil der Schiffspassage nach Kanada. Ihre Großmutter würde sie schon gehen lassen, sie konnte sie ja schlecht festbinden. Harry würde ihr bestimmt bei den ersten Schritten helfen. Föhr und ihre verkorkste Familie gehörten vielleicht schon bald der Vergangenheit an.

14.

ZWEITAUSENDVIERZEHN

Es ist absolut windstill. Harald steht ausgehbereit vor Bojes Haus und wartet auf sein Taxi. Die Abendsonne taucht die Häuser in einen rötlichen Schimmer, die Marsch kommt gerade zur Ruhe, kaum ein Vogel ist zu hören. Die friedliche Stimmung wirkt auf ihn wie ein Versprechen: Das wird ein toller Abend, ja, eine tolle Nacht werden. Boje hat ein Revival-Treffen mit der Clique von damals bei Beate arrangiert, worauf Harald sich sehr freut, schließlich hat er sie alle so lang nicht gesehen. Er ist erstaunt, wie viele der Leute von damals noch auf der Insel sind, die meisten hatte er längst vergessen.

Dass Boje ihm sein Haus in Oldsum überlassen hat, ist eine große Freundschaftsgeste. Und das nach all den Jahren, in denen er sich nicht gemeldet hat! Innen ist es wunderschön eingerichtet, es besitzt alles, was ein tolles Haus haben muss, und darüber hinaus sogar eine Badewanne mit Wassermassage und einen Induktionsherd, auf dem es sich hervorragend kochen lässt. Er sollte es sich hier richtig gutgehen lassen und mal nichts tun. Stattdessen arbeitet er wie ein Wilder an seinen Bildern. Den ganzen Tag hat er an dem großen Holztisch im Wohnzimmer gesessen und die Fotos bearbeitet, die er auf Föhr gemacht hat, und darüber hinaus zwei Bilder seiner Eltern, die er nach mühevoller Suche in der Feringstiftung gefunden hatte: Auf dem einen sitzt sein Vater in dunkler Hose und kurzärmeligem weißem Hemd auf einem Weidezaun und lächelt mit schneeweißen Zähnen in den viel zu hellen Blitz. Am Bildrand ist seine Mutter Emily zu sehen, die in ihrem Kostüm unglaublich elegant aussieht, ein bisschen wie Jackie Kennedy. Ob das für Föhr nicht etwas overdressed war? Auf jeden Fall steht es ihr hervorragend. Auf dem anderen Foto sind die beiden ganz klein im verrauchten «Nordfriesischen Gasthof» auf einer Tanzveranstaltung zu erkennen, seine Mutter hat eine Zigarette im Mundwinkel, sein Vater hebt gerade einen Bierkrug. Harald ist begeistert, wenn er sieht, wie jung sie damals waren, und gleichzeitig wird er etwas melancholisch, weil sie schon so lange tot sind.

Er hat sich alle Fotos von einem Wyker Fotografen auf Postergröße ziehen lassen, darunter einen abgebröckelten Ziegelstein an einem alten Bauernhaus, einen Rosenstock, einige Giebel. Dann hat er «Marink» an der Oldsumer Hauptstraße aufgesucht, einen Laden, den er in diesem abgelegenen Dorf nie vermutet hätte. Dort findet man auf einer riesigen Ladenfläche eine irre Mischung unterschiedlichster Waren von Buddelschiffen, Plastikmöwen und kitschigem Geschirr mit Schafsmotiven über Stoffbahnen und Eierbecher bis hin zu Patronengürtel für Jäger, Pflegemittel für Gummistiefel und Wollpullover. Der Laden hat eine eigene Kunstabteilung, wo er sich mit Ölfarben, Leinwänden und Rahmen verschiedener Größe eingedeckt hat. Zu Hause angekommen, hat er sich dann darangemacht, die Fotos mit unterschiedlichen Farben zu übermalen, wodurch sie eine ganz neue Struktur bekommen. Im Wohnzimmer stapeln sich immer mehr Gegenstände, die er auf die Bilder kleben will: feingeschliffene Steine vom Strand, Gänsefedern, styroporleichte Treibholzstücke, die jahrelang im Meerwasser gelegen haben müssen. Er hat noch viel zu tun.

Das Taxi kommt und fährt ihn Richtung Westen in den Sonnenuntergang. Als er am Ziel ist, spürt er, wie aufgeregt er ist. Den alten, heruntergekommenen Hof von Beates Eltern gibt es nicht mehr, stattdessen steht dort jetzt ein schlichtes Einfamilienhaus im Baustil der Siebzigerjahre. Er klingelt und wartet ein paar Sekunden. Als eine ältere Frau öffnet, muss er sich erst mal einen Moment sortieren. Das muss Beate sein. Wenn er ehrlich wäre, müsste er zugeben, dass der erste Eindruck ein Schock ist. Er hat sie das letzte Mal mit zwanzig gesehen. Dass das Alter niemanden schöner macht, ist eine Binsenweisheit; es aber so konkret vor Augen geführt zu bekommen ist ernüchternd. Er mag sich nicht vorstellen, dass es seinem Gegenüber in diesem Augenblick genauso geht.

Beate lächelt ihn begeistert an.

«Moin, Harry, ist das schön!», ruft sie.

«Moin, Beate, wie herrlich, dich wiederzusehen!»

Sie umarmen sich herzlich. Plötzlich kommt eine andere Frau um die Ecke geschossen und ruft: «Na, kennst du mich noch?»

Spontan hätte er «Nein» gesagt, aber er weiß von Boje, dass auch Wiebke kommen soll.

«Wiebke», ruft er auf Verdacht – und liegt damit zum Glück richtig. Die Frau nickt bestätigend und umarmt ihn ebenfalls.

Die Frauen führen ihn ins Wohnzimmer, das mit schweren Polstermöbeln und einer riesigen Schrankwand ausgestattet ist. Alles ist bis in die letzte Ecke aufgeräumt, nichts liegt herum. Sie lassen sich gemeinsam auf dem Sofa nieder und tauschen sich erst einmal grob über die letzten vierzig Jahre aus.

«Ich bin schon seit vielen Jahren Oma», erklärt Wiebke, «und habe inzwischen zehn Enkelkinder.»

«Beeindruckend», murmelt Harald. Die Zeiten haben sich wirklich geändert.

«Und du?», fragt sie.

«Eine Tochter», sagt er und lächelt. «Ansonsten bin ich Single und noch zu haben.»

«Hört ihn euch an», ruft Beate. Sie ist inzwischen glücklich geschieden und verdient mit Vermietungen ein kleines Vermögen.

Sie quatschen alle wild drauflos und kichern herum wie früher. Kurze Zeit später kommen Boje und Holgi dazu. Boje trägt einen Ghettobluster über der Schulter, aus dem Jefferson Airplane dröhnt. Holgi hat zwei Flaschen Korn dabei – «zum Vorglühen». Beate fängt gar nicht erst mit kleinen Schnapsgläsern an, sondern reicht gleich Wassergläser, die bis zum Rand gefüllt werden.

«Skål.»

«Skål.»

«Skål.»

«Skål.»

«Skål.»

Plötzlich muss Harald an Eddas Grabstein auf dem Walfängerfriedhof von Süderende denken, und er verspürt einen Stich. Es fühlt sich nicht richtig an, dass sie an diesem Abend nicht dabei sein kann. Sie hätte es in vollen Zügen genossen.

«Ich trinke auf Edda», ruft er.

«Auf Edda!», stimmen die anderen mit ein.

Er erfährt, dass sie vor langer Zeit aufs Festland in die Nähe von Husum gezogen und dort mit einem Keyboardspieler zusammen war, mit dem sie als Sängerin auftrat. Die beiden waren auf dem Land sehr beliebt und tingelten durch ganz Schleswig-Holstein. Das kann man sich gut vorstellen bei der Frau, die bei «Knudsens» auf den Tischen tanzte. Sie sei ganz plötzlich an einem Herzschlag gestorben, erzählt Boje, ein gnädiger Tod, wenigstens das. Schade, dass er sie nicht wiedersehen kann, denkt Harald, sie war ein besonderer Mensch. Aber immerhin hatte sie ein glückliches Leben, und das hat sie auch verdient.

Nach dem Vorglühen fahren sie im Großtaxi zum legendären Erdbeerparadies. Die Musikkneipe in Boldixum ist ein unscheinbarer Klinkerbau, der etwas abseits der Straße liegt. Als sie eintreten, jubelt Harald innerlich auf: Es sieht noch genauso aus wie früher! Das Erdbeerparadies gibt es seit über hundert Jahren, Ende der Sechziger war es *der* Tanztempel auf Föhr. In einer Ecke steht ein gelber Sonnenschirm, davor einige Barhocker, an den Wänden hängen alte Wagenräder und ein weißes Stallfenster ohne Glas. Gerahmte Plakate zeigen, welche Musikgruppen hier einmal aufgetreten sind. Auch wenn das Gebäude weder innen noch außen wie das Paradies aussieht, wurde hier doch seit über hundert Jahren so heftig gefeiert wie kaum anderswo. Die Geschichte mit dem echten Krokodil, das hier verlost wurde, ist wahr.

Ein Artenschutzabkommen für seltene Tiere wäre Ende der Sechziger noch niemandem eingefallen. Damals war alles so naiv und unschuldig, und man glaubte an den unbegrenzten Fortschritt. Auch wenn es letztlich eine Illusion war, fühlte es sich gut an, heute vermisst er das manchmal.

Sie sind mit Abstand die Ältesten auf der Ü-30-Party – allerdings auch die, die am meisten tanzen. Die jüngeren Gäste staunen über die Headbanger, denen die Musik gar nicht hart genug sein kann. Wahrscheinlich nerven sie fürchterlich, aber das ist ihnen egal, heute ist ihre Nacht!

Der Diskjockey spielt extra viele alte Titel: Stones, Hendrix, Janis Joplin, Led Zeppelin. Doch Harald fordert immer wieder lautstark: «Gitte!» Und dann singen seine Freunde vor der Theke im Chor *Ich will 'nen Cowboy als Mann*. Bei den Jüngeren kommt das überhaupt nicht gut an, Gitte steht anscheinend auf ihrer «Geht-gar-nicht-Liste». Sosehr Wiebke und Beate den Diskjockey auch bequatschen, er weigert sich aus Rücksicht auf die anderen Gäste, den Titel zu spielen.

«Was ist eigentlich aus deinen atomgetriebenen Autos geworden?», neckt Harald Boje.

«Atomkraft ist Mist», antwortet der.

«Du wolltest sogar deinen Krabbenkutter auf Uranantrieb umrüsten.»

Jetzt muss Boje lachen. «Erzähl mir nichts. Ich habe früher viel Unsinn geredet, aber das …»

In diesem Moment ertönt «Marmor, Stein und Eisen bricht» aus den Lautsprechern, das alle im Raum mitsingen, auch die Jüngeren. Offensichtlich hat es die Zeit überdauert. Ja, es ist ihr Abend. Nur Edda fehlt, aber

Harald ist sicher, dass sie da oben spürt, wie sie an sie denken.

Gegen vier Uhr morgens geht es mit dem Taxi zurück zu Beates Haus, zum Skoften. Obwohl dieses Ereignis diesmal in einer hellen, aufgeräumten Luxusküche mit Fußbodenheizung stattfindet und die Eier nicht aus dem Stall, sondern aus dem Supermarkt kommen, ist es genauso großartig.

Alle sind ziemlich erschöpft.

«Meine Bandscheiben», stöhnt Boje und legt die Beine auf den Couchtisch.

«Mir tun vielleicht die Füße weh», klagt Holgi.

«Wehleidige alte Männer.» Wiebke lacht.

«Es sind aber *echte* Schmerzen», beschwert sich Holgi.

«Wer jammert, muss fünf Euro zahlen», schlägt Harald vor.

«Dann bist du als reicher Ami ja am besten dran.»

«Meinst du mich? Erstens bin ich Kanadier, und zweitens ist mein Haus abgebrannt. Schaut *euch* mal dagegen an mit euren Friesenpalästen.»

Beate nimmt Harrys Hand und streichelt sie. «Da hast du recht, Harry. Wir werden dir Pakete mit Lebensmitteln packen.»

Obwohl sie alle hundemüde sind, tanzen sie im Wohnzimmer weiter. Und bei Beate wird endlich Gitte gespielt. Harald fragt sich, ob der Text immer schon so schwachsinnig war oder ob Gitte ihn nachträglich geändert hat:

Mama sagt: Nun wird es Zeit, du brauchst 'nen Mann, und zwar noch heut'! Nimm gleich den von nebenan, denn der ist bei der Bundesbahn. Da rief ich: No, no, no, no, no, mit dem würd' ich des Lebens nicht mehr froh! Aber warum denn nicht,

Kind, da hast du doch deine Sicherheit, denk doch mal an die schöne Pension bei der Bundesbahn, was willst du eigentlich?

Eine gute Stunde später schlendert Harald im Morgengrauen zurück nach Oldsum. Für die paar Kilometer braucht er kein Taxi. Als Tierfotograf war er in der kanadischen Wildnis oft um diese Zeit unterwegs, er liebt die besondere Stimmung kurz nach Sonnenaufgang. Die Luft ist rein, die Sonne füllt die Marsch mit klarem Morgenlicht, die ersten Seevögel begrüßen den Tag. Er hört einen Austernfischer heraus, einen Kiebitz und natürlich etliche Möwen. Bald leuchtet ihm das Ortsschild von Oldsum goldgelb entgegen. Auch für die Reetdächer ist es die schönste Stunde, sie wirken noch eleganter als sonst.

Doch als er sich Maikes Ulmenallee nähert, holt ihn plötzlich die Erinnerung an den schrecklichsten Tag seines Lebens ein, ohne dass er sich dagegen wehren kann. Er spürt es fast körperlich: Genau an dieser Stelle wollte er damals mit seinem bunten VW-Bus in die Ulmenallee abbiegen. Mit einem Mal konnte er die Arme nicht mehr bewegen, sie versagten ihm unerklärlicherweise den Dienst. So etwas hatte er noch nie erlebt, es war furchtbar. Irgendwie schaffte er es auszusteigen, aber anstatt ins Haus zu gehen, lief er instinktiv auf die Wiese dahinter, wo Fury stand. Die Gute kam auch sofort angetrabt, stupste ihn zärtlich mit dem Kopf. Aus den Augenwinkeln hatte er das halb geöffnete Tor der Oluf'schen Scheune sehen können. Irgendwie hatte er das Gefühl, dass dort etwas anders war als sonst. Dann fiel ihm auf, was es war: Er hatte etwas Dunkelgrünes gesehen, das im Stall nichts zu suchen hatte. Er überlegte, woher er dieses Grün kannte.

Vorsichtig schlich er um das Haus und zuckte zusammen: Dort parkte ein Polizeiwagen. Im Stall mussten Polizisten sein, und sie waren seinetwegen gekommen, schoss es ihm durch den Kopf, es konnte nicht anders sein! Sie warteten auf ihn, um ihn zu verhaften! Mit zitternden Händen sprang er auf Furys Rücken und galoppierte fort. Er hatte keine Idee, wohin es jetzt gehen konnte. Auf dem Pferd würden sie ihn schnell kriegen, überall waren Posten aufgestellt, und die konnten in der flachen Landschaft kilometerweit gucken. Und Maike war an allem schuld …

Auch an diesem friedlichen Morgen scheint es das Schicksal nicht gut mit ihm zu meinen. Denn wer tritt gerade mit einem Besen in der Hand aus ihrer Praxis? Maike! Eine schwarze Haarsträhne hängt ihr im Gesicht, sie trägt eine alte Jeans. Mit energischen Bewegungen beginnt sie, die Straße vor dem Haus zu fegen. *Seinem* Haus! Sie werfen sich einen kurzen, abfälligen Blick zu und tun dann beide so, als ob sie sich nicht gesehen hätten.

Plötzlich erscheint eine einzelne weiße Wolke am makellos blauen Himmel. Sie ist nicht besonders groß, aber es ist tatsächlich die einzige. Harald erschrickt. Es heißt doch immer, Geschichte wiederholt sich nicht. Aber genau diese Wolke hat er schon einmal gesehen. Sie ist nach ein paar Jahrzehnten zurückgekehrt. Das letzte Mal, als er sie sah, kam er von einer Party, die wohl die beste und lustigste seines Lebens war. Sie fand auf Sylt statt und hatte zum Glück nichts mit Maike zu tun, jedenfalls nicht direkt. Plötzlich sieht er alles wieder genau vor sich.

15.

ENDE DER SECHZIGER

Trotz der Arbeit an seinem Haus fand Harald täglich Zeit
für einen Ausritt mit Fury. Bei Ebbe ging er mit ihr ins
Watt, zu den unterschiedlichsten Zeiten, je nach Wasser-
stand. Er atmete immer laut auf, wenn er über den Sörenswaii auf den Deich ritt und ihm dort der Wind ins
Gesicht blies. Die Wolken am Himmel kamen ihm vor wie
alte Freunde. Manchmal lachten sie ihm förmlich entgegen, ein anderes Mal begleiteten sie ihn einfach stumm
auf seinem Weg. Auch die Geräusche waren jeden Tag anders. Der Wind blies in allen Tönen, rauschend oder pfei-
fend, mit oder ohne Regen. Einmal war das Marschland
totenstill, weil sich kein Lüftchen regte, aber im Watt traf
er auf eine Möwenkolonie, in der es so laut durcheinan-
derkeckerte, dass man sein eigenes Wort nicht mehr verstand. Die Kamera hatte er immer dabei, er fotografierte
mehr Filme voll als in einem Monat in San Francisco.

So schön das alles war: Seine Sehnsucht nach Maike
vermochte es nicht zu stillen. Jedes Mal hoffte er, auf sie
zu treffen. Das Bild, wie sie mit ausgebreiteten Armen
auf dem Pferderücken gestanden hatte, bekam er nicht
mehr aus dem Kopf. Ihr Gespräch über Föhr, das Pentagon und den Sommer der Liebe war wie ein Film, den

er immer wieder abspulte. Er hatte keine gute Figur gemacht, fand er, bestimmt hielt sie ihn für einen Spinner, das würde er gerne richtigstellen. Als sie ihm die Schokoladenbrote zum Trecker gebracht hatte, war sie irgendwie anders gewesen. Oder bildete er sich das nur ein? Die eiserne Wand, die Karen Olufs zwischen ihnen beiden errichtet hatte, ließ ihn verzweifeln. Warum wollte sie unbedingt verhindern, dass Maike ihn traf? Er hatte doch nur mit ihr geredet!

Frustriert ging er zur Weide hinter seinem Haus. Fury kam neugierig angetrabt. Er gab ihr ein paar Äpfel, die sie laut malmend verschlang, und streichelte ihr über die Mähne. Wie gut, dass er sie hatte. Noch während er sie betrachtete, hörte er, wie sich ihm jemand von hinten näherte. Er drehte sich um. Hauke Olufs, Maikes Großvater, war an den Zaun getreten. Er hatte ihn bisher nur zweimal gesehen, einmal in der Küche und einmal im Kuhstall. Nie zuvor waren ihm die großen blauen Augen, die feinen Hände und die fast filigrane Figur des Mannes aufgefallen. Maike kam sehr nach ihm. Man hätte in ihm eher einen Tänzer vermutet als einen Landwirt. Er stand einfach da in seiner dunkelblauen Latzhose und dem weißen Hemd und schwieg.

«Inselkoller?», fragte Hauke nach einer Weile.

«Wieso? Wie kommst du darauf?»

«Du siehst so aus.»

«Ja, kann schon sein.»

«Ist heilbar.»

«Und wie?»

Haukes Stimme blieb leise. «Kurz abhauen, dann geht das schon wieder. Ich muss auch mal raus.»

Beide Männer warfen einen langen Blick Richtung Deich, hinter dem die Dünen der Insel Sylt zu sehen waren.

«Wie ist es da drüben?», fragte Harald. Nach Imkes Erzählungen war er neugierig geworden.

«Speziell.»

«Will sagen?»

«Am Strand laufen da nackte Reiche rum.»

Harald lachte. «Das höre ich jetzt schon das zweite Mal. Sylt soll wilder sein als San Francisco? Du willst mich auf den Arm nehmen.»

«Dat is so!»

Falls es wirklich stimmte, war das eine Weltsensation. Aber es konnte einfach nicht sein.

«Gut, dann frage ich Holgi, ob er mir sein Boot leiht, und fahre rüber.»

«Nimmst mich mit?»

Harald zögerte einen Moment. Karen würde ihn vierteilen, wenn sie davon erfuhr. War nicht ohnehin schon alles kompliziert genug? Andererseits war Hauke ein freier Mann. Er durfte bloß unterwegs nicht in seine depressive Trance verfallen. Aber dann erinnerte sich Harald daran, dass in San Francisco der Sommer der Liebe ausgerufen worden war. Und *er* dachte kleinkariert wie ein reaktionärer Sheriff im Mittleren Westen? So würde sich in der Welt nie etwas ändern. Ihm fiel der Che-Guevara-Spruch ein, mit dem er Haukes Frage prompt beantwortete:

«Seien wir realistisch, versuchen wir das Unmögliche.»

Keine halbe Stunde später waren die beiden Männer in Haralds VW-Bus auf dem Weg nach Utersum. Dort angekommen, stiegen sie in ein kleines Holzboot, das

Bäcker Eicke gehörte. Da er es zurzeit nicht brauchte, durfte Harald es sich jederzeit nehmen. Hauke setzte sich nach vorne, er trug immer noch Arbeitskleidung, offenbar fühlte er sich darin am wohlsten. Harry hatte seine Pumphose und das Indianerhemd an. Er startete den Außenborder mit einem Ruck an einer Leine. Der Motor meldete sich laut, stotterte und spuckte Öl wie nichts Gutes. Aber es funktionierte. Gemächlich tuckerten sie über das ruhige Meerwasser Richtung Sylt, das direkt gegenüberlag. Hauke saß am Bug, sein Gesicht zeigte keine Regung, aber Harald hatte den Eindruck, dass er innerlich sehr bewegt war.

Als sie die Südspitze bei Hörnum passierten, wurde die See rau, das Boot stampfte in der kurzen Dünung auf und ab. Hauke blieb stoisch, sein Gesicht veränderte sich nicht die Spur. Hoffentlich überforderte ihn der Törn nicht. Die Wellen wurden immer höher, das Boot kippelte. Harald orientierte sich gedanklich an der großformatigen Karte des nordfriesischen Wattenmeers, die am Utersumer Kurstrand in einem Schaukasten hing. Nicht, dass er sie dabeigehabt hätte, er hatte sie nur grob im Kopf.

Immer deutlicher wurde am Sylter Strand eine Gruppe Badegäste sichtbar, hier irgendwo musste der Strand mit den Nackten sein. Harald drehte bei, sodass sie die Wellen im Rücken hatten. Kurze Zeit später stellte er den ölenden Außenborder aus und ließ das Boot von der Strömung an Land treiben. In der Brandung drohten sie mehrmals zu kentern und setzten schließlich so hart auf, dass Hauke fast von Bord geflogen wäre. Es ging gerade so gut. Schon kamen die Leute von Strand auf sie zugelaufen. Von wegen Nacktstrand! Es war genau, wie er vermutet hatte: Die Frauen trugen ganz brav Badeanzug oder Bikini, die Männer Kastenbadehosen. Nackt war hier keiner. Es stand in Deutschland vermutlich genauso unter Strafe wie in den USA.

«Wir sind falsch hier», brummte Hauke.

Harald glaubte ihm kein Wort. «Also, du hast deinen Spaß mit den nackten Millionären gehabt, und ich lege mich jetzt an den Strand.»

«Wir sind falsch hier», wiederholte Hauke.

Ein junger Mann in Badehose kam auf sie zu.

«Wo sind wir?», fragte Hauke ihn.

«Buhne 12.»

«Siehste», sagte Hauke zu Harald. «Buhne 16 ist nördlicher, hinter Kampen.»

Harald blickte skeptisch auf die hohen Wellen, die an Land schlugen. Es würde schwer sein, hier mit dem Boot wieder wegzukommen. Das sollte er nur noch einmal riskieren: auf der Rückfahrt.

«Buhne 16 ist anders», sagte Hauke.

«Warst du schon mal da?»

«Nee, aber das sagen alle.»

Vielleicht logen alle, weil «reich» und «nackt» einfach eine lustige Kombination war. Aber da Hauke gerade eine gute Phase hatte und redete, wollte Harald ihm nicht den Spaß verderben.

«Also gut.»

Ein paar junge Männer halfen ihnen, das Boot wieder durch die Brandung zu schieben, dann tuckerten sie über die hohen Wellen weiter Richtung Norden, vorbei an Westerland. Die hellen, mit Gras bewachsenen Dünen sahen überall gleich aus, wie sollte er da Buhne 16 finden? Da entdeckten sie etwas weiter nördlich einen hohen Mast am Strand, an dem eine große weiße Fahne wehte. Irgendwas stand darauf geschrieben.

«Hier muss es sein», sagte Hauke.

«Sicher?»

«Nur so ein Gefühl.»

Es wurde eine ähnliche Bruchlandung wie zuvor, das Boot landete im Sand und wurde sofort von der Brandung überspült. Ein braungebrannter Mann mit mittellangen Haaren, langen Koteletten und einer großen Sonnenbrille kam auf sie zu.

«Wo sind wir hier?», fragte Harald.

«Planet Erde, Nordhalbkugel, Sylt, Buhne 16», antwortete er.

Er packte kräftig an und zog das Boot mit an den Strand. Erst danach nahm Harald wahr, dass der Mann nackt war – wie alle anderen um ihn herum auch. Einige spielten sogar nackt Boccia. Harald konnte es nicht fassen, alles an ihnen schlackerte nur so hin und her. Jetzt konnte er auch erkennen, was auf der Fahne stand: «Hose runter, Gunter!»

«Was heißt das?»

«Hier ziehen alle blank.»

Er schaute sich um. Tatsächlich waren Hauke und er die einzigen Bekleideten weit und breit. Harald wurde schlagartig klar, welch skurriles Bild sie abgeben mussten. Er in gelber Pumphose aus Seide und Indianerhemd, seine sonnengebleichten schulterlangen Haare von einem roten Stirnband gebändigt, und neben ihm Hauke in blauer Latzhose, kurzärmeligem Hemd und mit Cordmütze auf dem Kopf. Um sich nicht zu blamieren, blieb ihnen nichts anderes übrig, als sich auch auszuziehen.

Wieder musste Harald an das Spontankonzert in Haight-Ashbury mit den nackten Hippies denken. Dort hätte er sich das nie getraut. Ausgerechnet hier, weitab von San Francisco, auf einer Insel in der Nordsee, überwand er all seine Hemmungen. Genauso wie Hauke, der als Einziges seine grüne Cordmütze aufbehielt. Immer mehr nackte Frauen und Männer gesellten sich zu ihnen. Harald wusste gar nicht, wo er hinschauen sollte, besser gesagt: *durfte*. Höflichkeitsregeln für den nackten Ernstfall hatten ihm seine Eltern nicht beigebracht.

«Ihr seht aus wie Künstler», befand der Mann, der sie so nett begrüßt hatte.

«Wieso?»

«Dafür habe ich einen Instinkt.»

Hauke tippte sich nur mit dem Zeigefinger an die Cordmütze und sagte laut: «Jo.»

Harald hätte sich wegschmeißen können vor Lachen.

«Ich bin Gunter», stellte sich der Mann vor.

«Hauke.»

«Harald.»

Verdammt, sein echter Name war ihm einfach so herausgerutscht. Das durfte nicht passieren. Aber dann beruhigte er sich: Hier, unter Fremden, bestand eigentlich keine Gefahr. Und Hauke schien es gar nicht richtig mitbekommen zu haben.

«Harald?», fragte Gunter. «Habe ich da einen winzigen amerikanischen Akzent herausgehört?»

«Ja, das kann schon sein.»

«Und ich komme von Oldsum», meldete sich Hauke.

«Wunderbar. Kommt, lasst uns was trinken.»

Gunter führte sie zu einer windgeschützten Burg, die er mit Stangen und Tüchern in den Dünen gebaut hatte. Hier lagerten noch mehr nackte Leute, zwischen ihnen stand ein großer Plastikeimer mit Eiswürfeln und Champagnerflaschen. Eine wunderschöne Frau erwachte gerade auf ihrem Handtuch und drehte sich zu ihnen um: Sie hatte ihre blonden Haare zu einer Hochfrisur aufgetürmt, lächelte Harald und Hauke mit einem koketten Schmollmund an, während ihre großen Katzenaugen sie freundlich musterten.

«Bonjour», grüßte sie.

«Moin, Moin.»

«Voilà Harry et Hauke, deux artistes», stellte Gunter sie vor.

Sie stand auf und gab ihnen lächelnd die Hand.

«Nice to meet you, je suis Brigitte.»

«Meine Frau», ergänzte Gunter.

«Moin», sagte Hauke, offensichtlich angetan. «Ihre Frau sollte zum Film gehen. Sie würde eine gute Schauspielerin abgeben.»

Gunter lachte. «They said you should make movies», übersetzte er ihr.

Sie sprang auf und umarmte den völlig perplexen Hauke, der nackt war wie sie: «Merci bien. C'est une bonne idée.»

Gunter öffnete eine Magnumflasche Champagner und reichte ihnen zwei Gläser. Harald war sich nicht sicher, wie Hauke den Alkohol vertragen würde. Andererseits: So viel wie heute hatte er vermutlich die ganzen letzten

Jahre nicht geredet. Er blühte richtig auf, das musste man unterstützen. Sie prosteten Gunter und Brigitte zu und schlürften genussvoll den Champagner.

«Und du kommst aus Old-Sum?», fragte Gunter Hauke. Immerhin hatte er sich den Ortsnamen gemerkt, den er allerdings aussprach wie einen indianischen Häuptlingsnamen.

«Jo.»

«Das klingt wie eine tolle Metapher für einen fiktiven Ort.»

«Jo», grummelte Hauke, der wohl nicht zugeben mochte, dass er weder wusste, was «fiktiv» bedeutete, noch, was eine Metapher war.

«Also ist das eine Kunstaktion, die ihr hier macht?»

«Es ist das Leben», sagte Harald und hoffte, dass das einigermaßen schlau klang. Dann schwärmte er von den Hippies in San Francisco, bei denen er gewesen war, erzählte von dem Balkonkonzert in Haight-Ashbury. Gunter war begeistert.

«Und du? Was machst du, Gunter?», fragte Hauke.

«Ich bin Fotograf und Kunstsammler.»

«Und du, Brigitte?»

«Actrice!»

«Schauspielerin», übersetzte Gunter.

«Schauspielerin? Dann hatte ich also recht», freute sich Hauke. «Aber wovon lebst du dann?»

Für Hauke stand das Wort «Schauspieler» offenbar für «mittelloser Künstler». Was natürlich Unsinn war, da sie sich hier an einem Millionärsstrand befanden. Bestimmt besaß Gunter irgendwo eine Wurstfabrik oder etwas Ähnliches, und seine Frau war in Wirklichkeit genauso wenig

Schauspielerin wie er Fotograf. Was an diesem schönen Tag alles unwichtig war.

Statt einer Antwort sagte Gunter: «Hört mal, ich feiere heute eine Party in meinem Haus, wollt ihr nicht auch kommen?»

«Wir haben aber keine anderen Klamotten dabei», sagte Harald.

«Kein Problem. Ihr tragt entweder das, oder ich gebe euch etwas.»

Das klang ziemlich gut.

Einige Stunden später gingen sie gemeinsam über die Dünen zu Gunters Auto. Harald diskutierte mit Gunter über Hippie-Kunst, und «Brie-dschiet» hakte sich bei Hauke ein, mit dem sie bestens klarkam, obwohl er kein einziges Wort in einer anderen Sprache als Friesisch und Deutsch verstand. Als sie Gunters Porsche erreichten, zwängten sich Harald und Hauke auf den hinteren Notsitz des Cabrios. Ihre Köpfe ragten weit über die Frontscheibe hinaus. Gunter fuhr sehr schnell, der frische Nordseewind knatterte ihnen wild um die Ohren. Etwas entfernt war eine große Düne zu erkennen.

«Ist das die Zugspitze?», fragte Harald und lachte.

«Nee, das ist die Uwe-Düne», rief Gunter gegen den Wind. «Über fünfzig Meter hoch.» Das war bestimmt ein Insiderwitz, keinen Ort der Welt würde man «Uwe-Düne» nennen.

Gunters Haus befand sich auf der ruhigen Wattseite in Kampen. Die Sonne schien über den gepflegten Rasen, auf dem weiße Polstermöbel standen. Jetzt, am frühen Abend, war es fast windstill, und es wurde immer wärmer, was für Nordfriesland ungewöhnlich war. Immer mehr Leute trudelten ein, während ein halbes Dutzend Kellner alles auffuhr, was man sich für eine schicke Party vorstellen konnte: Hummer, Kaviar, Champagner, schottische Whiskys und französische Weine. Die Frauen rauchten Peer 100, die Männer zogen Benson & Hedges aus goldenen Packungen. Harald hatte sich von Gunter einen schneeweißen Anzug und ein rotes Hemd geliehen, was zusammen mit seinem roten Stirnband sehr exotisch aussah. Gunter hatte im Gegenzug seine gelbe Seidenpumphose und das Indianershirt angezogen, seine Gäste waren begeistert. Hauke trug weiter Blaumann und Arbeitsschuhe, offenbar fühlte er sich darin am wohlsten. Er blieb, was er war: ein Inselbauer, der fachkundig über Ackerbau und Viehzucht fabulierte. Der Witz war, dass alle das für eine Art Kunstaktion hielten – als ob er ein Schauspieler wäre, der einen Bauer spielte.

Irgendwann stellte Gunter sich mit einem Glas Champagner neben Harald.

«Dein Freund ist ein feiner Kerl», sagte er.

Harald nickte. «Hauke kann Dinge wahrnehmen, die wir normalen Menschen nicht sehen können.»

Gunter war wie elektrisiert. «Du meinst, er kann in die Zukunft schauen?»

«Auf jeden Fall sieht er viel weiter als wir.»

Harald hatte das so dahingesagt, er hatte schon ein paar Gläser Champagner intus. Was er allerdings mit seinen Worten auslöste, war ihm nicht klar gewesen: Innerhalb kürzester Zeit sprach sich herum, dass ein Schamane mit übersinnlichen Kräften unter den Gästen war. Jemand, der sagen konnte, ob man im Leben richtiglag – und wer wollte das nicht wissen? Bald war Hauke umlagert von den schönsten Frauen, was ihm sichtbar zu gefallen schien. Er nahm seine Rolle sofort an und spielte voll mit. Harald gönnte es ihm.

«Was meinst du, Hauke, wo stehe ich in zehn Jahren?», fragte eine leicht bekleidete Schönheit und legte ihre schmale Hand auf seine Schulter.

«Wenn du im Wind säst, wirst du im nächsten Frühjahr nichts ernten», erklärte er. «Daran sollst du denken, dann geht alles gut. Du bist auf dem richtigen Weg.» Seine Metaphern stammten ausschließlich aus den Bereichen Landwirtschaft und Fischerei, da kannte er sich halt am besten aus. Jeder bekam eine andere Wahrheit mitgeteilt und wusste anschließend über seine Zukunft Bescheid.

Die Party ging die ganze Nacht weiter, ohne dass Müdigkeit aufkam. Harald trank kaum etwas, weil er sich für Hauke verantwortlich fühlte, aber es lief alles bestens mit ihm. Beim ersten Sonnenstrahl zog er Hauke von seiner schwanenweißen Beratercouch, auf der es ihm immer noch blendend zu gehen schien. Gunter und Brigitte saßen neben ihm und prosteten ihm zu.

«Wir müssen leider zurück», sagte Harald.

In dem Moment kam ein Typ mit langen schwarzen Haaren und einer riesigen Kamera in der Hand auf sie zu. Harald hatte sich ein paar Stunden zuvor mit ihm über Haight-Ashbury unterhalten.

«Darf ich ein Foto von euch machen?», fragte er.

«Klar.»

Es blitzte einmal kurz, dann war er wieder verschwunden. Nachdem sie sich von Brigitte verabschiedet hatten, fuhr Gunter sie im Porsche zum menschenleeren Strand an der Buhne 16, wo ihr Boot lag. Den weißen Anzug durfte Harry im Tausch gegen seine Pumphosen und das Indianerhemd behalten. Gerade ging die Sonne auf und tauchte alles in ein glänzendes gelbes Licht. Harald war beeindruckt. Man sollte viel öfter so früh aufstehen, dachte er. Gunter half ihnen noch, das Boot ins Wasser zu schieben, dann reichte er ihnen zum Abschied seine Visitenkarte. «Jederzeit wieder, ruft mich an.»

«Danke, und alles Gute.»

Die Visitenkarte ging schon bei der ersten Welle über Bord, aber das war Harald egal. Hauke und er bekamen ihr Grinsen gar nicht mehr aus dem Gesicht: War das eine Nacht gewesen!

Als sie eine Dreiviertelstunde später in Utersum ankamen, stand eine einzelne weiße Wolke am blauen Himmel. Am Steg wurden sie bereits von Karen und Edda erwartet.

«Das wird ein Nachspiel haben!», zischte Karen. Sie war kalkweiß im Gesicht.

Hauke fiel innerhalb von Sekunden wieder in sein gewohntes Schweigen und schaute eingeschüchtert zu Boden.

«Dein Mann ist ein freier Bürger», entgegnete Harald. «Er darf tun und lassen, was er will.»

«Das werden wir ja sehen! Und du hast Hausverbot auf unserem Grundstück. Wenn du dich nicht daran hältst, rufe ich die Polizei, verlass dich drauf!»

Harald hatte keinen Zweifel daran, dass sie es ernst meinte. Er musste vorsichtig sein, die Polizei stellte in seiner Lage eine echte Bedrohung dar. Karen zerrte ihren Mann in den Opel, den sie hinter den Dünen geparkt

hatte. Edda warf Harald noch schnell einen entschuldi-
genden Blick zu und folgte dann ihren Eltern.

Der Ausflug nach Sylt war einer der schönsten seines
Lebens gewesen – und hatte doch alles schlimmer gemacht.

16.

Maike huschte in ihr winziges Zimmer unter dem Dach.
Es war nur durch den Schlafraum ihrer Mutter zu erreichen, was für beide alles andere als angenehm war. So
hatte keine von ihnen wirklich einen Bereich für sich. In
Maikes Kammer passten gerade mal ein Bett und ein
kleiner Tisch, ihre Kleidung bewahrte sie im Schrank
ihrer Mutter auf. Das einzige kleine Fenster ging nach
Norden, zu allem Überfluss stand auch noch eine Buche
davor, sodass kaum Licht hereinfiel. Wenn sie hier tags-
über lesen oder Hausaufgaben machen wollte, musste
sie immer die kleine Lampe anschalten. In diesem Raum
Geheimnisse aufzubewahren war schwer – aber nicht unmöglich.

Sie ging zu dem stillgelegten Schornstein, zog mit einiger Mühe einen losen Stein heraus und fasste hinein.
In dem Versteck lagerte ihr Tagebuch auf einem kleinen
Mauervorsprung. Sie nahm es heraus und setzte sich an
den Tisch vor dem Fenster. Wie immer, wenn sie ihre
Gedanken aufschrieb, legte sie einige großformatige
Schulhefte auf den Tisch, sodass sie ihr Tagebuch schnell
darunter verstecken konnte – falls ihre Mutter oder Großmutter hereinkam.

«Ich treffe Harry jetzt häufiger», begann sie mit dem Pelikano-Schulfüller zu schreiben. «Wenn ich auf Thor losreite, folgt er mir nach kurzer Zeit ins Watt. Falls mich deswegen jemand bei Großmutter verpetzen sollte, dann ist es eben so. Ich habe lange genug versucht, mich zurückzuhalten, aber es geht einfach nicht mehr. Eins muss ich sagen: So schön es ist, mit Harry durchs Watt zu reiten, so gerne wäre ich richtig mit ihm zusammen. Wir sind uns aber kaum nähergekommen. Vielleicht will Harry mich einfach nicht. Bin ich ihm zu hässlich? Oder zu jung?»

«Maiiiikeee», kam es von unten. «Eesseen!»

Mit einem Seufzer schlug sie das Heft zu und ging die Treppe herunter. In der Küche waren bereits alle versammelt: Edda, in einem geblümten Kleid, Karen und Hauke, dem es seit dem Tag auf Sylt deutlich besserzugehen schien und der immer so ein tiefgründiges Lächeln auf den Lippen hatte.

Karen ergriff sofort das Wort.

«Maike mistet den Stall aus.»

«Hat das nicht Zeit bis morgen?»

«Nee, der Stall ist dran. Edda, du kümmerst dich um die Zäume auf der Carlsen-Weide, da sind einige Pfähle morsch. Ich habe ein paar gebrauchte von Ingwersen bekommen, die setzt du da ein.»

«Wenn sie gebraucht sind, gammeln die auch schnell weg», maulte Edda.

«Wir haben kein Geld für neue.»

Damit war das Thema beendet, und es wurde schweigend gegessen.

Nachdem Maike abgewaschen hatte, verschwand sie

schnell wieder in ihrem Zimmer, um weiter zu schreiben. Gerade als sie den Füller angesetzt hatte, hörte sie hinter sich ein Geräusch. Sie drehte sich um und sah ihre Mutter im Türrahmen stehen. Schnell legte Maike ein Schulbuch über das Heft.

«Du lernst in den Ferien?», wunderte sich Edda und schaute melancholisch aus dem Fenster: «Na, ich kann ja verstehen, dass du so ehrgeizig bist. Es ist deine einzige Chance, hier rauszukommen.»

Es klang fast neidisch.

«Wir werden sehen», sagte Maike, weil sie ihre Mutter nicht verletzen wollte. Sie wollte ja nicht vor *ihr* fliehen, sondern vor der Düsternis dieses Hauses.

«Ich glaube, Mama hat schlechte Laune, weil es Papa so gut geht.» Edda kicherte. «Harry hat den alten Hauke schön auf Trab gebracht. Der hat mal so richtig gefeiert.»

«Und ausgerechnet in dieser hochfeinen Sylter Gesellschaft», lachte Maike mit.

«Wir zwei müssen auch mal um die Häuser ziehen. Am besten außerhalb von Föhr.»

«Hmm.» Maike wusste, dass das nur so dahingesagt war. Ihre Mutter hatte sie noch nie mitgenommen, wenn sie abends unterwegs war.

«Stattdessen fahre ich morgen mit deiner Oma nach Rendsburg», fluchte Edda.

Maike horchte auf. Sie brauchte nicht lange zu überlegen, was das hieß: sturmfreie Bude! «Ist schon wieder Landwirtschaftsausstellung?», fragte sie beiläufig.

«Leider. Lust habe ich nicht, aber was soll ich machen?»

Im Grunde war die Reise sinnlos, weil die Olufs gar kein Geld für Investitionen wie neue Trecker oder Melkmaschinen hatten. Aber die Messe gab Karen das Gefühl, zur Bauernschaft zu gehören. Edda musste mit, schließlich würde sie den Hof einmal erben, da sollte sie immer auf dem neusten Stand sein.

«Du sollst auf Opa und das Vieh aufpassen.»

«Klar.»

Edda verließ das Zimmer, und Maike fühlte ein Kribbeln in ihrem Bauch. Sollte sie Harry einladen? Was war, wenn er ablehnte?

Am nächsten Morgen stiegen Karen und Edda in den alten Opel Rekord, der die meiste Zeit unbenutzt in der Scheune stand. Natürlich gab es zum Abschied noch eine Menge Ermahnungen: «Der Stall muss zu Ende ausgemistet werden», erinnerte Karen, «Hauke braucht ein Mittagessen, und du musst die Kühe melken. Vielleicht schaut heute Abend noch mal Cousin Brar nach dem Rechten.»

Vertrauen ist gut, Kontrolle ist besser, so war sie eben. Edda verdrehte hinter Karens Rücken die Augen und gab dann Maike einen Kuss auf die Wange, was sie sonst selten tat. Dann fuhren sie los.

Als die beiden außer Sichtweite waren, spürte Maike wieder dieses Kribbeln. War heute ihre Chance? Aber erst einmal erledigte sie brav die Stallarbeit, was den ganzen Vormittag dauerte, und kochte ihrem Großvater danach ein Mittagessen. Es gab Bratkartoffeln mit Eiern und Speck und als Nachtisch eine Dose Ananas, die sie in Bernhard Rickmers' Kaufmannsladen besorgt hatte.

«Lecker, mien Deern.» Hauke strahlte, als er den letzten Bissen genommen hatte.

«Danke, Opa.» Ihr Großvater sah ihr nicht nur sehr

ähnlich, er stand ihr auch viel näher als alle anderen in der Familie.

«Ich mache jetzt Mittagsschlaf.» Hauke erhob sich und strich ihr beim Hinausgehen zärtlich übers Haar.

Maike zog sich kurz um und rannte dann rüber zu Harry. Wie herrlich sich das anfühlte, ohne dass sie auf ihre Großmutter achten musste!

Schon von weitem sah sie Fury auf der Weide grasen, aber der Bus war weg. So ein Pech, hoffentlich war er nicht ausgerechnet heute aufs Festland gefahren. Sie beschloss, Richtung Utersum zu radeln und ihn zu suchen. Ein mächtiger Westwind stemmte sich ihr entgegen. Das Schilf in den Gräben rauschte, der Gegenwind fühlte sich wie eine Wand an. Sie stellte sich aufrecht in die Pedale, keine Bö konnte sie kleinkriegen. Von der Badestelle in Utersum bis zur Kirche Sankt Laurentii in Süderende fuhr sie alles ab. Doch Harry war nirgends zu finden.

Als sie enttäuscht über den Sütjerstigh zurück auf den Hof radelte, sah sie zu ihrer Überraschung ihren Großvater auf einem Stuhl vor dem Haus sitzen. Normalerweise mied er das Tageslicht, auch bei schönstem Hochsommerwetter. Offensichtlich hatte er gerade eine gute Phase.

«Na, Opa, das tut gut, oder?»

«Harry war hier», sagte er leise. «Er hat uns zum Grillen eingeladen.»

Maikes Herz machte einen Sprung. Hatte Harry etwa mitbekommen, dass Karen und Edda nicht da waren? Plötzlich lief alles wie von selbst. Sie rannte ins Badezimmer, warf ein paar Holzscheite in den Badeofen und zündete sie an. Wenn Harry sie schon einlud, wollte sie vorher ein Bad nehmen und sich etwas Besonderes anziehen. Sie hastete zu dem Schrank in Eddas Schlafzimmer. Wie gerne hätte sie Harry mit einem Kleid überrascht, das er noch nie an ihr gesehen hatte. Aber ihre Seite des Kleiderschranks gab einfach nicht mehr her.

Also was tun?

Es half nichts, sie musste an die Sachen ihrer Mutter gehen. Dort fand sie ein geblümtes, helles Kleid mit kurzen Ärmeln, das ihr passte, obwohl sie jetzt schon etwas größer war als Edda. Dazu wählte sie eine Kette mit blauen Steinen, die hervorragend mit ihren Augen harmonierten. Edda würde davon nichts mitbekommen, sie kam ja erst morgen wieder. Als sie in der heißen Badewanne saß und sich mit Seife abschrubbte, fiel ihr ein, dass sie ja noch melken musste. Dabei machte man sich immer schmutzig. Doch wenn sie danach noch mal in die Wanne stieg, würde es viel zu spät. Es gab nur eine Möglichkeit, sie musste sich beim Melken vorsehen und hinterher gut die Hände waschen, anders ging es nicht. Irgendwie kamen die Arbeit auf dem Bauernhof und die Liebe schwer zusammen.

Um kurz vor acht war sie mit allem fertig und wartete in der Küche auf ihren Großvater, der in seinem einzigen schwarzen Anzug erschien. Den trug er nur bei Hochzeiten und Beerdigungen, beides war lange nicht mehr vorgekommen.

«Findest du das nicht übertrieben für einen Grillabend, Opa?»

«Und selber? Du hast dir ja auch Eddas bestes Kleid gemopst.»

Sie war erstaunt, dass es ihm überhaupt auffiel. «Du verrätst mich nicht, oder?»

Hauke legte verschwörerisch seinen Zeigefinger auf den Mund, auf ihn konnte sie sich also verlassen. Dann gingen sie die paar Schritte herüber.

Es war ein lauer Sommerabend, perfekt zum Grillen. Am liebsten wäre sie mit Harry allein gewesen, schon die Autos vor dem Nachbarhaus versetzten ihr einen Stich: Der weiße DKW gehörte ihrem Lateinlehrer Herrn Riewerts, was suchte der denn hier? Dahinter parkte der alte Loyd von Holgis Vater, wahrscheinlich waren Holgi und Boje auch eingeladen. Riewerts war der strengste Lehrer ihrer Schule, in Sport war er fast noch schlimmer als in Latein, er hatte eigentlich immer schlechte Laune. Es war undenkbar, in seiner Gegenwart mit Harry zu reden.

Als sie um seinen Wagen herumging, entdeckte sie jedoch etwas auf dem Kofferraumdeckel, was sie irritierte: Dort war ein großer blauer Walfisch aufgemalt. An einer Ecke hatte allerdings jemand versucht, ihn abzuschmirgeln. Was hatte das zu bedeuten? Es sah aus wie die Zeichnung eines Hippies, was so gar nicht zu dem Mann mit dem messerscharfen Scheitel passen wollte. Verdutzt sah sie ihren Großvater an, der ebenfalls irritiert schien.

Hinter dem Haus saßen die Gäste auf Holzstühlen um einen Grill herum, den Harry aus alten Baumaterialien zusammengeschustert hatte: Ein Eisengitter lag über ein paar aufgeschichteten Steinen, dazwischen loderte ein Feuer. Fleisch und Fisch lagen auf einem Tisch bereit, es gab einen Kasten Bier und zwei Flaschen Korn. Als sie den Garten betraten, kam Harry gerade mit zwei Stühlen aus dem Haus. Er sah anders aus als sonst: In seinem weißen Anzug erinnerte er an einen Schlagersänger, den sie schon mal bei Carla im Fernsehen gesehen hatte, und zwar in der Quizshow «Einer wird gewinnen» mit Hans-Joachim Kulenkampff. Allerdings hätte sein rotes Stirnband mit dem gläsernen Stein kaum in die Sendung gepasst.

«Wie war Sylt?», erkundigte sich Boje gerade bei Harry, während er an einer Wurst kaute, die er mit reichlich Bier nachspülte.

«Wie du gesagt hast», antwortete Harry. «Alle nackt.»

Lässiger hätte es ein Friese auch nicht ausdrücken können.

«Siehste.»

Als Harry sie bemerkte, strahlten seine Augen: «Moin, Maike, tolles Kleid.»

Hauke winkte Harry etwas näher zu sich heran. «Ist das Gunters Anzug?», wisperte er, aber so, dass Maike es hören konnte.

«Ja.»

«Wer ist Gunter?», fragte Maike.

«So 'n Typ, den wir auf Sylt kennengelernt haben.»

«Du», raunte Hauke, «die Frau von Gunter war gestern im Fernsehen.»

«Ich denke, ihr habt keinen Fernseher!», sagte Harry.

«Ich war drüben beim alten Jansen. Das war die Bardot.»

«Unsinn, niemals.»

«Zumindest sah sie ihr ähnlich.»

«Schön, dass du gekommen bist», raunte er Maike zu. Ihr Bauch zog sich zusammen.

Maike sah sich die Runde genauer an. Zum Glück war

Herr Riewerts doch nicht gekommen, es war nur seine Frau da, die ein kurzes buntes Hippiekleid trug und stark geschminkt war. Maike kannte sie flüchtig. Ihr Kleid hatte sie zufällig vor kurzem in einer Zeitschrift gesehen, so etwas trug man jetzt auf schicken Partys. Als Harry nun auch für sie und ihren Großvater Stühle vor das lodernde Feuer stellte, gab sie allen höflich die Hand:

«Moin, Boje, Holgi, Frau Riewerts.»

«Mensch, Maike, sag doch einfach Imke zu mir, mien Deern», erwiderte die Frau und schnappte sich im gleichen Moment Harrys Gitarre. Sie trällerte das kitschigste Lied der Beatles, das die je geschrieben hatten: *Yesterday, all my troubles seems so far away* … So, wie sie es sang, voller Inbrunst mit zitterndem Sopran, klang es wie ein Kirchenlied. Das war schon deswegen daneben, weil die Mehrheit hier auf die Rolling Stones stand. Nur aus Höflichkeit und Respekt vor Imkes Alter – sie war schon fünfunddreißig! – protestierte niemand. Plötzlich brach sie ab und sah angewidert in die Runde.

«Ich denke, ihr jungen Leute sagt heute sofort, wenn euch was nicht passt!»

Alle schauten sie fragend an.

«Ja?»

«Wieso gibt es dann keinen Aufstand, wenn ich dieses bescheuerte Lied singe?»

«Äh …»

Dann schrie sie, ohne zu zögern, ein hemmungsloses *I can't get no satisfaction* heraus. Dass sie nicht immer den richtigen Ton traf, störte nicht weiter. Harry stieg mit ein und sang die zweite Stimme. Imke und er hatten einen Riesenspaß. Hin und wieder warf er Maike einen vielsagenden Blick zu – oder bildete sie sich das nur ein? Wie gerne wäre sie jetzt mit ihm allein gewesen. Wann hatte sie sonst schon die Chance, ungestört mit ihm zusammen zu sein? Die Anwesenheit all dieser Leute machte sie noch unsicherer, als sie es ohnehin schon war. Sie versuchte sich Mut zu machen, indem sie im Kopf wieder und wieder Harrys Lieblingssatz aufsagte: *Seien wir realistisch, versuchen wir das Unmögliche.*

Bald war die nächste Fuhre Würstchen fertig, es gab Tomatenketchup und Senf dazu. Harry war ein perfekter Gastgeber, er bediente alle und verströmte dabei gute Laune. Zweimal ließ er seine Bierflasche fallen. War er auch etwas nervös?

Als nach dem Essen eine heftige Diskussion über deutsche Schlager einsetzte, erhob sich Hauke.

«Gute Nacht, mien Deern», sagte er zu ihr.

«Gute Nacht, Opa, schlaf gut.»

«Das werde ich.»

«Soll ich dich bringen?»

«Untersteh dich! Sonst denken die Leute noch, ich bin alt.»

Maike gab ihrem Großvater einen Kuss auf die Wange, der schlurfte davon. Als sie sich wieder der Runde zuwandte, sah sie, dass Imke sich gerade von Boje einen Zigarillo geschnorrt hatte.

«Jemand Lust auf Pokern?», rief sie mit der Kippe im Mundwinkel.

«Wie hoch ist der Einsatz?», rief ein anderer.

«Ich setze mein Auto, meinen Schmuck und meinen Mann», rief Imke. «Geht jemand mit?»

Alle lachten. Im Feuerschein wurde ein Tisch für eine

Pokerpartie mit Harry, Boje und Imke aufgebaut. Langsam verlor Maike den Mut. Sicher würden sie hier die Nacht durchspielen. Es ging jetzt schon auf Mitternacht zu, und Harry schien kein Interesse daran zu haben, mit ihr allein zu sein. Plötzlich stand er vor ihr.

«Hilfst du mir?», sagte er und blickte ihr direkt in die Augen.

«Wie?» Ihre Hände wurden feucht.

«Du schaust in mein Blatt und bewahrst mich vor dem Untergang?»

«Dazu müsste ich die Regeln kennen.»

«Kein Problem.»

Harry berührte sie leicht am Arm und erklärte ihr, worum es beim Pokern ging. Sie hatte das Gefühl, nichts verstanden zu haben, so durcheinander war sie. Aber das spielte keine Rolle. Harry wollte, dass sie blieb, alles andere war egal.

Die drei spielten um Geld, Harry hatte eine Glücksphase und gewann in drei Spielen zwanzig Mark. Immer wieder bezog er Maike mit ein, fragte sie, was er setzen sollte. Sie spielte das Spiel mit, es gefiel ihr. Irgendwann war Imke raus, und Boje hatte das Blatt seines Lebens, wie er meinte. Harry ging mit, was Maike sehr gewagt fand. Aber Pokern hatte eben viel mit Bluffen zu tun. Plötzlich bemerkte Boje, dass er gar kein Geld mehr besaß.

Super, war jetzt endlich Schluss?

«Wie sieht es aus?», fragte Harry.

«Ich würde ja zu gerne ...», rief Boje siegessicher und leckte sich die Lippen.

«Was kannst du einsetzen?»

«Den Ring von meinem Vater.»

Harry winkte ab. «Nee, das lassen wir besser. Lass mich überlegen …»

«Frische Fische vom nächsten Fang?»

«Nee, ich habe keinen Kühlschrank.»

Imke mischte sich ein. «Bei einer Niederlage machst du Fahnen mit Peacezeichen an deinen Krabbenkutter und hängst einen *Make-love-not-war*-Banner auf, wie wäre es damit?»

Harry lachte: «Super Idee!»

«Im Wyker Hafen liegt doch gerade dieses Schnellboot der Bundesmarine», sagte Imke. «Da gehst du für fünf Minuten längsseits.»

«Die erschießen mich», sagte Boje.

«Strafe muss sein.»

Boje wandte sich an Harry: «Und du?»

«Schlag was vor.»

«Falls du verlierst, schneide ich dir die Haare auf Stoppellänge ab!»

Maike sah Harry entsetzt an: bitte nicht!

«Okay.»

Die beiden gaben sich die Hand.

«Sehen», sagte Boje und legte sein Blatt hin. Harry legte seines daneben.

Boje verlor.

Danach fuhren er und Imke endlich nach Hause.

17.

Während Harry seine beiden Gäste zum Auto begleitete, blieb Maike am Feuer sitzen und starrte in die Flammen. Es knackte laut vor sich hin und tauchte die Halme des geflickten Reetdachs in ein warmes Licht. Was würde jetzt passieren? Wollte Harry überhaupt, dass sie noch blieb? Wenn ja, hätte er dann die anderen nicht viel früher nach Hause geschickt?

Nach weniger als einer Minute kam er zurück. Sein weißer Anzug hatte am Knie einen dunklen Fleck, das Feuer spiegelte sich im Glasstein seines Stirnbands. Anstatt etwas zu sagen, setzte er sich einfach schweigend neben sie. Beide starrten sie in die Glut, ohne sich anzusehen. Sie traute sich kaum zu atmen. Wie von selbst berührten sich irgendwann ihre Hände. Maike wurde heiß und kalt zugleich. So blickten sie lange Minuten ins Feuer, oder waren es Stunden? Maike begann, an den Füßen zu frieren, aber sie sagte nichts. Ein Wort hätte jetzt alles zerstört.

Was sollte sie tun? Sollte sie überhaupt etwas tun? Im nächsten Moment schämte sie sich dafür, dass sie so technisch dachte. Plötzlich schaute Harry sie mit seinen grünen Augen an, seine langen Wimpern leuchteten in der schwachen Glut. Dann beugte er sich zu ihr herunter und küsste sie.

Einfach so.

Ein Stromstoß durchfuhr ihren Körper.

Harry schmeckte wunderbar, aber auch ein bisschen nach Senf. Was keine Rolle spielte. Sie blinzelte kurz mit den Augen, um sich zu vergewissern, dass das alles wirklich passierte. Von so nahem sah er ganz anders aus, fast wie verzerrt. Doch dann fiel ihr etwas ein, und ihr wurde ganz anders. Widerwillig löste sie sich von seinen weichen Lippen.

«Zu öffentlich», warnte sie flüsternd.

Es brauchte nur einen Dorfbewohner, der hier vorbeiging, dann war es rum auf der Insel – und damit bei ihrer Großmutter. Harry verstand. Er erhob sich und löschte die Glut mit einem großen Eimer Wasser, der neben dem Feuer gestanden hatte. Es zischte laut, weißer Dampf stieg auf. Dann nahm er ihre Hand, und sie schritten langsam durch den Hintereingang in sein stockdunkles Schlafzimmer. An einer Wand lag eine breite Matratze auf dem Boden, ansonsten war der Raum leer. Ohne nachzudenken, ließ sie sich darauf nieder.

Harry entzündete eine kniehohe weiße Kerze, wie man sie aus Kirchen kannte. Sie war froh, denn sie wollte ihn unbedingt sehen. Ihr Herz pochte so schnell wie bei einem Hundert-Meter-Lauf. Nun würde der Moment kommen, von dem alle geredet hatten. Sie wollte Harry so nah sein wie möglich. Wie er wohl ihren Körper fand?

Harry legte seinen weißen Anzug ab und hatte nur noch T-Shirt und Unterhose an. Für einen Moment sah sie ihn nackt im Kerzenschein. Wie braun seine Haut war! Dann legte er sich zu ihr und zog ihr ganz langsam das Kleid aus. Dabei küsste er sie am ganzen Körper. Noch nie hatte ein Junge sie nackt gesehen, ihr Busen war nicht besonders groß, vielleicht war sie ihm zu mager. Vor allem wollte sie nicht schwanger werden, jedenfalls jetzt noch nicht. Von ihrem Zyklus her durfte eigentlich nichts passieren, aber konnte sie da wirklich sicher sein?

Als sie beide nackt waren, huschten sie unter die Decke. In seinen Haaren lag immer noch der Holzrauch vom Feuer, seine Haut war weich und warm. Ganz vorsichtig erkundete er mit den Fingerspitzen jeden Winkel ihres Körpers. Es fühlte sich so schön an, dass sie fürchtete, ohnmächtig zu werden. Irgendwann krallte sie sich in seinen Haaren fest und zog ihn näher zu sich heran. Für sie war der Zeitpunkt gekommen, sie war bereit zu allem. Doch bevor es zum Äußersten kam, hielt Harry inne.

«Was ist?», flüsterte Maike. «Habe ich etwas falsch gemacht?»

«Nein …», er kam mit seiner Nase ganz dicht an ihre, «es ist nur … im Sommer der Liebe tun es alle mit allen.» Seine Stimme war heiser.

Was wollte er damit sagen? War er doch einer dieser Hippies, vor denen Carla sie gewarnt hatte?

Sie schluckte. «Ja?»

«Ich habe es noch nie jemandem gesagt … Aber du sollst es wissen.»

Sie bekam Angst. «Was denn?»

«Es ist das erste Mal für mich.»

Ihr fiel ein Stein vom Herzen. Damit hatte sie nicht gerechnet. «Für mich doch auch. Lass uns ganz vorsichtig sein, ja?»

«Ja», sagte Harry etwas zu laut und warf die Decke weg. Ihre Küsse wurden heftiger. Bald packte Maike pure Lust und wirbelte sie herum wie auf einem Karussell. Schmerz, Lust, Fremdheit und Nähe flogen wild durcheinander. Sie spürte nun, dass sie sich nichts vornehmen musste. Wenn sie losließ, passierte alles ganz von selbst.

Hinterher lagen sie eng beieinander und schauten sich im Kerzenlicht an. Ab jetzt wollte sie nie mehr allein in ihrem Bett liegen, das wusste sie. Sie würde jede Nacht mit Harry verbringen, egal, was die Welt um sie herum dazu sagte oder dachte. Am liebsten wollte sie gar nicht mehr schlafen, das war vertane Zeit, denn im Schlaf waren sie ja getrennt. Sie musste an den Traumfänger denken, den er ihr gebastelt hatte.

Harry küsste sie auf die Nase und am Hals.

Doch plötzlich spürte sie eine riesengroße Angst wie einen Dämon in sich hochsteigen. Er passte überhaupt nicht hierher und sollte bitte sofort wieder verschwinden. Doch der Dämon ließ sich nicht abwimmeln, die Angst wurde immer mächtiger. Sie spürte überdeutlich, wie verletzlich sie nun geworden war. Harald hatte ihr Leben in seiner Hand. Sollte er sie jemals verlassen, wäre sie verloren. Hinter dem schönsten Erlebnis lauerte also ein tiefer Abgrund. Ein leichter Luftzug ließ die Kerze aufflackern.

«Alles okay?», flüsterte Harry fast unhörbar. Erst jetzt merkte sie, dass er vergessen hatte, sein Stirnband abzunehmen.

«Ja.»

Sie zog ihm vorsichtig das Band vom Kopf und verhedderte sich blöderweise in seinen Locken. Er half ihr und ließ es lächelnd hinter sich auf den Boden fallen. Dann fuhr er ihr sanft durch die Haare, was ihre Lust sofort von neuem weckte.

«Ich werde dich nie verlassen», flüsterte er, als hätte er ihre Gedanken gelesen. Dann schmiegte er sich so eng an sie, wie es nur ging.

18.

Harald wachte am nächsten Morgen als Erster auf. Er wagte es kaum, sich zu rühren. Maike lag immer noch ganz dicht bei ihm. Ihre Haare rochen nach Holzrauch, vermischt mit dem Duft von Nähe und Liebe. Soll ich ihr sagen, wie ich wirklich heiße?, schoss es ihm durch den Kopf. Wenn er sie wirklich liebte, musste er das tun. Er hatte ihr ja noch nicht mal sagen können, dass er gestern in seinen einundzwanzigsten Geburtstag reingefeiert hatte. Und zwar in den von Harald Peterson und nicht in den von Harry Brown.

Seine Eltern hatten ihm zum Geburtstag einen langen Brief geschrieben. Darin erzählten sie noch mal von seiner Geburt und wie glücklich sie damals gewesen seien. Dass sie immer viel an ihn dächten. Und was zu Hause in Petaluma alles so passierte: von neuen Hühnerrassen und was seine College-Kameraden trieben. Wie gerne hätte er seinen Eltern Maike vorgestellt. Er sah sich mit ihr auf den Hof fahren, seine Mutter kam auf die Veranda und rief ein amerikanisch eingefärbtes «Moin», dann nahm sie Maike in die Arme. Sein Dad stürmte ebenfalls begeistert aus dem Haus. Später gab es ein großes Barbecue, und abends badeten Maike und er im Pazifik.

«Bist du schon wach?», wisperte Maike verschlafen.

«Nein, ich träume noch.» Er drehte sich zu ihr um und lächelte.

Sie küsste ihn, er fuhr ihr zärtlich durchs Haar. Ihre Müdigkeit war schnell verflogen, und sie liebten sich ein weiteres Mal. Danach lagen sie erschöpft auf dem Bett und lauschten dem Wind, der säuselnd ums Haus strich. Plötzlich ertönte ein lautes Muhen.

«Die Kühe!», rief Maike.

«Was ist damit?»

«Sie müssen gemolken werden.»

Sie sprang hoch und zog sich rasch ihr Kleid an. Harry schnappte sich eine Jeans und ein paar Schuhe, um sie zu begleiten. Zusammen hasteten sie in den Kuhstall, wo Maike anfing zu melken. Er trug die vollen Eimer weg und schüttete sie in die Milchkannen um. Nach getaner Arbeit eilten sie in die Küche, wo Hauke bereits am Tisch saß und auf seinen leeren Teller starrte. Im Hintergrund lief aus dem Kofferradio der Landfunk mit den Ansagen der Gezeiten. Vermutlich saß er schon ein paar Stunden so da und wartete auf das Frühstück.

«Tut mir leid, Opa», sagte Maike und streichelte ihm über den Kopf. Doch er zeigte keine Reaktion. Wahrscheinlich war er wieder in eine ganz andere Welt abgedriftet. Harald suchte Brot, schnitt es auf, Maike kochte Kaffee, dann frühstückten sie zusammen. Wenn Karen davon erfuhr, dass er an ihrem Tisch gegessen hatte, würde sie ihn wohl mit einer durchgeladenen Flinte bedrohen. Oder direkt die Polizei holen.

Harald nahm Haukes Hand. «Na, wie ist es? Wollen wir wieder rüber nach Sylt, zum Feiern?»

«Hose runter, sagt Gunter», antwortete Hauke mit ernstem Gesicht. Harald kicherte. Dann beugte sich Hauke zu Maike und flüsterte: «Dein Kleid riecht übrigens nach Stall.»

Maike sah ihn entsetzt an. «Mist, ich hätte mich zum Melken umziehen müssen. Das gibt Ärger.» Dann rannte sie ins Bad und setzte den Badeofen in Gang, um das Kleid zu waschen. Harald stellte sich neben sie, aber er wusste nicht recht, wie er ihr helfen konnte. Maike schrubbte und schrubbte, aber es war natürlich zwecklos, denn bis zum Abend würde das Kleid niemals trocknen.

Plötzlich spritzte sie ihm ein paar Tropfen ins Gesicht, er spritzte zurück. Sie wurden immer ausgelassener, bald hatte sich auf dem Boden eine große Pfütze gebildet. Irgendwann kam Hauke herein, um zu sehen, was los war. Auch er bekam ein paar Spritzer ab, die er mit einem schiefen Grinsen quittierte.

Gegen Mittag setzten sie sich auf die sonnige Wiese in Haralds Garten. So wie jetzt sollte es das ganze Leben weitergehen, fand er. Sogar Fury machte aus reinem Übermut auf der Weide ein paar Luftsprünge und wieherte dabei fröhlich vor sich hin. Maike hatte ein paar alte Bettlaken aus einer von Karens Kisten geholt und auf der Wiese ausgebreitet. Nun konnten sie loslegen. Boje sollte seine Transparente für den Kutter bekommen, um damit seine Spielschuld einzulösen.

«Was malen wir?», fragte sie.

Maike sah so unfassbar toll aus, er nahm ihre Hand und küsste sie. «Eine Flagge mit einem Peacezeichen?»

«Und Blumen.»

«Plus ein Spruch.»

«Make love not war», schlug sie vor.

Harald kicherte. «Wo hast du den denn her?»

«Aus der Leihbücherei.»

«Was?»

«Ich habe in der Schule ein Referat über San Francisco gehalten.»

Er staunte. «‹Make love not war› wird in deutschen Schulen gelehrt?»

«Na ja, davon steht ja sogar schon was in der Bibel. Die Hippies haben die Liebe ja nicht erfunden.» Sie gab ihm einen Kuss.

«Nee, das waren ja bekanntlich die Friesinnen.»

«So ist es.»

Ein paar Schmetterlinge flatterten über die sonnige Wiese.

«Ich glaube ja, ohne die Ausritte mit Thor und Fury wären wir nie zusammengekommen», wechselte Maike das Thema.

«Ja, die Pferde waren auf unserer Seite.»

Sie nahm seine Hand und streichelte sie.

«Erinnerst du dich noch an unser allererstes Treffen?», fragte er.

«Im Watt?»

«Nee, bei euch im Hausflur.»

Maike schüttelte sich. «Das solltest du besser vergessen.»

«Du hast mich einfach an der Tür stehen gelassen.»

«Ich hatte mich gerade mit Oma gestritten, und dann standest du einfach da. Es ist mir immer noch peinlich.»

«Ich fand dich trotzdem von Anfang an toll. Etwas merkwürdig, aber toll.»

«Das sagst du jetzt nur so.»

«Ich schwöre es.»

«Ernste Zweifel kamen mir mit der Pentagon-Geschichte», gestand sie und lächelte.

«Wieso?»

«Du hast steif und fest behauptet, das Gebäude würde in der Luft schweben.»

«Das ist nicht auf meinem Mist gewachsen, sondern auf dem von Jerry Rubin.»

«Was es nicht besser macht, wer immer der Typ auch ist.»

Harald rieb sich leicht verlegen das Kinn. «Dein Einwand mit dem Pentagon-Keller hat mich echt ins Schleudern gebracht. Aber eigentlich war es mir vollkommen egal, ich wollte dich ohnehin viel lieber küssen.»

Maike zog die rechte Augenbraue hoch.

«Warum hast du es nicht einfach getan? Ich hätte nichts dagegen gehabt.»

«Ich habe mich nicht getraut.»

«Na ja, ich erst recht nicht.»

«Erst, als du mir die Schokoladenbrote zum Trecker gebracht hast, wusste ich, dass du mich magst.»

«Da hast du dich aber getäuscht. Es ist ein uralter friesischer Brauch, Treckerfahrern Schokoladenbrote zu bringen. Das steht in jedem Reiseführer.»

«Ist klar», sagte er und grinste. Dann strich er ihr eine Haarsträhne aus dem Gesicht.

Plötzlich schob sich eine wattige Schönwetterwolke vor die Sonne, und sie beeilten sich, die Transparente zu Ende zu malen, die zum Trocknen noch etwas auf der Wiese liegen bleiben mussten. Dann verschwanden

Maike und er im Haus und liebten sich erneut im Schlafzimmer, das um diese Zeit im tiefen Schatten lag. Es war zum Verrücktwerden, wie eine Sucht. Sie konnten einfach nicht voneinander lassen.

Am späten Nachmittag schließlich brachten sie die Transparente mit seinem VW-Bus zum Wyker Hafen, wo Bojes Kutter vertäut war. Es war ein unglaubliches Gefühl, während der Fahrt Maikes Hand zu halten und sie neben sich zu spüren. Sie gehörte nun zu ihm, und das war grandios. Der sogenannte «Sommer der Liebe» war für ihn endgültig von San Francisco auf Föhr übergesprungen.

Der Hafen lag in der Nachmittagssonne. Einige Krabbenkutter hatten festgemacht und verkauften ihren Fang direkt vom Boot an einige Touristen. Daneben lag ein kleiner rostiger Frachter, der Kies zum Hausbau auf die Insel brachte. Boje stand gerade an Deck seines alten Holzkutters und fummelte an den Netzen herum. Die *Wyk II* war über fünfzig Jahre alt, mit einer geräumigen Kajüte am Heck und großen Auslegern für den Krabbenfang. Sein Kumpel schien nicht gerade erfreut, sie zu sehen.

«Moin», grummelte er.

«Moin, schau mal!», sagte Harald gut gelaunt.

Zusammen mit Maike rollte er die riesige Fahne mit dem aufgemalten Peacezeichen aus und hielt sie hoch. Es folgte ein Bettlaken mit der Aufschrift «Make love not war» und einigen Blumenmotiven. Boje war sichtlich entsetzt.

«Die halten mich bestimmt für einen Russen», greinte er.

«Supertaktik von den Russen: Sie unterwandern die friesischen Krabbenfischer und attackieren damit die Marine», schmunzelte Harald.

«Gerade weil es so bekloppt ist, ist es ja so geschickt», erwiderte Boje.

Harald und Maike kletterten an Bord.

«Ist das nicht doch etwas zu gefährlich?», fragte sie. Plötzlich schien sie besorgt.

«Ach was», beruhigte Harald sie und nahm ihre Hand.

«Sicher?», fragte auch Boje.

«Fahr einfach los.»

Harald war längst zu der Überzeugung gekommen, dass die meisten Föhrer Hippies waren, ohne es selbst zu ahnen. Da gab es zum Beispiel Hark Harksen, den Strandkorbvermieter, der den ganzen Sommer am Strand schlief: Konnte man freier leben als er? Oder Tober mit seinen Pferden, der ums Verrecken nicht aufs Festland ziehen wollte, weil es dort viel zu viele Vorschriften gab und er sich eingeengt fühlen würde. Gut, die Friesen trugen keine Pumphosen, aber in ihrem Innern unterschieden sie sich in ihrem Freiheitsdrang nicht allzu sehr von den Hippies in San Francisco. Sie starteten ihre subversiven Aktionen nicht, weil sie Jerry Rubin oder Timothy Leary gelesen hatten, sondern weil sie zum Beispiel – wie in diesem Fall – beim Pokern verloren hatten. Das Ergebnis war dasselbe.

Harry und Maike befestigten nun die Blumenmotive an den Auslegern, die Deutschlandfahne am Heck wurde durch das Peacezeichen ersetzt, und der Hippiespruch «Make love not war» kam über die Brücke. Der Kutter war kaum wiederzuerkennen. In Sichtweite vor der Stadt

Wyk ankerte das Schnellboot der Marine etwas abseits der Fahrrinne. Boje startete und hielt direkt darauf zu. Maike stand neben Harald am Bug und schmiegte sich an ihn, er strich ihr durchs Haar und küsste sie. Sie roch noch immer ein bisschen nach dem Holzrauch von gestern Abend.

Beim Marineboot ging Boje mit dem Kutter längsseits. Auf dem grauen Kriegsschiff war zunächst niemand zu sehen, man hätte so an Bord springen können. Nichts passierte. Sollten die nicht damit rechnen, jederzeit angegriffen zu werden? Tatsächlich kamen jetzt doch einige braungebrannte Matrosen an Deck und winkten ihnen fröhlich zu.

«Moin, Moin», riefen sie. «Wo kommt ihr denn her?»

Die Mannschaft schien sich über die Abwechslung im eintönigen Bordalltag zu freuen. Der fröhliche Teil wurde jedoch schnell beendet, als Offiziere an Deck kamen.

«Um unser Boot ist eine Seemeile militärisches Sperrgebiet», schnarrte es durch einen Lautsprecher. «Verlassen Sie sofort diese Zone, sonst machen wir von der Schusswaffe Gebrauch!»

Entsetzt sah Harald durch eine Luke, dass unter Deck Gewehre ausgegeben wurden. Was machte er hier eigentlich? In seiner Lage amtliche Aufmerksamkeit auf sich zu ziehen war idiotisch.

«Gefechtsstationen besetzen!», schrie ein Offizier.

«Jawohl, Herr Kaleu!», blökten die Männer wie aus einem Mund.

Meinten die das ernst? Plötzlich überschlugen sich die Ereignisse. Vom Hafen her raste ein Boot der Wasserschutzpolizei mit Blaulicht heran. Boje legte einen kleinen Gang ein, tuckerte vom Marineboot weg und nahm dann mit voller Kraft voraus Kurs auf die offene See. Doch die Polizisten waren schneller. In Kürze würden sie sie erwischt haben.

Harald verstaute Autoschlüssel und Portemonnaie sicher in seiner Hosentasche. «Lass uns abhauen, Maike!», rief er. Er durfte auf gar keinen Fall Ärger mit der deutschen Polizei riskieren, die würden ihn umgehend in die USA ausliefern. Dann würde er Maike für Jahre nicht wiedersehen.

«Ihr wollt mich alleine lassen?», jammerte Boje.

«Muss sein, kann's jetzt nicht erklären», entschuldigte er sich, kletterte auf die Bordwand und sprang ins Wasser. Als er auftauchte, sah er Maike erwartungsvoll an. Die überlegte nicht lange und sprang hinterher.

«Wo willst du denn hin?», fragte sie, als sie prustend neben ihm hochkam.

«Einfach weg.»

Sie kraulten bis zu einem kleinen Strand, der sicher war, denn hier war das Wasser viel zu flach für das Polizeiboot.

«Das war knapp», stöhnte er.

«Wer konnte ahnen, dass die das so ernst nehmen?», sagte Maike.

Sie sahen, wie das Marineboot mit hoher Geschwindigkeit Kurs auf die offene See nahm und an Bojes Kutter zum Stehen kam.

«Armer Boje», murmelte Harald.

«Mach dir keine Sorgen, Boje kennt alle Wasserpolizisten mit Vornamen, das kriegt er schon geregelt. Notfalls erzählt er ihnen einfach, er hätte beim Pokern verloren.»

«Das glauben die nie.»

«Doch. Die sind auch Insulaner und wissen, wie es hier manchmal beim Kartenspiel zugeht.»

Die Sonne schien immer noch ungewöhnlich warm vom Himmel. Der Sand war kühl und feucht, bis auf eine einzige warme Stelle, auf die ihre Körper genau passten. Sie zogen sich nackt aus und legten ihre Kleidung zum Trocknen neben sich in die Sonne. Maike war nur im Gesicht, am Hals und an den Beinen braun, ansonsten war ihre Haut hellweiß. Weit und breit war niemand zu sehen, also legte er sich auf sie und sah ihr fest in die Augen. Dann liebten sie sich erneut. Er bekam fast keine Luft, so aufregend war das alles. Maike machte ihn glücklich bis zum Durchdrehen. Es hätte für immer so weitergehen können.

«Ich muss nach Hause», wisperte Maike irgendwann. «Karen und Edda kommen bald zurück.»

«Okay. Wir nehmen ein Taxi.»

«Bloß nicht, das gibt nur Gerede.»

«Gut, dann nimmst du allein ein Taxi.»

«Auf Föhr wissen alle, dass ich mir das nicht leisten kann.»

Plötzlich war alles sehr kompliziert.

«Also gehen wir zurück zu meinem Wagen, und ich fahre dich. Du kannst dich hinten verstecken, dann sieht dich niemand.»

«Wie soll das bloß weitergehen mit uns?», fragte sie nach einer kurzen Pause. «Es ist alles so furchtbar eng hier auf der Insel.»

Er schaute in ihre großen blauen Augen. «Ich werde nie von dir weggehen.»

«Das bedeutet aber nicht, dass wir auf Föhr bleiben müssen, oder?»

Harald deutete eine Verbeugung an. «Mein Bulli steht Ihnen jederzeit zur Verfügung, Gnädigste. Wo soll es denn hingehen?»

Maike strich ihm durchs Haar. «Zeigst du mir die kanadische Wildnis?»

«Jetzt kommt aber bald der Herbst, da regnet es viel.»

«Das kann eine Föhrerin nicht schockieren.»

Harald lachte. «Gut, wir fahren nach Kanada. Aber wir machen einen kleinen Umweg über Indien, einverstanden?»

Sie zog eine Augenbraue hoch. «Nach Indien aber nur zur Regenzeit.»

«Wieso?»

Sie lachte. «Ohne Regen kann ich einfach nicht.»

Plötzlich wurde er ernst, ihm wurde fast ein bisschen schlecht. Der Moment war gekommen, jetzt oder nie. Er wollte Maike nicht mehr anlügen.

«Ich muss dir etwas beichten, Maike», begann er. «Aber erst einmal vorweg: Alles, was ich gesagt habe, stimmt. Und ich bin derselbe, der ich vorher auch war.»

Maike sah ihn leicht amüsiert an. «Ich verstehe kein Wort. Wovon redest du?»

Sie sah toll aus, wie sie da so nackt neben ihm in der Sonne saß, ihr nasses, schwarzes Haar kräuselte sich auf ihrem Nacken. Gleich würde das Lächeln aus ihrem Gesicht verschwinden, er ahnte es, konnte es aber nicht ändern.

«Maike, was ich dir jetzt sage, darf niemand wissen, hörst du? Auch nicht deine beste Freundin!»

«Ja.» Eine Falte legte sich auf ihre Stirn.

«Versprich es bitte.»

«Vertraust du mir nicht?»

«Doch.»

«Nun sag schon.»

«Es geht um den Krieg in Vietnam und mich.»

«Was hast du damit zu tun? Kanada ist doch gar nicht dabei.»

Harald schluckte.

«Ich b…bin kein Kanadier.»

«Was?»

«Ich stamme aus Petaluma, California, und habe in San Francisco Jura studiert.»

Maike starrte aufs Meer. Nach einer Weile sagte sie: «Deshalb kennst du dich da so gut aus. Ich habe mich schon gewundert.»

«Die Army wollte mich einziehen nach Vietnam, per Losverfahren, stell dir das mal vor! Ich wurde ausgelost, um im Dschungel zu kämpfen. Aber wieso sollte ich Menschen töten oder selber getötet werden? Da bin ich abgehauen. Und seitdem werde ich in den USA gesucht. Bitte, Maike, das darf keiner wissen! Wenn es die Föhrer Polizei erfährt, liefern die mich sofort aus, und ich komme für Jahre ins Gefängnis.»

Er suchte nach Maikes Hand, aber sie zog sie zurück.

«Ist das wahr?», fragte sie.

«Leider. Ich kann nichts dafür.»

«Und jetzt?»

«Alles ist wie vorher», beteuerte er.

«Mann, Harry, das ist alles sehr viel …»

«Da ist noch etwas …»

«Ja?»

«Ich heiße nicht Harry Brown, sondern Harald Peterson.»

«Dann bist du doch der Sohn von Omas Nachbarn?»

«Ja. Ich spreche sogar Friesisch.»

Wieder herrschte Stille.

«Das muss ich jetzt erst mal verdauen», murmelte Maike irgendwann und begann sich anzuziehen. Dann ging sie davon.

«Ich bin derselbe wie vorher», rief er noch einmal. Er war nicht sicher, ob sie es noch hörte. Wieso konnte er nicht einfach ein normaler Student in San Francisco sein wie vor wenigen Wochen? Aber dann hätte ich Maike nie kennengelernt, sagte er sich. Und das konnte und wollte er sich nicht mehr vorstellen.

19.

ZWEITAUSENDVIERZEHN

Maike träumt, dass sie in einem fremdem Zimmer aufwacht. Es ist im skandinavischen Stil eingerichtet, hell und freundlich. In einer Ecke steht ein Kamin und davor eine bequeme Couch, auf der man sich lang machen kann. Doch irgendetwas stimmt in dem Raum nicht. Dann wird ihr plötzlich klar, was es ist: Sie wird hier sterben.

Ihr Atem stockt, sie droht zu ersticken. Keuchend schnellt sie hoch in die Senkrechte – und stellt fest, dass sie in einem fremdem Zimmer liegt, das im skandinavischen Stil eingerichtet ist. In einer Ecke steht ein Kamin und davor eine bequeme Couch, auf der man sich lang machen kann. Es ist dasselbe Szenario wie im Traum. Sie schüttelt sich, dann beruhigt sie sich.

Alles ist gut, sie ist bei Rainer.

Die Sonne scheint von Osten durchs Fenster direkt auf den Holzfußboden. Der Himmel kann sich noch nicht zwischen heiter, bedeckt und sonnig entscheiden, dazu weht ein heftiger Wind. Rainer wollte um fünf aufstehen, sie hat nicht mal seinen Wecker gehört. In dem großen Zimmer mit dem merkwürdigen hölzernen Urweib, mit dem sie so wenig anfangen kann, kommt sie sich noch sehr fremd vor. Auch an die Akustik muss sie sich gewöhnen, es hallt viel mehr als bei ihr. Sie ärgert sich über sich selbst: Ist sie schon so eingefahren in ihren Gewohnheiten, dass sie bald nur noch in ihren eigenen vier Wänden schlafen kann? Mit einem Hotel hat sie doch auch keine Probleme. Aber das hier ist eben kein Hotel, sondern das Bett einer Internet-Bekanntschaft. Andererseits ist es schon ihr zweites Wochenende bei Rainer, da sollte sie sich langsam zu Hause fühlen.

Sie nimmt ihre Klamotten mit ins Bad, schließt ab und duscht so kurz wie möglich. Dann trocknet sie sich mit einem Handtuch ab, das Rainer ihr bereitgelegt hat, und zieht sich an. Sogar einen Föhn hat Rainer neben das Waschbecken gelegt, sehr aufmerksam. Ein letzter kritischer Blick in den Ganzkörperspiegel neben der Dusche, dann geht sie mit dem fertiggepackten Trolley nach unten. Sie entdeckt ihn auf der Terrasse, er wirbelt mit zwei riesigen Tabletts herum, die Tische sind alle besetzt.

«Guten Morgen, meine Liebe.» Rainer strahlt, trotz des Stresses. Er gibt ihr einen Kuss auf den Mund. «Hast du gut geschlafen?»

«Wunderbar. Und du? Das war eine kurze Nacht, was?» Sie ist ein bisschen verlegen.

«Ich habe selten so gut geträumt wie in deinen Armen», wispert er.

Das geht Maike natürlich warm runter. Zwei Tage, von Freitagabend bis Sonntagmorgen, war sie nun bei Rainer, und sie haben es sehr gut miteinander gehabt – wenn man mal davon absieht, dass er zwischendurch immer wieder zum Arbeiten ins Hotel musste. Und nachts haben sie sich das erste Mal ganz vorsichtig gestreichelt, das hätte sie stundenlang so haben können. Es ist noch so ungewohnt, dass sie sich kaum traut, daran zu denken. Dazu will sie sich einen ruhigen Ort suchen, vielleicht am Strand.

«Komm.» Rainer nimmt ein Tablett mit frischem Kaffee, Marmelade und Croissants, alles für zwei Personen, und trägt es nach draußen zu einem Strandkorb, der in der Morgensonne steht. Vom nahegelegenen Wattenmeer weht ein kühler Lufthauch herüber. Rainer setzt sich neben sie.

«Musst du nicht arbeiten?», fragt sie.

«Egal.»

«Du sollst nicht meinetwegen …»

Rainer grinst sie liebevoll an. «Ich bin der Chef und darf hier alles.»

«Sehen wir uns wieder?», fragt sie, was fast ironisch klingt, wie ein Zitat aus einem Film. Denn es ist vollkommen klar, dass sie sich wiedersehen.

«Wehe nicht», antwortet Rainer, und seine Augen funkeln.

Aus Rücksicht auf ihn frühstückt sie nur kurz. Sie weiß, dass er wegen des Personalmangels im Service dringend gebraucht wird. Es ist ein echter Liebesbeweis, dass er sich überhaupt Zeit nimmt. Als sie fertig sind, holt Rainer ihren Trolley, und sie verabschieden sich im Eingang des Hotels. Er verspricht, in den nächsten Tagen nach Föhr zu kommen, sobald seine Mitarbeiter wieder gesund sind. Das Hotel kann er ihnen gut und gerne für ein paar Tage überlassen.

«Es war schön mit dir», flüstert sie.

Er zieht sie sanft zu sich.

«Es war schön mit *dir*. Aber viel zu kurz. Willst du wirklich schon weg?»

Sie streicht ihm durchs Haar. «Ich muss, leider. Meine Patienten können nicht warten.»

«Klar.»

Sie küssen sich zum Abschied und schauen sich dabei fest in die Augen. Rainer legt Maikes Trolley auf den Rücksitz des Taxis, das vor dem Hotel wartet. Sie setzt sich auf den Beifahrersitz und winkt Rainer zu, dann fährt der Fahrer los.

Über dem Wattenmeer liegt ein leichter Seenebel, der sich langsam auflöst, Föhr ist noch nicht zu erkennen. Die Sonne kommt heraus, der Fahrtwind spielt mit ihren Haaren. Bei so einem Wetter mit offenem Fenster zu fahren ist ein echtes Vergnügen, das muss selbst sie als Automuffel zugeben. Leider ist die Strecke von Archsum nach Westerland viel zu kurz, in dieser Stimmung hätte sie bis Italien durchfahren können.

Der Taxifahrer setzt sie direkt am Eingang zum kleinen Terminal am Sylter Flughafen ab. Sie bezahlt, nimmt ihren Trolley und geht durch die automatische Glastür.

Vor dem Airberlin-Schalter nach München wartet eine lange Schlange, die fast den ganzen Raum füllt. Im Vorbeigehen hört sie süddeutsche Sprachfetzen: «Joa, mei, dös war a pfundiger Urlaub, dös steht fest.»

Es macht sie immer wieder stolz, dass sie in einer Region wohnt, wo andere Urlaub machen. Die Touristen kommen aus ganz Deutschland und immer öfter auch aus dem Ausland. Für Schweizer und Österreicher zum Beispiel sind die tellerflachen Nordfriesischen Inseln exotischer als die Südsee.

Vor dem Schalter der «hanseflug» nach Föhr ist nur ein kleines Häuflein Sylt-Urlauber versammelt, die die Nachbarinsel kennenlernen wollen. Sie grüßt freundlich und stellt sich hinten an. Bevor sie an Bord gehen können, kommen die Passagiere durch das Terminal, die eben von Föhr hierhergekommen sind. Plötzlich schnellt ihr vegetatives Nervensystem in den Alarmzustand. Selbst auf Sylt kennt das Schicksal keine Gnade: Harald kommt durch den Eingang direkt auf sie zu. Es gibt kein Entkommen.

«Hi», sagt er.

«Moin», grüßt sie so freundlich wie möglich zurück.

Er versucht ein Lächeln. «Tja, man läuft sich immer wieder über den Weg.»

Kurze Stille.

«Wir sollten besser Frieden schließen», schlägt sie vor. Das war nicht geplant, es ist ihr einfach so herausgerutscht.

Er zieht sie ein Stück beiseite. «Stimmt. Aber ich habe keine Lust, in den alten Geschichten herumzustochern.»

«Ich auch nicht.»

«Also können wir uns ab jetzt ganz normal begegnen?» Er sieht ihr fest in die Augen.

«Nur nicht auf dem Friedhof, da will ich meine Ruhe haben.»

Harald hebt abwehrend die Hände. «Du wirst damals deine Gründe gehabt haben, mich an die Polizei zu verraten.»

Schon ist alles wieder kaputt.

«Was habe ich?» Ihre Stimme klingt ungewohnt schrill.

«Entschuldigung, vergiss es.»

«Nein, nein! Du denkst im Ernst, ich habe dich verraten?»

«Du warst die Einzige auf Föhr, der ich gesagt habe, wer ich wirklich bin. Wer sollte es also sonst gewesen sein?»

Sie holt tief Luft.

«Wovon redest du?»

«Ich rede von einem Sommer vor über vierzig Jahren. Es war der schönste Sommer meines Lebens – bis die Frau, die ich liebte, mich an die Polizei verraten hat.» Jetzt funkeln seine Augen.

«Nun hör mir mal zu, Harald: Die Polizisten, die dich damals verhaften wollten, hatten ein Foto aus einer Illustrierten von dir dabei. Im Text daneben stand dein echter Name. *So* haben sie dich gefunden. Ich habe ihnen kein Wort gesagt, im Gegenteil: Ich habe dich überall gesucht, um dich zu warnen.»

Harald verzieht spöttisch den Mund. «Wieso sollte ich denn bitte sehr in einer deutschen Zeitung abgebildet gewesen sein?»

«Vielleicht, weil du so dämlich warst, mit meinem Opa nach Sylt zu fahren und dich dort mit Gunter Sachs und Brigitte Bardot ablichten zu lassen?»

«Aber wieso …?»

«Gunter Sachs war in Deutschland berühmt, und Brigitte Bardot erst recht. Sie waren ständig umgeben von Fotografen. So wohl auch auf eurer legendären Party auf Sylt. Im Champagnerrausch musst du dem Fotografen deinen echten Namen verraten haben.»

Harald starrt sie an, als hätte er gerade eine Todesnachricht erhalten.

«Ist das wahr?», fragt er stöhnend. «Brigitte Bardot?»

«Ja.»

Er wird blass, fängt an zu stammeln. «Und ich habe mein Leben lang geglaubt, du ...»

«Ich hätte dich nie verraten.» Sie schaut ihn an, er sieht erbärmlich aus.

«Maike, ich habe dir ein Leben lang unrecht getan! Ich habe so schlecht über dich gedacht wie über niemanden sonst.» Und nach einer Pause: «Was für ein Wahnsinn.»

«Davon habe ich zum Glück ja nichts mitbekommen.» Sie muss lächeln, aber es ist ein bitteres Lächeln.

Harald ist blass geworden. Er stützt sich an der Säule hinter ihm ab. Mittlerweile sind sie allein in der Halle. Die anderen Fluggäste sind bereits an Bord gegangen, es fehlt nur noch sie, aber das ist jetzt egal. Wie gelähmt stehen sie da und schweigen sich an. Minuten vergehen, es fühlt sich an wie eine Ewigkeit.

«Ich möchte es wiedergutmachen», sagt er irgendwann.

Sie räuspert sich. «Vielleicht brauchen wir ein Ritual, um für immer mit der Vergangenheit abzuschließen.»

«Hühner schlachten und Voodoo tanzen?»

Da blitzt er wieder auf, der Harald-Humor von früher. Nur dass seine Augen jetzt feucht sind. Oder bildet sie sich das ein?

«Ganz genau.»

«Lass uns zur Buhne 16 fahren», schlägt Harald vor. «Da wollte ich sowieso gerade hin. Wir lassen dort die alten Zeiten aufleben, um sie dann endgültig zu begraben.»

«Das ist absurd.»

«Aber einen Versuch wert, findest du nicht?»

Wieder vergehen Minuten.

«Einverstanden», sagt sie schließlich.

Sie geht mit Harry raus zum Taxistand und wundert sich über sich selbst: Warum tut sie das? Weil sie sich nach der Nacht mit Rainer stark genug für alles fühlt? Oder doch, weil sie immer noch von Harald angezogen wird? Egal, wenn sie so wirklich mit der Vergangenheit Frieden schließen kann, warum nicht? Als sie in den Wagen steigen, ist sie nicht ganz überzeugt von Haralds Plan, lässt es aber geschehen.

Der brummige Fahrer fährt sie über die Umgehungsstraße an Westerland vorbei. Sie sitzen hinten und schauen jeder an seiner Seite aus dem Fenster, keiner sagt ein Wort. Ihre Beine haben sich kurz berührt, sind dann aber schnell zurückgewichen. Jetzt fahren sie an einer großen Düne vorbei.

«Gunter hat damals behauptet, die heißt ‹Uwe-Düne›», erinnert sich Harry und wendet sich an den Fahrer: «Wie heißt die denn wirklich?»

«Uwe-Düne», antwortet der Fahrer.

Harry lächelt. «Manchmal ist die Wirklichkeit unschlagbar schön.»

Maike weiß nicht, was dieser Dialog bedeutet, aber vermutlich hat es etwas mit Haralds und Haukes legendärem Tag auf Sylt zu tun. Sie erinnert sich noch ziemlich genau, wie ihre Mutter und Großmutter sich aufgeregt haben, als Hauke einfach so verschwunden war. Sie selbst hatte in ihrem Zimmer gesessen, gelesen und sehnsuchtsvoll an Harry gedacht. Schnell schiebt Maike den Gedanken beiseite.

«Zu viele Ferraris und Porsches», frotzelt Maike, als sie vor Kampen in dem üblichen Stau stehen.

«Das ist nicht das Problem», belehrt sie der Fahrer.

«Aber schauen Sie sich um. Die Gaffer in den Kleinwagen, die hier Ferraris anglotzen wollen, *die* machen den Stau.»

Hinter Kampen lässt sie der Fahrer an einem Parkplatz auf freier Strecke heraus. Harry drückt ihm einen Geldschein in die Hand, sie treten auf den Holzsteg, der über die Dünen führt.

Der böige Wind weht so wie immer und fühlt sich dennoch knackfrisch an. Harald zieht ihren Koffer über den Holzsteg, die Rollen bleiben immer wieder zwischen den Planken hängen. Lange bevor sie das Meer sehen können, hören sie schon die Wellen an den Strand schlagen. Obwohl sie lauter sind als die Maschinen mancher Fabrikhalle, ist es das wunderbarste Geräusch der Welt. Und als sie plötzlich die riesigen Wogen sehen, die sich vor der Strandkante aufbäumen und sich tosend am Strand brechen, wird Maike ganz euphorisch. Der Himmel ist jetzt wieder bedeckt, aber freundlich, bestimmt kommt bald die Sonne raus.

Am Strand gibt es eine neue Bar auf hölzernen Stelzen. Überall davor liegen Surfbretter und knallbunte Neoprenanzüge herum. Dazwischen sonnen sich ein Dutzend junger Leute dicht an dicht im Sand. Maike setzt sich auf ihren kleinen Lederkoffer. Das erste und einzige Mal war sie mit Harald an diesem Ort, als er sie von Föhr aus mit einem kleinen Boot hierherbrachte, um selbstgebastelte Traumfänger zu verkaufen. Sie trug eine hochgeschlossene Friesentracht, weil das am FKK-Strand exotischer wirkte, als nackt zu sein. Anders als in der Geschichte der Missionare waren in diesem Fall die Ureinwohner also bekleidet und die Fremden nackt.

Genau an dieser Stelle hatten sie mondänen FKK-Touristen erklärt, wie sich ihr Schlaf durch die selbstgebastelten Traumfänger verändern würde – und man hatte ihnen geglaubt. Es wurde ein Riesengeschäft.

«Wie ist es dir in Calgary ergangen?», fragt sie.

Harald erzählt von seiner Exfrau Rosa, seiner Tochter Jennifer, seinem Fotoladen und der Agentur für Tierfotografie. Für einen Moment denkt Maike, das hätte auch ihr Leben sein können, sie war nur einen Hauch davon entfernt. Und dennoch bleibt das alles fremd, sie war noch nie in Calgary. Dann erzählt sie kurz von sich, dem Medizinstudium, das sie sich vollständig mit Kellnern verdiente, der Ehe, der Rückkehr nach Föhr als geschiedene Frau.

Irgendwann schweigen sie und hören einfach den Wellen zu. Etwas abseits von ihnen sitzt ein junges Pärchen im Sand, die rothaarige Frau spielt Gitarre, ihr bärtiger Freund singt mit dünner Stimme dazu. Sie können höchstens zwanzig sein. Als das Mädchen eine Pause macht, steht Harald auf und geht zu ihnen.

«Sorry, könnte ich mir für einen Moment die Gitarre leihen? I wonna play a song for my lovely girl …»

Für einen Moment zögert das Mädchen, dann reicht sie ihm lächelnd das Instrument. Maike tritt hinzu und setzt sich im Schneidersitz neben die jungen Leute. Harald nimmt die Gitarre und singt laut gegen das Getöse der Wellen: *«If you're going to San Francisco, be sure to wear some flowers in your hair …»* Seine Stimme klingt reifer als früher, aber immer noch klar und voll. Ansonsten staunt sie, damals hat er kaum einen Song mehr gehasst als diesen.

«If you're going to San Francisco, you're gonna meet some

gentle people there. For those who come to San Francisco, summertime will be a love-in there ...»

«Waren Sie echte Achtundsechziger?», will das Mädchen wissen, als er fertig ist.

«Ja, ich habe in San Francisco unter den Hippies gewohnt», sagt Harald.

«Und ich habe auf Föhr gelebt und war auch Hippie», setzt Maike hinzu.

«Gab es da einen großen Unterschied?», will der junge Mann wissen.

«Wir Friesen waren beim Sex wilder», erklärt Maike, ohne eine Miene zu verziehen. Sie weiß selbst nicht, warum sie so albern wird. Harald kann nur mit Mühe ein Lachen unterdrücken. Die beiden jungen Leute schauen sie befremdet an. Es ist überdeutlich an ihren Gesichtern abzulesen, was sie denken: *Die* alte Tante und Sex?

«Wenn Sie aus Kalifornien stammen und Sie aus Föhr – woher kennen Sie sich?», fragt das Mädchen vorsichtig.

«Sie ist meine Ärztin», erklärt Harald.

Bevor er seine Hand mit dem Verband hochhalten kann, geht Maike dazwischen: «Ich bin Psychiaterin mit Leib und Seele.»

Große Augen allerseits, die größten bei Harald.

«Haben Sie eine eigene Praxis?»

«Nein, ich arbeite in der Forensik.»

«Was war das noch mal?», fragt das Mädchen.

Maike schaut Harry nun direkt in die Augen. «Meine Patienten haben wegen ihrer Störungen schwere Straftaten begangen.»

Der nächste Schocker.

«Oh.»

Das Pärchen sieht Harald fragend an. Er weicht ihrem Blick aus und erzeugt damit einen leicht verwirrten Eindruck.

«Ich hatte einen schweren Unfall und versuche hier mein Gedächtnis wiederzufinden.»

«Das war kein Unfall», protestiert Maike. «Akzeptier das endlich mal! Es war schwere Körperverletzung … mit Todesfolge.»

Die beiden machen Anstalten aufzustehen. «Sollen wir besser gehen?»

«Nein, er ist relativ ungefährlich», sagt Maike.

«Was heißt ‹relativ›?», fragt das Mädchen.

Eine berechtigte Frage.

Maike beugt sich vor und flüstert: «Bis jetzt.»

Sie könnte stundenlang so weiterblödeln, mit Harald funktioniert das erstaunlicherweise immer noch wie von selbst. Das junge Pärchen verabschiedet sich abrupt, verzieht sich mit der Gitarre in den Dünen. Als sie weg sind, prustet Harald los, sie kichert mit. Irgendwann lachen sie Tränen.

Harald schaut auf die mächtigen Brecher, die sich immer noch mit Getöse an den Strand werfen. Die Sonne steht kurz vor dem Durchbruch, es wird immer heller.

«Baden?», fragt er.

«Hast du was mit?»

«Nee, du?»

«Nee.»

«Auf drei?»

«Warte, ich nehm dir vorher noch den Verband ab.»

Vorsichtig öffnet sie die Mullbinde, die sie vor ein paar Tagen selbst angelegt hat.

«Und?», fragt er.

«Alles verschorft, sieht gut aus.»

«Also los?»

Sie nickt und zählt: «Eins, zwei …»

Bei «drei» reißen sie sich beide blitzschnell die Kleider vom Leib und rennen nackt zum Wasser. Komischerweise empfindet sie keine Scheu. Die Nordsee ist hier zwar nicht so warm wie im Wattenmeer, aber das aufgewühlte Wasser massiert die Haut so intensiv, dass man die Kälte fast gar nicht bemerkt. Bei jeder Welle jauchzt sie begeistert auf. Die Brecher türmen sich so hoch auf wie kleine Häuser, bevor sie krachend in sich zusammenfallen. Maike taucht jedes Mal schnell unter ihnen durch, um nicht verschlungen zu werden. Einmal wird Harald von einer Riesenwelle voll erwischt, kommt nicht rechtzeitig weg und verschwindet unter Wasser. Ihr bleibt vor Schreck fast das Herz stehen. Doch zum Glück taucht er dreißig Meter weiter wieder auf.

Nach einer guten halben Stunde haben sie genug. Da sie keine Handtücher mithaben, laufen sie nach dem Baden einfach so lange im Wind hin und her, bis sie einigermaßen trocken sind. Harald fischt eine Kamera aus seinem Rucksack.

«Das ist nicht dein Ernst», protestiert sie. Immerhin ist sie splitterfasernackt.

«Zu spät.»

Er geht so spielerisch und leicht mit der Kamera um, dass sie gar nicht mitbekommen hat, wie er das erste Foto längst gemacht hat.

«Ich lösche es, wenn du willst.»

Sie ist so beschwipst von den Wellen und von der

Sonne, dem Meer und überhaupt allem, dass es ihr egal ist.

«Nein, warte, ich habe eine Idee …»

Sie stellt sich, nackt, wie sie ist, kerzengerade hin, verdeckt mit der einen Hand ihre Scham, legt den Unterarm über ihre Brüste und posiert wie eine strenge Gouvernante. Harald lacht und macht wie nebenbei ein paar Fotos, die er ihr anschließend auf dem Display zeigt.

«So siehst du aus wie angezogen», sagt er.

«Du meinst, an warmen Sommertagen könnte ich so einkaufen gehen?»

Harald zuckt mit den Achseln. «Ich wüsste nicht, was das Problem dabei sein sollte.»

Sie zieht die rechte Augenbraue hoch. «Und wohin stecke ich mein Portemonnaie?»

Harald schaut sie erst verblüfft an und lacht dann laut.

Nachdem sie sich angezogen hat, holt sie ein Pflaster aus ihrem Rucksack und klebt es ihm auf seine verletzte Hand. Sie gehen zur Strandbar und bestellen einen Tee mit Schuss. Danach fühlt sich alles genauso warm an wie am Mittelmeer. Sie sitzen einfach nur da, blinzeln in die Sonne und hören den hohen Wellen zu, die die Nordsee zuverlässig eine nach der anderen an Land spült. Neben einem Menschen schweigen zu können zeigt normalerweise ein hohes Maß an Vertrautheit. Was mit Harald eigentlich nicht sein kann, sie sind sich nach all den Jahren doch fremd geworden – oder nicht?

Später im Flugzeug nach Föhr sitzen sie nebeneinander. Der Pilot lässt die Maschine nur kurz hoch steigen, weil er eine Viertelstunde nach dem Abflug in Westerland schon wieder landen muss. Die untergehende Sonne taucht das Wattenmeer in ein rötlich gelbes Licht. Die Flut läuft gerade auf, alle Priele füllen sich, das Wasser glitzert verschwenderisch in der Abendsonne. Irgendwo vor Amrum ankert ein kleiner Krabbenkutter mit ausgelegten Netzen, die Fensterscheiben der Häuser und Kirchen auf den Inseln glühen noch einmal kurz auf, bevor die Nacht sie in Dunkelheit hüllt.

Maike ist immer noch aufgeregt. Sie muss sich eingestehen, dass es heute mit Harald ein bisschen so war wie früher. Irgendwie sind sie sich immer noch sehr nahe, daran hat sich nichts geändert. Trotzdem kann man vierzig Jahre nicht einfach streichen. Und was sie nie vergessen hat: Was hat er ihr damals alles versprochen, und wie skrupellos hat er ihr Vertrauen missbraucht. Aber darüber will sie nicht reden und er wohl auch nicht, sonst hätte er es längst getan.

Und dennoch, einen derartig aufregenden Tag hat sie schon lange nicht mehr erlebt.

20.

In den nächsten Tagen verkriecht sich Harald in seinem
Haus wie in einer Höhle. Überall an den Wänden hängen
Bilder, die in den letzten Tagen entstanden sind. Sein
neuestes Werk ist Maike an der Buhne 16, Brüste und
Scham mit den Händen bedeckt. Ihr Gesicht hat er mit
einem karminroten Schleier übermalt, sodass keiner sie
erkennt. Auch ihr Körper hat eine bunte, halbdurchsich-
tige Hülle bekommen, als hätte sie eine dünne Plastikfo-
lie um sich geschlagen. Um sie herum tanzen energievolle
Farbwirbel.

Ja, Maike hat sein Leben erneut auf den Kopf gestellt,
und zwar komplett. Jahrzehntelang war sie seine große
Liebe und gleichzeitig eine Verräterin gewesen. Das war
schwer zusammenzubekommen. Anfangs hatte er sich immer wieder die wunderschönen Momente ins Gedächtnis
gerufen, wie sie miteinander geredet, gelacht, geschlafen
hatten. All das wurde jäh zerstört, wenn er daran dachte,
wie es geendet hatte. Maike hatte ihn verraten, und er
hatte nie begriffen, warum. Erst im Lauf der Jahre wurde
die Erinnerung daran erträglicher. Sie lebte ohnehin am
anderen Ende der Welt, er würde sie nie wiedersehen, das
war der Plan. Trotzdem hatte sein Urvertrauen in die Lie-

be unwiderruflich einen Knacks bekommen. Wahrscheinlich war seine Ehe mit Rosy unter anderem auch daran gescheitert. Und jetzt das! Alles ein Irrtum! Maike hatte ihn gar nicht verraten, er hatte es einzig und allein seiner eigenen Leichtsinnigkeit zu verdanken, dass die Polizei ihn damals auf Föhr aufgespürt hatte.

Wie unter Zwang kann er jetzt nur noch an Maike denken: Maike am Strand, Maike badet, Maike trinkt mit ihm Tee, Maike sitzt neben ihm im Flugzeug. Ihr hochgereckter Kopf, ihre lebendigen Augen. Ihr Witz. Jede Sekunde mit ihr an der Buhne 16 war ein Fest, und groteskerweise kommt es ihm fast noch schöner vor als früher. Nun hat er den Boden unter den Füßen verloren und kann dem nichts entgegensetzen. Es ist unglaublich, Maike und er sind immer noch wie zwei Zargen, die perfekt ineinanderpassen, auch nach all den Jahren hat sich daran nichts geändert. Und nichts, aber auch gar nichts, hat sie von ihrem Charme eingebüßt. Sie könnte immer noch auf dem Rücken ihres Pferdes stehen und voller Lebenslust die Arme ausbreiten, einfach so, weil sie es eben kann. Er ist nicht imstande, einen klaren Gedanken zu fassen, alles läuft immer und immer wieder auf Maike hinaus. Schließlich spricht er es laut aus, allein im Zimmer, um die bösen Geister zu vertreiben:

«Ich habe mich in dich verliebt, Maike Olufs.»

Wie geht das weiter?

Geht es überhaupt weiter mit ihnen?

An der Erkenntnis liegt es nicht, eher am Mut: Seit ihrem gemeinsamen Ausflug hat er Maike nicht gesehen, und er wagt es nicht, sich bei ihr zu melden. Ein bisschen hofft er, dass sie sich zufällig im Ort treffen. Aber das passiert nur, wenn man sich eben *nicht* treffen will. Und einfach bei ihr zu klingeln, traut er sich auch nicht.

Der mutige Harry, der in der kanadischen Wildnis sein Leben für Nahaufnahmen von Braunbären riskiert hat, ist zum schüchternen Jungen mutiert. Er versucht sich abzulenken, um nicht verrückt zu werden, schaltet den Fernseher ein, es läuft irgendeine belanglose Talkshow, dabei schläft er ein. In seinen Träumen wirbelt alles durcheinander. Sein Lieblings-Amberbaum aus dem Golden Gate Park steht ganz allein in der Marsch und stemmt sich gegen Wind und Regen. Er, Harry, liegt darunter und bekommt keinen Tropfen ab. Vor dem kleinen Oldsumer Kaufmannsladen versammelt sich eine Gruppe Hippies, die unzählige Lkw-Spiegel in die Sonne halten, um das Licht auf die Schaufenster umzuleiten. Besitzer Bernhard Rickmers eilt in seiner grünen Schürze heraus und fotografiert sein Schaufenster, das das erste Mal seit Gründung des Geschäfts vor über hundert Jahren im Sonnenlicht liegt. Im Schaukasten der Freiwilligen Feuerwehr hängen Ankündigungen, deren Schrift extra so verzerrt ist, dass man sie nur unter Drogen entziffern kann. Maike steht neben einem amerikanischen Polizisten, der auf sie zeigt.

Wie gerädert wacht er irgendwann auf. Es ist zum Verrücktwerden. Er muss dringend mit jemandem reden, aber mit wem?

Boje?

Boje.

Boje kennt Maike von früher und kann ihm vielleicht einen Tipp geben, was jetzt zu tun ist. Unschlüssig spielt Harald mit dem Handy rum, das er sich in Boldixum bei einem Elektrohändler gekauft hat. Hat er etwas zu ver-

lieren? Nein, im Gegenteil. Langsam scrollt er im Adress-
buch runter, bleibt bei B stehen und wählt Bojes Nummer. Sein Kumpel geht sofort ran.

«Moin.»

«Harald hier.»

«Wie geit di dat?»

«Gut. Und dir?»

«Jo.»

«Ich wollte fragen, ob ich mal mitfahren kann bei dir.»
Direkt um ein Gespräch zu bitten traut er sich nicht.

«Lust auf Hooge?», fragt Boje.

«Ist das so was wie Skoften?»

«Nee, dat is 'ne Hallig», brummt Boje. «Ich muss 'ne
Hochzeitsgesellschaft rüberschippern.»

«Wann?»

«Inner knappen Stunde.»

Schneller geht es nicht, perfekt.

«Ich bin gleich bei dir.»

Eine halbe Stunde später stehen Boje und er auf der
Brücke der *Rüm Haart*. Die Hochzeitsgesellschaft geht
gerade an Bord, die Brautleute wollen sich auf Hooge in
der kleinen Halligkirche trauen lassen. Die edlen Anzüge
und Kleider der Leute wollen so gar nicht zum rauen Wetter passen. Die Braut ist um die zwanzig, eine tempera-
mentvolle, dunkelhäutige Frau, die ihn ein bisschen an
Rosy erinnert. Sie trägt ein kurzes, cremefarbenes Kleid
mit gewagtem Ausschnitt und die höchsten High Heels,
die er je gesehen hat. Das macht sie deutlich größer als
den Bräutigam, der ein bisschen älter zu sein scheint, bereits einen Bauchansatz zeigt und sich in seinem Smoking
offenbar nicht wohl fühlt. Freunde und Verwandte kom-

men von überall her, sie reden in verschiedenen Sprachen wild durcheinander.

«Föhrer?», fragt Harald.

«Nee, Tondern.»

«Dänemark ...»

«Jo.»

Harald blickt skeptisch auf das unruhige Wasser zwischen der Hallig Langeneß und Föhr. Die hohen Wellen mit den Schaumkronen verheißen eine kippelige Überfahrt.

«Seegang», murmelt er mürrisch.

Boje nickt. «'n büschen.»

«Für mich langt's.» Dass er momentan angeschlagen ist, merkt er auch körperlich.

Ein Matrose kommt zu ihnen auf die Brücke. Noch nie hat Harald einen Menschen mit derartig abstehenden Ohren gesehen.

«Das ist Enno.»

«Moin, Harald.»

«Leinen los, Käpten?»

«Sind alle an Bord?»

«Jo.»

«Denn man too.»

Enno verschwindet nach unten, holt die Gangway ein und löst in Windeseile die Tampen. Boje konzentriert sich aufs Ablegen und manövriert die *Rüm Haart* tuckernd aus dem Hafen. Der Himmel ist grau bedeckt, ein stetiger Wind lässt alle Fahnen waagerecht in der Luft stehen. Boje schiebt sein Schiff behutsam in die Fahrrinne. Die *Rüm Haart* schaukelt ziemlich hin und her, was Käpten Boje gar nicht zu bemerken scheint.

«Wieso hast du dich eigentlich nie wieder gemeldet?»,
fragt Boje und schaut aufs Meer.

«Ich hab dir einen Brief geschrieben, aber der kam zurück.»

«Da war ich wohl auf großer Fahrt.» Und nach einer
Weile: «Komisch war das schon, als du damals abgehauen
bist. Hinterher erfährt man, du wirst gesucht, du heißt
ganz anders, dein Vater kommt von der Insel und das
alles.»

«Ich wollte dich nicht damit belasten.»

«Hättest ja anrufen können.»

«Ich hatte Angst, dass alle Telefone abgehört werden.»

«Vierzig Jahre lang?»

«Ich kann bis heute nicht in die USA einreisen, ohne
verhaftet zu werden.»

Daran hat kein amerikanischer Präsident je etwas geändert, denkt er bitter, auch kein Clinton oder Obama. Die
Verbannung wegen seiner Flucht vor der Einberufung
nach Vietnam gilt ein Leben lang.

«Hmmh.»

Das Schiff beginnt, leicht in den Wellen auf- und abzustampfen. Haralds Magen meldet sich prompt mit einem flauen Gefühl. Dieser Törn wird eine echte Prüfung.

«Du hast ja recht», sagt er schließlich. «Aber ich dachte
halt, dass ich auf Föhr verraten wurde. Das saß tief.»

«Ich war immer auf deiner Seite.»

«Weiß ich das? Vielleicht hast du in Wirklichkeit für die
CIA gearbeitet.»

«Codename Fischkopp, oder was?» Boje grinst sich einen.

Der Föhrer Südstrand liegt nun steuerbords. Harald

nimmt das Fernglas und schaut sich das Treiben auf der Insel an. Boje schippert mit der *Rüm Haart* um die Spitze von Langeneß herum auf Hooge zu. Der Himmel vor ihnen teilt sich jetzt in eine helle und eine dunkle Hälfte. Auf der freundlichen Seite ist im Wasser und am Himmel viel Blau zu sehen, auf der anderen ist alles mattgrau. Der Wind pustet die dunkle Seite immer weiter nach Süden, es wird heller, mit Glück kommt noch die Sonne raus. Das Schaukeln des Schiffes hat nicht nachgelassen, vor allem bei Kursänderung wird sein Magen spürbar gereizt. Gott sei Dank, Hooge ist nun deutlich zu erkennen.

«Weißt du, im Grunde ist es totaler Irrsinn, mitten im Meer zu siedeln», sagt Boje. «Der Boden ist unfruchtbar, du baust dir mühsam ein Haus, musst jede Schraube und jeden Balken umständlich vom Festland herankarren. Und dann kommt die Sturmflut, und alles ist in einer Nacht weg. Und was haben die Leute gemacht? Die haben sich neues Baumaterial besorgt und sind wieder raus ins Watt.»

«Also basiert die friesische Idee auf Irrsinn?»

«Ganz genau.» Boje schaut auf die grüne Hallig vor ihm. «Aber ich kann die Leute voll verstehen.»

Es ist auch Irrsinn, wegen Maike weiter auf Föhr zu bleiben, schießt es Harald durch den Kopf. Genau so irrsinnig, wie bei Sturmflut ein Haus auf einer Hallig zu bauen. Er sollte mit Boje darüber reden. Andererseits, was soll das bringen? Letztlich muss er allein damit klarkommen. Nee, Boje geht das nichts an, beschließt er. Er wird die Klappe halten.

«Wie lange bleibst du?», fragt Boje.

«Weiß nich.»

«Also länger?»

«Kann sein.»

Boje bringt die *Rüm Haart* nach Backbord.

«Wenn ich nicht wüsste, dass du über fünfundzwanzig bist, würde ich sagen, dahinter steckt 'ne Frau. Wartet in Calgary wer auf dich?»

«Nee.»

«Hast du Maike wiedergesehen?»

Volltreffer. Haralds Mund wird trocken, alles dreht sich. «Ja, äh, wir haben uns hallo gesagt.»

Boje zieht ungläubig eine Augenbraue hoch. «Das war alles?»

Harald schluckt. «Ja.»

«Soso.»

«Nach über vierzig Jahren wieder was miteinander anzufangen wäre kompletter Irrsinn. Zumal das mit Maike und mir ja extrem blöde geendet ist.»

«Also läuft da wieder was.»

«Wie kommst du darauf?»

«Deine Stimme.»

«Was ist damit?»

«Die klingt so bescheuert.»

«Wie das?»

«So bescheuert wie nur bei verliebten Jungs, die nicht zugeben wollen, dass sie verliebt sind.»

«Unsinn!»

«Wenn du dich weiter so aufregst, ist das nur ein Beweis, dass ich recht habe.»

Harald windet sich. «Na ja, nicht so richtig.»

Boje kratzt sich am Kinn. «Was soll das heißen? Ja oder nein?»

Harald schweigt einen Moment.

«Also ja. Und was sagt sie dazu?», fragt Boje.

«Gar nichts. Sie hat wohl noch keine Meinung.»

Was sehr optimistisch ausgedrückt ist.

«Also will sie nicht?»

Mann, ist der penetrant.

«Keine Ahnung. Von ihr kommt jedenfalls nichts.»

«Klingt so, als wenn da wegen damals noch was offen ist.»

«Nicht, dass ich wüsste. Wir haben alles geklärt.»

«Ach was, da muss noch was sein.»

Haralds Gleichgewichtsorgan geht in den Alarmzustand. Er hält sich am Kartentisch fest.

«Willst du 'nen ehrlichen Rat?», sagt Boje.

«Nee, lüg mich lieber an.»

«Heute ist heute. An früher kommt nichts ran – meine Meinung.»

«Weiß ich doch. Aber mein Gefühl hört nicht auf mich.»

«Und mit einmal volllaufen lassen ist das nicht getan?»

«Leider nicht.»

«Und ab in den nächsten Flieger nach Calgary?»

«Würde auch nichts ändern.»

«So irre waren nicht mal die Hippies.»

«Findest du?»

Boje schlägt ihm auf die Schulter. «Die Halligbewohner haben ihre Häuser auch wieder aufgebaut, obwohl sie vom Meer überspült wurden. Liebe ist immer ein Wahnsinn, also was soll's. Du darfst nicht aufgeben.»

«Du hast gut reden. Und was soll ich tun?»

«Luft holen, Klappe auf und was sagen. Und öfter mal 'ne Frage stellen.»

Sie können nicht weiterreden, weil sich Boje jetzt aufs Anlegen konzentrieren muss. Die Hallig sieht aus wie eine grüne Perle mitten in der Nordsee. Hinter der Anlegestelle baut sich ein Hügel auf, auf dem ein paar Häuser dicht gedrängt zusammenstehen. Matrose Enno hält sich am Bug mit dem Tampen bereit und wirft eine Schlaufe über einen Poller. Boje lässt das Seitenstrahlruder hochfahren, schaumiges Wasser wirbelt neben dem Schiff auf. Zentimeter für Zentimeter bringt Boje die *Rüm Haart* näher ran, während Enno das Tau mit schnellen, geschickten Schlägen fester zieht. Dann wird eine Schiebetür an der Bordwand geöffnet, die Gangway an Land geworfen und befestigt. Harry blickt auf eine Ansammlung von Häusern auf einem kleinen Hügel. Ein Trecker mit einem Anhänger wartet am Kai.

«Ich soll an Land noch ein paar Säcke Trockenfutter anliefern», erklärt Boje. «Am besten, du treibst dich ein bisschen rum und schaust dir den Königspesel an.»

Harald ist gar nicht nach Besichtigungen, er möchte sich am liebsten in eine Koje legen, die Augen schließen und an Maike denken. «Ich bleibe an Bord.»

«Unsinn.»

Also latscht er mit der Hochzeitsgesellschaft an Land. Die Braut strahlt, die Gäste lachen, der reinste Albtraum. Sie bewegen sich zur «Hanswarft», er trottet einfach hinterher. Normalerweise hätte ihn so ein Außenposten der Zivilisation brennend interessiert. Stattdessen schaut er sich lustlos um wie an einer Kreuzung im Gewerbegebiet. Hauptattraktion der Hallig ist eine Friesenstube aus dem 18. Jahrhundert, die sie jetzt ansteuern. Sie ist innen vollständig blau gekachelt, in eine Wand ist ein Alkoven zum Schlafen eingelassen. Auf einer Tafel steht, dass der Raum «Königspesel» heißt, weil hier mal vor zweihundert Jahren der dänische König übernachtet hat. Gegen andere europäische Highlights wie den Petersdom oder den Buckingham Palace wirkt die Stube zwar mehr als bescheiden. Aber es ist bekannt, mit welcher Härte hier jedes Gebäude von der See abgerungen wurde. So gesehen ist die wunderschöne Friesenstube mitten im Wattenmeer ein viel größeres Weltwunder.

Harald macht ein Foto mit seiner kleinen Kamera, die er immer dabeihat. Hier würde er gerne mal mit Maike übernachten. Wo sie wohl gerade steckt? Zu Hause in der Praxis? Auf Reisen? Ob sie es an der Buhne 16 genauso schön fand wie er? Und wieso meldet sie sich nicht? Weil sie sich nicht traut – wie er – oder weil sie nicht will? Das könnte sofort geklärt werden, er müsste sie nur anrufen oder in Oldsum die fünf Minuten zu Fuß bis zu ihrem Haus schaffen und klingeln. Aber es geht nicht. Jede einzelne der unzähligen Möwen auf Hooge scheint es ihm entgegenzukreischen: «Feigling, Feigling, Feigling.»

21.

Heute war die Praxis den ganzen Tag geschlossen, aber Maike musste ein paar Hausbesuche machen, wofür sie sehr dankbar war. So musste sie wenigstens nicht weiter darüber nachdenken, was mit Harald an der Buhne 16 passiert ist. Es verwirrt sie immer noch sehr, obwohl sie sich innerlich mit Händen und Füßen dagegen wehrt.

Ihre letzte Patientin ist die bettlägerige zweiundachtzigjährige Trine Paulsen, die seit zwei Wochen mit einer schweren Sommergrippe darniederliegt. Trine lebt mit ihrem Sohn Hans auf einem kleinen Aussiedlerhof mitten in der Marsch. Maike liebt diesen Hof, er ist ziemlich unaufgeräumt, auf dem Hofplatz verrosten alte Pflüge und ein Trecker. Es erinnert sie alles ein bisschen an das Gehöft, auf dem sie aufgewachsen ist.

Als sie mit ihrem kleinen Toyota auf den Hof rollt, springt ihr als Erstes Berry entgegen, eine Mischung aus Jagdhund und Golden Retriever. Hans, der sechzigjährige Sohn von Trine, kommt aus dem Kuhstall, ein wortkarger Landwirt, der sich auf dem Trecker am wohlsten zu fühlen scheint.

«Moin, Hans, wie sieht's aus mit Muttern?», fragt Maike.
«Das will ich von dir wissen, *du* bist die Ärztin.»

«Was ist denn dein Gefühl?»

«Weiß nich.»

«Ging's ihr schon mal schlechter?»

«Jo.»

«Und besser?»

«Jo, als sie gesund war.»

«Hmm.»

«Meinst du, es geht bald aufwärts mit Muttern?» Er sieht sie ängstlich an.

«Was du erzählst, hört sich nicht so schlecht an.»

«Soll ich mit rein?»

«Muss nicht.»

Sie findet den Weg über den Flur zum Schlafzimmer allein. Als sie eintritt, liegt Trine hinter zugezogenen Vorhängen im Bett und starrt Maike an. Ihr faltiges Gesicht mit den hohen Wangenknochen erinnert ein bisschen an eine Indianerin.

«Moin, Trine.»

«Moin, Frau Dokter», flüstert sie matt.

«Wo geit di dat?»

«Weiß nich.»

«Denn lass mal sehen.»

Maike stellt fest, dass sie fieberfrei ist, und horcht die Lunge ab.

«Hört sich schon viel besser an, Trine», verkündet sie. «Den Rest musst du abhusten.»

Trine war ihr Leben lang nie richtig krank gewesen und hielt die Grippe für das Ende ihres Lebens. Sie braucht den Zuspruch ihrer Hausärztin mehr als irgendwelche Tabletten. Also tätschelt Maike ihrer Patientin die Hand, bleibt noch eine Weile so bei ihr sitzen. Dann geht sie.

Über verschmutzte Feldwege fährt sie nach Süderende zu Carla. Ihre Sporttasche steht schon fertig gepackt auf dem Beifahrersitz. Während die Bäume an ihr vorbeiziehen, fragt sie sich, worauf sie zurückschauen möchte, wenn sie so alt wie Trine ist. Auf ein Leben mit Rainer auf Sylt? Oder auf ein weiteres wildes Abenteuer mit Harry? In ihrem Alter kann sie nicht mehr einfach so von vorne anfangen. Nein, an Rainer ist nichts falsch, es wäre Wahnsinn, sich von ihm abzuwenden.

Maike ist froh, als sie endlich vor Carlas Tür in Süderende steht. Keine Patienten mehr, kein Harald, kein Rainer – hier ist sie sicher. Das schlichte Haus sieht nach über vierzig Jahren schon leicht verwittert aus, innen ist nur ein Raum gleich geblieben: Carlas Kinderzimmer unterm Dach. Es ist immer noch mit Holzpaneelen ausgeschlagen, sogar das vergilbte George-Harrison-Poster hängt noch über ihrem Jugendbett, ansonsten nutzt sie es als Bügelzimmer. Carla hat eine Zeit in Oevenum gewohnt, dann ein paar Jahre in Wyk und ist nach dem Tod ihrer Eltern wieder hierhergezogen. Als Erstes hat sie sich im Keller eine kleine Sauna einbauen lassen, die Maike und sie zweimal im Monat anwerfen, das ist ihr Ritual. Und noch nie hatte Maike es so nötig wie heute. Buhne 16 muss förmlich ausgeschwitzt werden.

Carla begrüßt sie wie immer mit einer herzlichen Umarmung. Sie hat schon ihren weißen Bademantel angezogen, unter dem ihre braune Haut erkennbar ist.

«Mensch, draußen scheint die Sonne, und wir gehen in den Keller», Maike lächelt.

Carla schaut sie mit gespielter Entrüstung an. «Vom guten Wetter lasse ich mich nicht erpressen. Ich finde Sauna *immer* schön.»

«Und danach können wir immer noch auf die Terrasse gehen und die Abendsonne genießen, oder?»

«Genau das dachte ich auch. Sekt und Kuchen stehen schon im Kühlschrank.»

«Bei dir werde ich noch zur Alkoholikerin.»

Maike hat seit einer Woche keinen Sport gemacht, vom Baden auf Sylt einmal abgesehen. Sonst joggt sie täglich vor Praxisöffnung einmal zum Deich und zurück, aber in den letzten Tagen konnte sie sich einfach nicht aufraffen. Irgendwie tat es gut, sich mal gehenzulassen.

Sie zieht sich schnell aus, und ein paar Minuten später sitzen die beiden Freundinnen mit ihren flauschigen Frottéhandtüchern auf hellem Holz und genießen die Neunzig-Grad-Hitze. Carla macht einen Orangenaufguss, der es in sich hat, beiden läuft der Schweiß über den Körper. Maike fällt auf, dass ihre Freundin etwas voller geworden ist, aber sie sagt nichts.

«Wieso sagst du nicht, dass ich zugenommen habe?», beschwert sich Carla irgendwann.

«Ist das so?»

«Thorben bekocht mich mit den tollsten Gerichten», seufzt sie. «Seinen Ingwer-Lachs bekommt kein Sternekoch besser hin. Da kann ich einfach nicht nein sagen. Leider bleibt das nicht ohne Folgen.»

Sie schaut kritisch an sich herunter.

«Wie läuft es denn sonst mit ihm?», fragt Maike.

Carla reicht ihr ein paar Eiswürfel, die sie in einem Eimer mit hereingebracht hat. Maike reibt sich damit Stirn und Nacken, was sehr guttut.

«Es könnte nicht besser sein, er ist wirklich der Hauptgewinn.»

«Wollt ihr zusammenziehen?»

«Im Prinzip ja. Die Frage ist nur, wer zu wem. Thorben hat ein großes Haus in Midlum und ich meines hier in Süderende.»

Der Witz war, dass Carla und Thorben sich zwar im Netz kennengelernt haben, Thorben aber nur zwei Dörfer weiter wohnt.

«Würdest du dein Haus denn aufgeben?»

«Ich bin nicht sicher. Vielleicht lassen wir auch einfach alles so, wie es ist. Das ist ja das Schöne, wenn man älter ist. Man muss nichts überstürzen.»

Sie gießt noch eine Kelle von dem Orangenaufguss über den Ofen.

«Und wie geht es mit Rainer?», fragt sie, als sie sich wieder hingesetzt hat.

Maike hebt abwehrend die Hände: «So weit wie ihr sind wir noch lange nicht.» Sie streckt ihren Arm aus und beobachtet, wie sich ein Tropfen in einem bizarren Kurs den Weg von ihrer Schulter bis zur Hand sucht.

«Ist irgendwas?», fragt Carla.

«Wieso?»

«Na ja, du klangst eben so distanziert, als du von Rainer sprachst.»

«Findest du?»

«Ja. Dabei habe ich echt das Gefühl, dass er dir gefällt.»

Maike zögert einen Moment, aber ihre beste Freundin soll es wissen. «Ich habe Harald auf Sylt getroffen.»

Carla ist baff. «Waas?»

«Ich habe Harald auf Sylt getroffen.»

Carla muss schlucken. «Also hast du dich auf der Fähre nicht getäuscht.» Und nach einer Weile: «Habt ihr euch verabredet?»

«Nee, wir sind uns zufällig in Westerland über den Weg gelaufen. Da wäre es ja albern gewesen, so zu tun, als wenn wir uns nicht kennen.»

«Und wie war es?» Carla blickt an ihr vorbei zum Saunaofen.

«Es hat sich gut angefühlt, das muss ich schon zugeben.»

Carla schüttelt den Kopf. «Maike, was redest du?»

«Mensch, Carla, ich weiß, wo ich stehe! Die Vergangenheit kann man nicht wiederholen. Ich bin heute eine komplett andere Person als damals.» Sie lächelt. «Und trotzdem war es toll.»

Carla schaut sie besorgt an, was ihr gar nicht gefällt. «Harry hat dich damals mit dem ganzen Hippiekram vollkommen kirre gemacht, du warst nicht mehr ganz normal.»

«Du übertreibst.»

«Er muss ein Zauberer sein.»

Maike legt sich auf eine Bank und streckt sich lang aus. «Ich habe keinem Mann jemals wieder so vertraut wie ihm.»

«Bis er dich aufs übelste betrogen hat. Mann, der hat was mit deiner Mutter angefangen, schlimmer geht's nicht!»

«Ich weiß. Trotzdem tat es gut, für ein paar Stunden so zu tun, als wäre das nie passiert.»

«Wie weit ging es denn mit euch auf Sylt?» Carla hebt die Augenbrauen.

«Wir haben einen Kaffee getrunken und sind baden gegangen.»

«Was hat dieser Mann dir damals alles versprochen!»

«Ich weiß.»

«Du warst ein Mädchen aus einer schwierigen Familie. Harry hatte es leicht mit dir. Der Kerl wusste genau, welche Knöpfe er zu drücken hatte.»

Jetzt wird Maike sauer. «Wofür hältst du mich? So leicht war ich nicht zu haben. Außerdem war er sehr sensibel und aufmerksam.»

«Trotzdem.»

«Harry hat mir in jeder Hinsicht neue Türen geöffnet.»

«Sex ist nicht alles, mein Schatz.»

«Doch.»

Jetzt muss Carla grinsen. «Maike!»

«Wiiiitz.»

Als es ihnen zu heiß wird, eilen sie aus der Sauna und stellen sich abwechselnd unter die kalte Dusche, was heute einige Überwindung kostet. Im ersten Augenblick möchte man schreien, es tut richtig weh, aber hinterher ist es wie immer wunderbar.

«Ich weiß noch, wie du ihn in flagranti mit Edda erwischt hast», ruft Carla, nachdem sie sich prustend das eiskalte Wasser den Rücken hat hinablaufen lassen. «Du warst mindestens ein Jahr lang vollkommen am Ende.»

«Aber vorher stimmte einfach alles», seufzt Maike. «Wir wollten zusammen nach Kanada auswandern und hätten es auch getan, wenn …» Sie bricht ab und schnappt sich schnell ihr Handtuch.

«Wenn, wenn, wenn, hätte, hätte, hätte. Und? Seid ihr jemals angekommen?»

«Es sollte einfach nicht sein.»

«Überleg mal, wieso.»

«Ich weiß doch, dass du recht hast.»

Sie lassen sich auf die zwei Holzliegen sinken und trinken erst mal ein großes Glas Wasser. Maike war klar, dass Carla so reagieren würde, aber sie bereut es trotzdem nicht, es ihr erzählt zu haben. Ein paar Minuten später ziehen sie sich die Bademäntel an und gehen nach oben auf die Terrasse. Das Grundstück ist von außen nicht einsehbar, weil es von hohen Rhododendronbüschen umgeben ist, über denen der Kirchturm von St. Laurentii hervorlugt.

«Schau mal, was ich beim Aufräumen gefunden habe», kichert Carla. «Wo wir gerade beim Thema sind.» Sie reicht ihr eine Zeitschrift, die schon etwas vergilbt aussieht.

«Was ist das?», fragt Maike.

«Hast du die *Twen* damals nicht gelesen?», sagt Carla.

«Die konnte ich mir nicht leisten.»

«Ich hab sie mir auch nur manchmal gekauft.»

Fasziniert blättert Maike die Illustrierte durch. Es gibt dort eine tolle Fotostrecke über die Boutiquen in der Londoner Carnaby Street. Unglaublich, all die bunt gemusterten Kleider, Jacken und Hüte! Zum Minirock waren Lackstiefel heiß begehrt, die übers Knie bis zum Oberschenkel gingen. Auf einer Seite wird ein lila Damen-Smoking mit wildem Blumenmuster angepriesen, auf anderen ist das spindeldünne Model Twiggy in buntem Minirock abgelichtet. Das Bild erinnert sie an ihre Mutter. Mensch, Edda, denkt Maike, hat all diese Kleider mit der alten Nähmaschine in der dunklen Wäschekammer nachgenäht. Aber sie hat sich auch ganz neue Schnitte ausgedacht, die für Föhr sehr gewagt waren. Oft lag sie damit noch weit vor dem Trend, der gerade erst in London, Paris oder sonst wo entstand. Wenn die Verhältnisse nicht so gewesen wären, wie sie waren, hätte aus Edda wohl eine gute Modedesignerin werden können.

«Wie die damals aussahen!», staunt Maike.

«Das Schönste ist der Partnertest», lacht Carla. «Unter dem Titel ‹Testen Sie Ihre Partnerin: Ist sie wirklich die Richtige?›. Damals hätten wir keine Schnitte gehabt.»

Maike richtet sich auf und fährt sich kokett durchs Haar. «Wieso nicht? Sehen wir etwa nicht gut aus?»

«Eine hohe Punktzahl gibt es nur», sie zeigt auf den Text, «bei gleicher Konfession, liebt Kinder, kann gut kochen, nähen, dankt ihrem Freund immer für Verabredungen und Aufmerksamkeiten!»

«Oje.»

«Ist eine Frau ‹nicht empfehlenswert›, wird dem Mann geraten, sich vorsichtig abzusetzen, bei ‹Sonderklasse› heißt es: ‹zugreifen und sofort Taxi zum Standesamt›.»

«Ich dachte immer, die Twen galt als fortschrittlich?»

«War sie auch.»

«Gruselig, wie waren dann wohl erst die anderen Blätter?»

«Zum Glück sind die Sechziger vorbei. – Sekt?»

Nicht gerade, was die Landärztin ihren Patienten nach einem Saunagang empfiehlt, aber jetzt das absolut Richtige.

«Gerne.»

«Ich habe da ein neues Rezept, das schmeckt super, finde ich. Man tut einen kleinen Teelöffel Granatapfel in ein Glas und gießt den Sekt darüber. Nimmst du das auch?»

Maike legt sich auf eine Liege und schließt die Augen.

«Ich probiere im Augenblick alles aus», stöhnt sie wohlig.

«Wenn du das ernst meinst, mache ich mir echt Sorgen.» Carla geht lachend in die Küche.

Maike ist angenehm durchblutet, ihre Haut fühlt sich weich und rein an. Hier draußen kommt es ihr fast noch wärmer vor als in der Sauna. Sie öffnet den Bademantel einen Spalt und lässt etwas kühle Luft an ihren aufgeheizten Körper. Plötzlich steht sie wieder an der Buhne 16, der Sand leuchtet in der Sonne, die Wellen schlagen laut an den Strand. Sie hatte seltsamerweise keinerlei Scheu gehabt, sich vor ihm auszuziehen, nicht einen Moment lang. Was war das? Dass es sich nach all der Zeit noch so gut anfühlte, war ein Wunder. Und auch, wenn es damals mit ihnen schrecklich endete: Nach Kanada mit Harry, in ein Haus am See, das war der schönste Traum, den sie je geträumt hat. Aber er wurde nicht erfüllt, und deswegen wird sie jetzt ihren neuen Traum verwirklichen. Daran wird Harald nichts ändern.

22.

Seit über zwei Stunden sitzt Harald auf seiner Terrasse und baut Traumfänger. Sie sind für den Basar der freiwilligen Feuerwehr bestimmt. In der Marsch hat er ein Bündel Weidenzweige geschnitten, womit er vermutlich gegen sämtliche Umweltgesetze der EU verstoßen hat. Die Angelschnur hat ihm Bojes Matrose Enno aus Wyk mitgebracht. Solange er in Oldsum bleibt, will er sich an der Dorfgemeinschaft beteiligen. Wenn es auf der Insel zu einem Brand kommt, trifft die Berufsfeuerwehr vom Festland erst nach Stunden ein, daher ist man hier auf freiwillige Helferinnen und Helfer angewiesen. Das unterstützt er, gerade jetzt, wo ihm das eigene Haus abgebrannt ist.

Er weiß noch nicht, wie lange er auf Föhr bleiben wird. Die Fotos von seinen Eltern hat er, somit ist sein ursprünglicher Plan erfüllt. Aber inzwischen ist so viel passiert. Er weiß jetzt, dass er unmöglich abreisen kann, ohne mit Maike gesprochen zu haben. Daher steht sein Entschluss fest: Heute Abend nach Praxisschluss will er sie besuchen, endlich. Es ist ohnehin total albern, dass er es noch nicht getan hat. Was soll schon passieren? Immerhin haben sie an der Buhne 16 einen grandiosen Tag verbracht, oder etwa nicht? Ja, er möchte mit ihr zusammen sein, um wenigstens ein bisschen von dem Leben nachzuholen, das ihnen durch widrige Umstände verwehrt geblieben ist.

Von der Marsch her nähert sich laut ein Trecker, dessen Diesel dringend eingestellt werden müsste. Jetzt hält er direkt vor seinem Haus.

«Moin», ruft der Fahrer gegen den Lärm. «Bist du Harald?» Er trägt ein T-Shirt und kurze Hosen, obwohl es nicht gerade warm ist.

«Jo.»

«Ich bin Hans. Du willst pflügen, habe ich von Boje gehört?»

Harald legt den Traumfänger auf den Tisch.

«Ja, das stimmt.»

Seine Idee ist es, eine Fotoserie vom Trecker aus zu schießen. Er möchte dokumentieren, dass auf Föhr nicht nur Urlaub gemacht, sondern auch hart gearbeitet wird. Boje hat ihm den Job vermittelt. Er wird ordnungsgemäß nach Tarif bezahlt, das gefällt ihm.

Harald schnappt sich seine Kamera und springt auf den Beifahrersitz, der über dem rechten Kotflügel liegt. Im kleinen Gang geht es ein paar Kilometer in die Geest im Süden der Insel. Bauer Hans sagt kein Wort. Der Wind pfeift ihnen um die Ohren, immer wieder werden sie von Touristenautos überholt, einmal donnert der Schulbus mit winkenden Schulkindern an ihnen vorbei. Harald winkt zurück und fotografiert sie.

Das Feld, das er bearbeiten soll, ist so groß wie zwei Fußballfelder. Hans springt vom Trecker und lässt ihn eine Proberunde mit dem Pflug fahren, man weiß ja nie.

Der Diesel nagelt im Schleppgang gemütlich vor sich hin. Es ist für Harald ein Fest. Schon als kleiner Junge fuhr er so oft wie möglich auf dem Trecker seines Vaters mit.

«Passt», brummt Hans anerkennend, als er nach einer Bahn wiederkommt, und schlendert zurück zu seinem staubigen, alten Mercedes-Kombi, den er am Gatter abgestellt hat.

Harald lässt die Kupplung kommen und tuckert los. Kaum etwas bringt ihn mehr zur Ruhe als ein behäbiger Trecker, mit dem er lange Furchen auf einem großen Feld ziehen kann. Die schwere, feuchte Erde riecht für ihn, den Bauernsohn, nach Heimat. Immer, wenn er wendet, fährt er direkt auf die Nachbarinsel Amrum zu, deren Leuchtturm ihm freundlich zuzwinkert. Er zückt seine Kamera und macht ein paar Fotos: die lange Schnauze des Fahrzeugs und dahinter die weite, atemberaubende Landschaft. Er möchte ihr jene Alltäglichkeit verleihen, die die Föhrer Bauern hier erleben. Nebenbei schaut er sich auf dem Display immer wieder die Fotos von Maike an der Buhne 16 an. Am besten gefällt ihm das Nacktfoto, das doch keines ist. Die Würde und Grazie, mit der Maike ihre Blöße bedeckt, ist unnachahmbar. Die Frage ist, ob er da mithalten konnte.

Niemand wird schöner, wenn er älter wird, er ist da keine Ausnahme. Mal abgesehen von den leichten bis mittelschweren körperlichen Abzügen, die es in seinem Alter immer gibt, ist er einfach nicht mehr der Sonnyboy, der unbeschwert und optimistisch in den Tag hineinlebt. Trotzdem träumt er davon, dass Maike ihm Schokoladenbrote aufs Feld bringt.

Am späten Nachmittag durchziehen überall tiefe Furchen die Ackerkrume, ein paar Möwen versuchen, in der aufgewühlten Erde Essbares zu finden. Während des Pflügens hat er drei Wetterstadien erlebt: Sonne vor bewölktem Himmel, peitschenden Regen und prallen Sonnenschein. Nichts davon hat ihn gestört, er hat einfach weiter seine Bahnen gezogen.

Abends wankt er müde nach Haus und steigt dort erst einmal unter die Dusche, um Staub, Dreck und Schweiß abzuspülen. Anschließend folgt die Kür im blubbernden Whirlpool, wo er mit geschlossenen Augen ein Glas Crémant trinkt. Sein Körper jubiliert. Wenn es das Paradies gibt, ist es dieses Gefühl. Genau so möchte er Maike entgegentreten.

«Hallo?», kommt eine weibliche Stimme von unten aus dem Wohnzimmer. Er hat, wie alle Föhrer, das Haus nicht abgeschlossen. Jemand muss hereingekommen sein.

«Hallo», ruft er zurück.

Ehe er noch etwas tun kann, steht Suse Hansen in der Badezimmertür. Sie trägt wieder ihren bunt bekleckerten Overall und mustert ihn neugierig. Er wundert sich, dass sie gekommen ist. In den letzten Wochen haben sie sich freundlich gegrüßt, wenn sie sich auf der Straße getroffen haben. Aber geredet haben sie nicht.

«Störe ich?», fragt sie.

«Ich komme sofort runter», sagt Harald, leicht pikiert. «Nimm dir, was du brauchst, Getränke stehen im Kühlschrank.»

Suse schließt die Tür, er hört, wie sie an den Schrank geht und nach einem Glas kramt. Ihr Besuch ist ihm gar nicht recht, er will ja gleich zu Maike. Schnell steigt er aus dem Whirlpool, trocknet sich ab und zieht sich an.

Suse hat es sich auf der Couch bequem gemacht und betrachtet die neuesten Bilder an der Wand.

«Du verstehst wirklich etwas von der Seele dieser Landschaft», bemerkt sie, als er angezogen neben ihr steht. «Und mit deinen Materialien bringst du es genau auf den Punkt.»

«Findest du? Vielen Dank. Ich habe sie ja in erster Linie für mich gemacht.»

«Das ist schade. Die Bilder sind unglaublich inspirierend, ich bin sicher, das geht nicht nur mir so.»

«Ich möchte sie nicht verkaufen.»

«Das meine ich nicht», sagt Suse.

Harald schenkt ihnen einen Cognac ein, während Suse sich jetzt Bild für Bild ansieht. Die nackte Maike an der Buhne 16, die man zum Glück unter dem Schleier nicht erkennt.

Die kitschige Abendstimmung mit den bunten Energieströmen im Wattenmeer, fotografiert auf dem Rückweg von Sylt.

Der Königspesel auf Hooge, aus dem Harald eine Art Haight-Ashbury-Café in den Sechzigern gemacht hat.

Boje am Ruder der *Rüm Haart*, als Alt-Hippie mit langen Haaren.

«Es erinnert ein bisschen an Warhol», befindet Suse. Harry zuckt zusammen. «Aber deine Technik ist anders, es ist ein ganz eigener Stil. Denn du zitierst noch gekonnt andere Stilarten. Ich habe so etwas noch nicht gesehen.»

Das hört er natürlich gerne.

Sie legt ein charmantes Lächeln auf: «Sag bitte ja zu einer Ausstellung in meiner Galerie.»

Auf seinen Expeditionen hatte Harald oft in abgelegenen Dörfern gewohnt, in denen jeder Mensch seine Aufgabe hatte. Nur so konnte die Gemeinschaft überleben. Es gab den Bauern, den Fischer, den Kaufmann und für das seelische Wohl den Pfarrer oder Schamanen. Könnte seine Rolle in Oldsum die des Dorfkünstlers werden? Warum nicht? Es wäre wunderschön. Er gibt sich einen Ruck.

«Überredet. Ich freue mich.»

Suse fällt ihm um den Hals, er tritt instinktiv einen Schritt zurück.

«Gib mir noch ein Glas, das muss gefeiert werden», sagt sie. Und nachdem er ihr eingeschenkt hat: «Du bist einfach großartig.»

Nachdem sie noch ein drittes Glas gefordert hat, sagt er irgendwann: «Du, nimm es mir nicht übel, aber ich war den ganzen Tag auf dem Trecker und habe noch etwas vor.»

Da reißt Suse entsetzt die Augen auf und sackt plötzlich zur Seite.

«Suse?»

Er versucht sie wachzurütteln – vergeblich.

«Suse!»

«Ja?», stöhnt sie, ohne die Augen zu öffnen. Wie kann es sein, dass sie dermaßen betrunken ist? Hat er etwas nicht mitbekommen? Hatte sie schon vorher was intus?

«Komm, wir gehen», sagt er streng. Er fasst sie unter die Arme und zieht sie hoch. Sie ist schwerer, als er gedacht hat, und arbeitet kein bisschen mit. Er schnauft vor Anstrengung. Mühsam zerrt er sie hinaus und schleppt sie Schritt für Schritt durch den Ort mit den schönen

Reetdachhäusern. Sie hängt an ihm wie ein nasser Sack, aber auf der Straße ist niemand, der ihm helfen könnte. Suse wohnt bei Maike um die Ecke, also in dem Teil von Oldsum, der am weitesten von seinem Haus entfernt liegt. Mit dem Auto wäre das alles viel einfacher gewesen, aber er hat momentan nun mal keines.

«Wollen wir noch ins Watt?», lallt sie.

«Ich bin froh, wenn ich dich heil nach Hause kriege.»

Sein Rücken ist kurz vorm Durchbrechen, jedenfalls fühlt es sich so an. Als sie die Bushaltestelle beim «Ual Fering Wiatshus» erreichen, setzt er Suse erschöpft auf der Bank ab und lässt sich neben ihr nieder.

«Ich will noch nicht nach Hause», erklärt sie. «Lass uns was trinken gehen.» Sie wirkt wie ein trotziges Kind.

«Gaaanz schlechte Idee.»

Für einen Moment überlegt Harry, sie einfach sitzen zu lassen. Aber das wäre unverantwortlich, also hilft er ihr hoch. «Bitte, Suse, mach dich nicht so schwer!», fleht er.

In dem Augenblick zieht sie ihn zu sich und küsst ihn mitten auf den Mund. Das kommt so plötzlich, dass er gar nicht reagieren kann.

«Suse, lass das!», protestiert er.

«Suse, lass das!», wiederholt sie und küsst ihn noch einmal. Da sieht er, wie ein kleiner Toyota an ihnen vorbeifährt. Es ist Maike. Sie starrt ihn durch die Windschutzscheibe an. Es ist ihr erstes Wiedersehen seit der Buhne 16, und ausgerechnet jetzt klammert sich Suse leidenschaftlich an ihn. Es ist eine Katastrophe.

23.

Am Abend zieht sich Maike ihren seidenen Lieblings-
pyjama an und macht es sich mit einer Tasse Früchtetee
in ihrem Bett bequem. Das ist für sie einer der großen
Vorzüge des Alleinlebens: Du kannst dich ausbreiten, wie
du willst, und musst auf niemand Rücksicht nehmen. Wie
würde das mit Rainer sein? Was hat er für Gewohnheiten? Nervt ihn Zeitungsgeraschel im Bett? Sie schlürft an
ihrem Tee und spielt mit den Zehen an den Spitzen der
lindgrünen Bettdecke. Dann setzt sie ihre große Horn-
brille auf, die sie nur im Bett trägt und die außer ihrem
Optiker in Flensburg niemand kennt.

Alles andere im Raum wird mit der Brille unscharf, sie
befindet sich auf einer Art Leseinsel: Genussvoll blättert
sie die *Twen* aus den Sechzigern durch, die ihr Carla aus-
geliehen hat. Mit jeder Seite taucht sie in diese Zeit ein,
die ihr heute fremd vorkommt, obwohl sie selbst damals
ein Teil davon war. Die Illustrierte amüsiert sie mehr als
jede gute Fernseh-Komödie. Am schönsten sind die Wer-
beanzeigen: «Zum guten Ton gehört Dual» soll einen zum
Kauf einer Dual-Heimanlage verführen, «Mars bringt
verbrauchte Energie zurück», es gibt «Fa, mit der wilden
Frische von Limonen», und alle tanzen im «Afri-Cola-

Rausch». Interessant ist auch ein ganz ernst gemeintes Interview mit einem Lufthansa-Vorstandsmitglied zu der Frage, warum es für Flugpassagiere keine Fallschirme gibt.

Auf einem großen Foto ist ein Mini Cooper zu sehen. Das Dach ist in den britischen Nationalfarben lackiert, die Scheinwerfer sind durch die melancholischen Augen eines Rockstars ersetzt worden. Im Inneren des Wagens ist alles voller Blumenkohlköpfe. Diese Art Arrangement war Ende der Sechziger neu und sensationell.

Sie blättert weiter. Damals hießen Models noch «Mannequins». Eine der schönsten war Uschi Obermaier, so würde sich heute niemand mehr nennen. Immerhin war Fräulein Obermaier mit dem damals berühmten Rainer Langhans aus der Kommune 1 zusammen und später mit dem noch berühmteren Mick Jagger. Ein junger Studentenführer namens Cohn-Bendit kommt in Paris zu Wort, er fordert das sofortige Ende des Kapitalismus. John Lennon sitzt mit seiner Yoko Ono im Bett und macht ein «Bed-in» für den Frieden. Sie schmunzelt. Auf Föhr war die größte Bewegung dieser Epoche weiterhin die von Ebbe und Flut, daran änderte sich nichts. Manchmal kam jemand aus Hamburg oder aus Kiel und erzählte von großen Demonstrationen, aber ansonsten ging hier alles seinen gewohnten Gang.

Das Telefon reißt sie aus der Lektüre. Es liegt auf dem leeren Kissen neben ihr. Sie muss sich strecken, um es zu erreichen.

«Olufs, Moin?»

«Meine liebste Föhrerin», ruft Rainer durch den Hörer. «Wie schön.»

Sie lacht. «Liebste Föhrerin? Mehr nicht?»

«Was soll ich jetzt sagen?»

«Die Wahrheit?»

«Gerne, wenn wir uns wiedersehen.»

«An mir liegt es nicht», sagt sie, ohne es böse zu meinen. Was soll der arme Rainer auch tun, wenn sein Personal ausfällt?

«Ich weiß. Aber das ändert sich bald, versprochen. Was machst du gerade?»

Sie streckt ihre Beine unter der Decke aus. «Ich liege im Bett und lese die Twen.»

«Bist du da nicht vierzig Jahre zu spät?»

«Du meinst, Elvis ist tot? Niemals!»

Rainer lacht. «Natürlich nicht. Aber im Ernst, wie kommst du auf die Twen?»

«Zufall, meine Freundin Carla hat sie mir gegeben.»

«Ich habe sie damals rauf- und runtergelesen.»

«Typisch Sylt. Für Föhrer Landmädchen war die viel zu teuer.»

«Vermutlich ist sie gar nicht bis Föhr geliefert worden.»

«Haha. Was hast du denn Ende der Sechziger gemacht? Sit-in vorm Autozug?»

«Ich wollte, aber man hat mich nicht gelassen.»

«Will sagen?»

«Irgendwann bin ich los nach Berlin. Ich hatte so viel im Fernsehen gesehen und wollte unbedingt auch mal auf eine echte Demo. Aber ich Trottel habe die einzigen demofreien Tage der ganzen Ära erwischt. Ein Student hat mich dann nach Hannover mitgenommen, da sollte es eine Demo gegen die Fahrpreise der Straßenbahn geben. Aber auch die fiel aus. Ich habe es dann auf der

Rückfahrt noch mal in Hamburg probiert. Dort gab es an der Uni die Reste eines Standes gegen den Vietnamkrieg, der gerade von der Polizei geräumt worden war. Ich habe dreimal laut ‹buh› geschrien und bin dann wieder zurück nach Sylt, wo ich meine Lehre weitergemacht habe.» Er lacht. «Dreimal ‹buh› war wohl zu wenig, um als Achtundsechziger zu gelten, oder?»

«Deinetwegen hat die Revolution also nicht geklappt.»

«Wenn ich mal mehr Zeit habe, kümmere ich mich darum, versprochen. Wir kriegen das noch hin.»

Sie plauschen noch eine Weile über dies und das. Es tut so gut, seine Stimme zu hören. Als sie auflegen, ist sie zufrieden. Er hat gesagt, dass er sie bald wiedersehen will, was will sie mehr? Sie kuschelt sich in ihrer Decke ein und denkt an den heutigen Tag zurück. Eine vierzigjährige Patientin mit hoher Herzinfarktgefahr hat Maike direkt mit dem Krankenwagen ins Inselkrankenhaus bringen lassen, wo sie fünf Bypässe bekam. Vermutlich hat die Aktion ihr das Leben gerettet. Was für eine Aufregung! Aber das ist auch das Tolle an ihrem Beruf, dafür ist sie da.

Unwillkürlich blickt sie aus dem Fenster in die windige Marsch. Wenn sie im Privaten doch auch so souverän und klar wäre! Seit Tagen drückt sie sich im Haus herum und wagt kaum, auf die Straße zu gehen. Sie will nicht auf Harald treffen und sich erklären, was soll sie ihm auch sagen? *Moin, Harald, an der Buhne 16 war es traumschön, aber ich will trotzdem keinen Kontakt zu dir?* Und natürlich gibt es da auch die andere Stimme, die genau das Gegenteil sagt. Aber auf die will sie nicht hören.

Als sie ihn vorhin zusammen mit der unsäglichen Suse

Hansen gesehen hat, ist ihr wieder alles hochgekommen. Es war richtig, diesen Kerl zum Teufel zu jagen. Er hat sich bis heute nicht geändert.

24.

ENDE DER SECHZIGER

«Meine Damen und Herren, bevor wir unsere Lektüre fortsetzen, werde ich eine kleine Grammatikwiederholung durchführen», schnarrte Maikes Lateinlehrer Herr Riewerts. «Das hatte ich ja schon vor den Ferien angekündigt.»

Maike saß im Klassenraum und starrte den glatzköpfigen Lehrer mit der spitzen Nase widerwillig an. Der wunderbarste Sommer ihres Lebens drohte im grauen Schulalltag wieder zu verpuffen, hier hatte sich nichts geändert. Herr Riewerts vertrat die Meinung, dass Schüler erst nach dem Abitur vollwertige Menschen waren. Und Mädchen in Latein zu unterrichten, hielt er für sinnlos, weil sie in den meisten Berufen ohnehin keine Chance hatten. Sie heirateten am besten und blieben zu Hause, dazu brauchte man auch kein Abitur. Wie konnte so ein Scheusal wie er mit der sympathischen Imke verheiratet sein? Wusste er, dass Maike und sie sich auf Harrys Grillparty geduzt hatten?

«Meldet sich jemand freiwillig?»

Natürlich blieben alle Hände unten. Ihre Mitschüler fühlten sich für Maike seit den großen Ferien Lichtjahre entfernt an. Sie war jetzt mit einem Vietnam-Deserteur zusammen, das war eine ganz andere Welt. Dass Harry, also Harald, sie anfangs belogen hatte, konnte sie mittlerweile sogar verstehen: Für ihn ging es schließlich um Leben und Tod. Bei dem Gedanken traten ihr fast Tränen in die Augen. Harry durfte nicht sterben, unter gar keinen Umständen.

Was er wohl gerade machte? Arbeitete er an seinem Haus, oder ritt er mit Fury durchs Watt? Seine blonden Locken waren in der letzten Zeit noch länger geworden, ohne das Stirnband würde er bald gar nichts mehr sehen können. Wie gerne wäre sie jetzt bei ihm, würde sie ihn küssen, sich an ihn kuscheln!

In der Klasse herrschte Totenstille, als Herr Riewerts die Reihen abschritt. Nur das Klackern seiner blitzblanken, schwarzen Lederschuhe war zu hören. Es schien ihm richtig Spaß zu machen, seine Schüler auf die Folter zu spannen. Maike betete, dass sie nicht drankam. Es war der erste Schultag nach den Ferien, da musste Gott doch ein Einsehen haben.

Gott vielleicht, aber Herr Riewerts nicht.

«Olufs!»

«Bitte?» Ihr Herz rutschte in die Hose.

«An die Tafel!»

Mit trockenem Mund ging sie nach vorne.

«Es geht um Konjunktionalsätze mit ‹quin›. Wann wird ‹quin› benutzt?»

Maike zuckte die Achseln, sie erinnerte sich nur undeutlich, diese Vokabel jemals gehört zu haben.

«Das hatten wir über die Ferien nicht auf», wagte sie zu sagen. Genauer gesagt, hatten sie über die Ferien *gar nichts* aufgehabt.

«Das muss ich Ihnen auch nicht aufgeben», erwiderte Riewerts. «Die lateinische Grammatik müssen Sie jederzeit abrufen können. Selbst wenn man Sie um Mitternacht weckt und Sie danach fragt, sollte die Antwort wie aus der Pistole geschossen kommen.»

Ihr neuer dänischer Mitschüler Morten Vestrup kam ihr zu Hilfe. Er war einer von den gut betuchten Jungen, die im Internat neben der Schule wohnten und zusammen mit den Insulanerkindern unterrichtet wurden.

«Quin wird nach verneinten Sätzen des Zweifelns benutzt», rief er mit seinem schönen dänischem Akzent dazwischen. Darauf wäre sie nie im Leben gekommen, obwohl sie sonst in Latein ganz gut war.

«Nächstes Mal melden Sie sich bitte, Vestrup. Ansonsten aber korrekt. – Frau Olufs?»

«Ja?»

Sie fühlte sich einfach nur schrecklich.

«Übersetzen Sie bitte folgenden Satz: ‹Es darf keinen Zweifel geben, dass es auch schon vor Homer Dichter gegeben hat.›»

«Non dubitativ … debet …»

«Weiter!»

«Ich weiß es gerade nicht.»

«Jemand anders?»

Niemand meldete sich.

«Non dubitari debet, quin fuerint ante Homerum poetae», sagte Riewerts und schrieb etwas in sein Notizbuch. «Das ist Ihre erste Sechs in diesem Schuljahr. Sie sollten sich ernsthaft um Ihr Abitur Sorgen machen, Olufs. Setzen!»

Nach Schulschluss schlenderte Maike niedergeschlagen durch Wyk, der Himmel war grau. Vor dem Kino blieb sie stehen und schaute sich die Plakate an. Dort lief der Edgar-Wallace-Film «Der Hund von Blackwood Castle» mit Heinz Drache und Karin Baal. So gern sie ihn gesehen hätte, fürs Kino wollte sie das Geld, das sie für Kanada gespart hatte, nicht verschwenden.

«Moin.»

Plötzlich stand Morten neben ihr und sah sie mit seinen knallblauen Augen neugierig an.

«Mange tak für vorhin», sagte sie halb auf Dänisch.

«Dafür nicht.»

«Doch.»

«Willst du mit mir gehen?», fragte Morten.

«Bitte?» Was war das denn für eine bescheuerte Frage?

Er schien es selbst zu merken und lief prompt rot an. «Oh, mein Deutsch … das habe ich falsch gesagt», haspelte er. «Ich meinte: Willst du mit mir ins Kino gehen?»

«Tut mir leid, Morten, ich habe keine Zeit. Mach's gut.» Sie trottete davon. Sollte Morten sich an Carla halten, die war verknallt in ihn und würde jeden Tag dreimal mit ihm ins Kino gehen.

Maike hatte in den letzten Tagen immer wieder mit Harald über Kanada gesprochen. Er wollte erst noch das Haus seines Vaters hier auf der Insel vollständig renovieren, das war ihm sehr wichtig, dann sollte es losgehen: Sie würden gemeinsam auswandern! Sie war alle Hindernisse im Kopf schon durchgegangen: Die Sprache würde nicht das Problem werden, Englisch bei Frau Ketels war eines ihrer Lieblingsfächer, da stand sie zwei plus. Und das Abi konnte sie in Kanada nachholen. Natürlich brauchte sie eine Genehmigung ihrer Großmutter, denn sie war ja noch nicht volljährig. Und natürlich würde Karen einen Aufstand machen, aber festbinden konnte sie Maike schlecht. Ihre Mutter würde sie unterstützen, da war sie sicher.

Wo Harry und sie wohl leben würden? In einer Großstadt wie Toronto, Calgary oder Vancouver? Oder in einer kleinen Hütte an einem einsamen See? Sie sah vor sich, wie Harald und sie in einem Kajak auf einen riesigen Gletscher zuglitten, die Paddel tauchten sie synchron ins Wasser. Abends campierten sie auf einer kleinen Insel, vor einem gemütlichen Feuer. Von hier aus konnte man in sicherer Entfernung Braunbären beobachten, die Lachse fingen. Für den Fall, dass die Tiere näher kommen sollten, hatte Harry ein Jagdgewehr bei sich.

Wenn es nach ihr gegangen wäre, könnte es schon morgen losgehen. Was hielt sie noch auf Föhr? Ihre Großmutter bestimmt nicht. An ihrem Großvater hingegen hing sie sehr, aber der würde nicht wollen, dass sie ihm eine glückliche Zukunft opferte. Carla würde sie jeden Tag einen Brief schreiben und sie so an ihrem neuen Leben teilhaben lassen, der Kontakt zu ihr würde niemals abbrechen. Und ihrer Mutter würde sie ebenfalls täglich schreiben, sie würde sie in Kanada besuchen kommen.

Wenn es schnell gehen sollte mit der Auswanderung, musste sie die Sache jetzt in die Hand nehmen, was gar nicht so einfach war. Auf Föhr gab es kein Reisebüro, weil die Insulaner kaum reisten – außer in die USA, um ihre ausgewanderten Verwandten zu besuchen. Um von der Insel wegzukommen, gab es nur eine Anlaufstelle: Max Carlsen, genannt Macke, der Wirt im «Nordfriesischen

Gasthof». Kurz entschlossen nahm sie den nächsten Bus nach Oldsum, schnappte sich ihr Fahrrad und radelte schnell los, bevor ihre Großmutter sie abfangen konnte.

Der Nordfriesische Gasthof war die einzige Kneipe in Oldsum. Der rot geklinkerte Bau lag direkt an der Hauptstraße. Als sie klein war, kamen sie hier zum Fernsehen hin, denn es gab sonst kein Gerät auf der Insel. Macke ließ die Dorfkinder immer «Lassie» und «Fury» gucken, und da sie nichts verzehrten, mussten pro Nase zehn Pfennig Eintritt an Macke gezahlt werden. Er war auch der einzige Mensch auf Föhr, der sich mit allen Fragen rund ums Reisen auskannte. Macke wusste, wie man Visa beim kanadischen Konsulat in Hamburg bekam und was welche Schiffspassagen kosteten. Mit dem Flugzeug flog kaum jemand, das war unbezahlbar.

Macke polierte gerade ein paar Gläser, als sie sich zu ihm an den Tresen setzte.

«Moin, hü gongt et, Maike?»

«God, und di?»

«Ok god.»

«Machst mir 'ne Cola, bitte?»

Macke goss ihr die Cola in ein Glas. «Geht aufs Haus.»

«Wieso?»

«Weil du nicht wegen der Cola hier bist.»

Er wusste zu gut, dass die Olufs kein Geld hatten, um es in seiner Kneipe auszugeben.

«Wo soll es hingehen?», fragte er.

«Toronto.»

Er zog eine Augenbraue hoch: «Kanada?»

«Richtig.»

«Zum Urlaub, nehme ich an?»

Sie nahm all ihren Mut zusammen.

«Einfache Fahrt», sagte sie schnell.

Er zog ein paar Gläser aus dem Regal, stellte sie auf den Tresen und begann, sie zu polieren.

«Das geht mit dem Schiff dritter Klasse von Bremerhaven nach New York und von dort weiter mit dem Zug über Buffalo nach Toronto.»

«Nee, ich will direkt dorthin, nicht über die USA.»

Denn dort würde Harald sofort verhaftet werden, aber das konnte Macke natürlich nicht wissen.

Er sah sie verständnislos an. «Es ist aber der kürzeste und billigste Weg.»

«Egal.»

«Aber wieso?»

«Geht das denn nicht?»

Er überlegte. «Doch, ich müsste einen Frachter finden, der regelmäßig nach Halifax fährt. Habe ich noch nie gemacht, das wäre eine ganz neue Herausforderung. Wann soll es losgehen?»

Tja, wann?

«Nächste Woche», sagte sie. «Oder vielleicht in drei oder fünf Wochen.» Harry war bestimmt einverstanden, sein Haus war ja so gut wie fertig.

«So fix?»

«Ja.»

«Dann komm mal mit.»

Sie verschwanden in seinem Büro neben der Kneipe, wo er es ihr mit Hilfe dicker Bücher und Prospekte bis auf den letzten Pfennig ausrechnete: Wyk–Dagebüll–Hamburg–Bremerhaven–Halifax–Toronto. Maike nahm Zettel und Bleistift aus ihrem Ranzen und verglich die

Summe mit ihren Kalkulationen: Noch genau vierhunderteinundfünfzig Traumfänger, und sie hatten das Geld für die Überfahrt zusammen. Das musste doch hinzukriegen sein. Allerdings war die Saison bald vorbei, und damit würden viele Kunden wegbrechen. Vielleicht könnte sie die Traumfänger auch woanders verkaufen, auf dem Weihnachtsmarkt in Flensburg oder in Schleswig. Aber dann müsste sie noch Monate warten.

Sie bedankte sich bei Macke und stürmte aus der Kneipe. Ihr fehlte noch ein Drittel des benötigten Geldes, notfalls musste sie Harald bitten, ihr etwas zu leihen. Sie wollten ja ohnehin zusammen fahren, und sie würde es ihm Mark für Mark zurückzahlen. Ihr Entschluss stand nun endgültig fest: Sie würde am nächsten Tag nicht in die Schule zurückkehren. Es gab viel zu tun, und sie hatte keine Zeit zu verlieren. Ihr Herz pochte laut vor Freude. Sie musste sofort zu Harry und ihm alles erzählen.

Als sie durch Oldsum radelte und die kleinen Höfe und Misthaufen vor jeder Scheune an sich vorbeiziehen sah, spürte sie neben ihrer Euphorie auch so etwas wie Wehmut. Jetzt, beim Abschiednehmen, merkte sie, wie sehr sie an ihrem Dorf hing. Sie liebte die staubigen Sandwege, an deren Rändern struppiges Unkraut wuchs, sie hing an Sim Schlachter, der immer Bonbons für die Kinder in der Tasche hatte, an den Reetdachhäusern, die ihr oft so hinterwäldlerisch vorgekommen waren. Wobei das eigentlich ein unpassender Ausdruck war, denn einen echten Wald gab es auf der ganzen Insel nicht – im Gegensatz zu Kanada, dort würden sie tagelang durch Wälder streifen. Nur die freilebenden Bären beunruhigten sie sehr: Würde sie es jemals schaffen, sich dort angstfrei zu bewegen?

Und was war, wenn wirklich mal einer auftauchte? Wie bekamen die Kanadier das hin? Aber vermutlich würden Harry und sie ohnehin erst mal in einer Stadt wohnen. Und was sie nicht vergessen durfte: Auch Harry, der Kalifornier, würde dort neu anfangen.

In Kanada lebten Menschen aus aller Welt, Europäer, Asiaten, und sie würde das erste Mal in ihrem Leben echte Indianer sehen. Sie würde mit Harry im See baden und in der Sonne liegen. Die Sommer waren viel wärmer als in Nordfriesland, das hatte sie gelesen. Und in Toronto musste es unzählige Restaurants geben, wo sie hin und wieder essen gehen konnten. Natürlich würde sie hart dafür arbeiten, jede Arbeit war ihr recht. Bis jetzt war sie immer nur einmal im Jahr essen gegangen, am Geburtstag ihrer Großmutter, im Nordfriesischen Gasthof.

Als sie an Harrys Haus ankam, stürzte sie sofort hinein. Die Haustür hinter den beiden Ulmen war nicht abgeschlossen!

«Harry?», rief sie.

Keine Antwort.

Sie beschloss, direkt reinzugehen. Sein Haus war inzwischen fast vollständig eingerichtet. Freunde hatten ihm alte Möbel gespendet, es gab eine Couch mit einem hölzernen, nierenförmigen Tischchen davor. In der Küche stand ein Gasherd, im Schlafzimmer ein richtiges Bett, davor der neue Fernseher, und an den Fenstern hingen dunkelrote Vorhänge.

«Harry?», rief sie noch mal, als sie im leeren Wohnzimmer stand.

Wieder keine Antwort.

Sie schaute hinters Haus, auch hier war er nicht. Ihr fiel

aber auf, dass Fury nicht auf der Weide stand, also ritt er bestimmt gerade durchs Watt. Kurz entschlossen holte sie Thor aus dem Stall, sattelte ihn und ritt dann über den Sörenswai Richtung Deich. Es wurde diesig, Nebel zog auf. Hoffentlich war Harry vorsichtig, im Watt konnte man sich schnell verlaufen.

Als sie den Aufgang zum Deich hochritt, freute sie sich: Hier draußen würde sie in Ruhe mit Harry reden können. Doch als sie mit Thor auf der Deichkrone war, sah sie etwas, das sie wie eine Eisenstange in den Magen traf.

Im ersten Moment spürte sie nichts.

Sie löste sich auf, wurde ganz leicht.

Dann traf sie der Schmerz und zerteilte sie in tausend Stücke.

Harry und ihre Mutter standen eng umschlungen im Watt. Edda hielt seine Hand und küsste ihn zärtlich auf die Augen.

Es konnte nicht sein.

Und fand doch direkt vor ihren Augen statt.

Regungslos blieb sie auf dem Deich stehen. Wie gelähmt starrte sie auf die beiden, die sie gar nicht wahrnahmen, so sehr waren sie mit sich beschäftigt. Eine Träne lief ihr über die Wange. Der Boden unter ihr gab nach, sie stürzte haltlos in den Abgrund, der sich unter ihr auftat.

Harry hinterging sie. Mit ihrer eigenen Mutter.

Jemand Fremdes hatte die Leitung über ihren Körper übernommen, jeder ihrer Muskeln zitterte. Ihr wurde schlecht. Ihre Mutter war süchtig nach Männern und nach Sex, alles andere spielte keine Rolle in ihrem Leben. Auch sie, ihre Tochter, nicht. Sie nahm ihr ohne Scham den Mann weg.

Und Harry?

All seine Zuneigung war eine Lüge gewesen. Er war ein hervorragender Schauspieler, das musste sie zugeben. Carla hatte recht gehabt: Er war einer dieser sexsüchtigen Hippies, und wahrscheinlich handelte er auch mit Drogen, sie hatte es nur nicht bemerkt. Sie war ihm ein netter Zeitvertreib gewesen, ernst genommen hatte er sie nicht.

Wie musste ein Mensch gestrickt sein, wenn er mit Mutter und Tochter gleichzeitig etwas anfing?

Das war einfach nur krank.

25.

ZWEITAUSENDVIERZEHN

Maike verabschiedet in ihrer Praxis die letzte Patientin und fährt dann direkt zum Wyker Hafen. Rainer kommt heute zum ersten Mal nach Föhr, endlich klappt es. Sie setzt sich auf einen Poller und guckt hinüber zum Festland. Das Wasser der Nordsee kräuselt sich im Wind, die Sonne spielt mit den Wolken, große und kleine Schattenflecken jagen übers Meer und quer übers Land. Ihr Handy klingelt, es ist eine SMS von Rainer. Er wird doch nicht absagen?

Wir legen jetzt ab. Bald bin ich bei dir.

Ich freue mich, schreibt sie zurück.

Prompt piepst ihr Handy erneut.

Ich auch.

Endlich. Endlich kann Rainer mit eigenen Augen sehen, wie sie lebt, wie ihre Wohnung eingerichtet ist, welche Bilder bei ihr an der Wand hängen. Nicht ganz unwichtig, denn es erzählt eine Menge über sie. Sie ist aufgeregt, auch ein bisschen mulmig ist ihr zumute. Hoffentlich geht das nicht schief.

Schluss mit der Skepsis, Maike!, mahnt sie sich.

Eine Dreiviertelstunde später legt die Fähre an.

«Da bin ich», ruft Rainer freudig, als er von Bord

kommt. Er breitet die Arme aus und gibt ihr einen Kuss auf den Mund.

«Denn komm mol mit», antwortet sie burschikoser als beabsichtigt und führt ihn zu ihrem Wagen, der am Hafen vor dem Fährgebäude im absoluten Haltverbot parkt. Das Auto der Inselärztin kennt hier jeder, kein Föhrer Polizist würde ihr einen Strafzettel verpassen. Sie steigen ein, lächeln sich kurz an, bevor sie den Motor startet. Auf der Fahrt guckt Rainer neugierig auf die Marsch.

«Schön hier, ganz anders als auf Sylt», sagt er.

«Vor allem weniger Ferraris, was?» Sie lächelt.

Rainer legt die Stirn in Falten. «Damit muss ich wohl klarkommen.»

«Wann warst du das letzte Mal auf Föhr?»

Er wird leicht verlegen. «Du weißt ja, wenn man als Insulaner wegwill, fährt man aufs Festland und nicht auf die Nachbarinsel.»

«Warst du überhaupt schon mal hier?»

«Vor zehn Jahren, mit einem Segelboot. Nach einem Mastbruch vor Utersum.»

Sie lacht. «Mit anderen Worten: freiwillig noch nie?»

«Doch, jetzt.»

«Das will ich hoffen.»

Als sie von der Umgehungsstraße nach Oldsum abbiegt, ruft er begeistert: «Ein echtes friesisches Bauerndorf!»

«Das zur Hälfte Leuten aus Hamburg gehört.»

«Was? Hier wohnen noch fünfzig Prozent Friesen?», frotzelt er. «Auf Sylt wäre das undenkbar.»

Maikes reetgedecktes Haus präsentiert sich in der Morgensonne von seiner besten Seite. Das Geäst der Ulmen am Eingang wirft im Wind bewegte Schatten auf das

Dach, die weißen Fensterrahmen leuchten, die Fenster sind blitzblank geputzt.

«Schön», sagt er, als sie aussteigen.

Als Erstes zeigt sie ihm die Praxis im Erdgeschoss.

«Nicht besonders spektakulär», sagt sie.

Rainer widerspricht: «Das ist eine der schönsten Arztpraxen, die ich je gesehen habe. Hier fühlt man sich sofort wie zu Hause.»

«*Das* war die Idee.»

Er bewundert ihren massiven Schreibtisch, den früheren Esstisch. Etwas später entdeckt er unter der Treppe ein Bild, das seit Jahren dort im Halbdunkel hängt, das sie aber kaum noch wahrnimmt. Harry hat es damals fotografiert und übermalt. Sie ist siebzehn und steht auf dem Rücken von Thor. Er hat es bei ihrer Begegnung im Watt aufgenommen.

«Bist du das?», fragt Rainer begeistert.

«Ja, das war letzte Woche im Watt», scherzt sie.

«Es sieht toll aus.»

Rainer gefällt ihre Wohnung, kein Wunder, ist sie doch ähnlich wie seine eingerichtet: hell, luftig, skandinavisch. Draußen fliegen kleine Wolkenflecken über die Marsch ins Meer, dazu kommt der Wind, die ganze Landschaft ist in Aktion. Maike bietet ihm in der Küche etwas zu trinken an, er nimmt Mineralwasser mit Sprudel. Plötzlich wird sie unsicher, was nun passieren soll.

«Lust auf Deich? Von da aus kann man Sylt sehen.»

Er lacht. «Mal was Neues.»

«Schlechte Idee?»

«Nein, im Gegenteil.»

Beim Rausgehen hält er ihr die Tür auf, sie gehen am

Pferdehof Tober vorbei, wo Besitzer Richard Sören vor dem Stall mit den grünen Latten gerade eine Stute bürstet.

«Prächtiges Tier», bemerkt Rainer.

«Reitest du?»

«Nein, ist mir zu schaukelig. Aber du warst bestimmt ein Pferdemädchen.»

«Wie kommst du darauf?»

«Das Bild im Flur.»

Maike winkt ab. «Lange her.»

Vom Pferdehof geht es über den Sörenswai zum Aufgang über den Seedeich. Auf den Weiden stehen schwarzbunte Kühe, die sie träge anschauen, es riecht leicht nach Gülle.

«Der Geruch tut mir leid, aber er lässt sich nicht abstellen», sagt sie entschuldigend.

«Der ist bei mir in Archsum nicht anders – trotz der vielen Ferraris.» Er lächelt.

Sie gehen über den Deich und bleiben einen Moment stehen. Rainer will den Anblick des Watts bis hinüber nach Sylt erst einmal genießen. Überall sind kleine Pfützen zu sehen, in denen sich der Himmel spiegelt. Ganz in der Ferne kriecht ein dunkler, langer Wurm rasend schnell durchs Watt.

«Das ist der Autozug nach Sylt», erklärt Maike.

«Sieht aus wie eine Fata Morgana.»

Am Deichsaum ziehen sie sich die Schuhe aus. Dann wandern sie los. «Was wäre eine Reise, die du gerne machen würdest?», fragt Rainer und schaut in den Himmel, wo sich ein paar graue Wolken zeigen.

«Indien.»

«Dort kenne ich mich gut aus», sagt er.

«Warst du mal da?»

«Das nicht, aber ich habe viel darüber gelesen.» Er bleibt stehen. «Frag mich mal nach dem Tadsch Mahal.»

«Also?»

«Der Großmogul Shah Jahan ließ ihn zum Gedenken an seine im Jahre 1631 verstorbene Hauptfrau Mumtaz Mahal erbauen. Es wurde auf einer Marmorplattform von hundert mal hundert Metern errichtet. Die Baumaterialien wurden aus vielen Teilen Indiens und Asiens herangeschafft, dazu brauchten sie über tausend Elefanten.»

«Hast du das auswendig gelernt?», fragt sie.

«Es interessiert mich einfach. Die Legende sagt, dass allen beteiligten Handwerkern nach Fertigstellung des Monuments eine Hand abgehackt wurde, damit sie es nicht nachbauen konnten.»

«Gruselig.»

Sie blickt ins Watt. Die Wolken, die vor der Sonne vorbeiziehen, werden dichter, die Schatten entsprechend größer. Plötzlich entdeckt sie eine Gestalt, die ihnen folgt. Harald? Wohl kaum, eher ihr Unterbewusstsein, das ihr einen Streich spielen will. Sie konzentriert sich wieder auf Rainers Worte.

«In einem Gedicht wurde das Tadsch Mahal mal als ‹eine Träne auf der Wange der Zeit› beschrieben.»

«Sehr poetisch. Aber wenn du so viel darüber weißt, wieso warst du noch nie da?»

«Na ja, ich bin ziemlich anfällig für Magenkrankheiten.»

Maike stutzt. Er scheint seine Reisen nur im Kopf zu machen. Also geht sie in die Offensive, vielleicht muss er ja nur etwas angestoßen werden:

«Der Tadsch Mahal ist auch beliebtes Besuchsziel frisch

vermählter indischer Eheleute», erklärt sie. «Der Besuch soll die Liebe dauerhaft machen und stärken.»

Er zieht eine Augenbraue hoch. «Will sagen?»

Sie lacht. «Ich will dir keine Angst machen.»

«Aber im Fall der Fälle …?»

«… könnte man rein theoretisch den Tadsch Mahal ins Auge fassen.»

«Rein theoretisch.»

«Genau.»

Sie dreht sich um. Leider war es *kein* Streich ihres Unterbewusstseins. Harald befindet sich in etwa dreißig Metern Entfernung hinter ihnen.

Schritt für Schritt schließt er weiter zu ihnen auf. Das kann ja wohl nicht wahr sein! Er soll zusehen, dass er Leine zieht. Das ist *ihr* Rendezvous, da hat er nichts zu suchen. Kurz entschlossen bittet sie Rainer, einen Moment zu warten, dreht sich um und geht mit großen Schritten auf Harald zu.

«Was soll das?», blafft sie ihn an, als sie vor ihm steht.

«Ich habe mir leicht den Fuß verknackst, warte …», keucht er. Er beugt sich vor, um etwas Luft zu holen.

«Warum verfolgst du uns?»

Da ist Rainer schon bei ihnen.

«Moin, ich bin Harald.»

«Angenehm, Martens.»

«Oh, sorry, ich komme aus Kanada, da vergesse ich das mit dem Sie immer.» Harald mustert Rainer kritisch.

«Wir können uns auch duzen – Rainer.» Rainer streckt ihm die Hand entgegen, Harald schlägt widerwillig ein.

«Ich kenne Harald von früher», erklärt Maike. «Er hat hier mal Urlaub gemacht, ein flüchtiger Bekannter.»

Sie hat das Gefühl, gleich explodiert hier eine Bombe. So schnell wie möglich will sie Harald loswerden.

«Woher kommst du in Kanada?», fragt Rainer nichtsahnend.

«Calgary.»

«Ah, da liegt doch der Banff-Nationalpark in der Nähe, am Lake Louise.»

«Ganz genau. Warst du mal da?»

«Leider nicht, aber ein Freund von mir.»

«Ah ja.»

Rainer grinst. «Er sagte, der Banff Park wird nur noch von Sylt übertroffen.»

Obwohl sie schreien könnte, versucht Maike in den lockeren, unverbindlichen Ton einzusteigen:

«Hey, hey, so kannst du vor einer Föhrerin nicht reden. *Föhr* ist die Perle des Wattenmeeres.»

«Sicher», bestätigt Rainer.

«Wo habt ihr euch kennengelernt?», fragt Harald. «Also, wenn ich das überhaupt fragen darf.»

Im Internet, aber das werde ich dir nicht auf die Nase binden, denkt Maike.

«Och», murmelt sie.

«Entschuldigung, geht mich nichts an.»

«Wir sind, äh, beste Freunde», haspelt Rainer.

«Ein Paar», verbessert Maike, woraufhin Rainer lächelt.

«Schön», befindet Harald. «Ich war mal mit Maike zusammen, sie war meine große Liebe. Und Maike, wenn ich von diesem Zeitungsfoto gewusst hätte, wären wir noch immer zusammen. Wir hätten vier bis sechs Kinder und wären die glücklichsten …»

«Hör auf!», ruft Maike.

«Mit Suse Hansen war nichts, das wollte ich nur sagen. Ich konnte nichts dafür. Die ist nur sehr labil und war vollkommen betrunken. Ich habe sie nach Hause gebracht, das war alles. Also, macht's gut.»

Er gibt ihnen die Hand und stapft davon. Dann dreht er sich noch einmal um und ruft:

«Wir haben die Chance unseres Lebens vergeigt, Maike. Das ist nicht auszuhalten. Wie geht dir das damit?»

Sie merkt, dass in ihr etwas aufsteigt, was nicht mehr aufzuhalten ist.

«Wahr ist, dass du was mit Edda hattest», brüllt sie. «Mit *meiner* Mutter!»

Er starrt sie an.

«Was hatte ich?», ruft er noch lauter zurück. «Du spinnst ja.»

«Ich habe euch selber gesehen, eng umschlungen!»

«Ach ja? Wo soll das denn bitte sehr gewesen sein?»

«Nun beruhigt euch doch», sagt Rainer.

«Wieso kannst du es nicht einfach zugeben?»

«Weil es nicht wahr ist!»

«Wenn ich es selber nicht gesehen hätte, würde ich es auch nicht glauben.»

Rainer schaut auf die Uhr. «Bald kommt die Flut.»

«Lasst euch nicht weiter stören», ruft Harald und macht sich mit schnellen Schritten davon Richtung Festland.

Einen Moment lang herrscht Stille.

«Ein flüchtiger Bekannter?», fragt er.

«Na ja, früher war da mehr, aber nur ganz kurz.»

«Wann war denn früher?»

«Ende der Sechziger, absolut lächerlich.»

Rainer sieht sie misstrauisch an. «Und dann seid ihr euch immer noch spinnefeind?»

Er hat recht, das wirft kein gutes Licht auf sie. Plötzlich verspürt sie einen irrsinnigen Durst, sie ist vollkommen dehydriert. «Er ist nach über vierzig Jahren das erste Mal wieder auf Föhr.»

«Klingt nach einem Trauma», sagt Rainer.

Wahrscheinlich ist es das, aber damit will sie Rainer und sich bestimmt nicht den Nachmittag verderben. Sie hakt sich bei ihm ein und sieht ihn aufmunternd an.

«So schlimm ist es auch wieder nicht. Aber wie es zu Ende ging, ist keine schöne Geschichte. Er soll einfach abhauen, und gut ist.»

Rainer wirkt verunsichert und ist danach deutlich distanzierter. Was ist, wenn er sie jetzt nicht mehr wiedersehen will?

26.

«Wie kannst du nur so blöd sein, Harald Peterson?», ruft Harald sich selbst zu. Obwohl draußen die Sonne scheint, läuft er schon den ganzen Vormittag hinter geschlossenen Vorhängen im Wohnzimmer auf und ab. Es war ein Albtraum vor ein paar Tagen am Strand, und das ist allein seine Schuld. Dabei wollte er Maike nur sagen, dass mit Suse Hansen nichts ist. Aber als er sie mit Rainer zusammen sah, hat er die Kontrolle verloren.

Er hat nicht damit gerechnet, dass es einen Mann in ihrem Leben gibt. Wie dumm von ihm. *Natürlich* wird eine Traumfrau wie Maike von allen begehrt, ist ja klar.

Aber was für einen Quatsch hat sie über Edda und ihn erzählt? Dass sie ihn und sie eng umschlungen gesehen hat? Was meinte sie damit? Das ist irre. Er hat für Edda niemals mehr als freundschaftliche Gefühle gehabt, und natürlich ist da nichts gelaufen. Wie hätte irgendetwas mit einer anderen Frau als Maike laufen sollen? Sie war sein Ein und Alles, warum zum Teufel hat sie das immer noch nicht kapiert?

Trotzdem, er muss sich bei Maike für sein Verhalten am Strand entschuldigen, sonst geht gar nichts mehr. Und das wird nicht mit einem Blumenstrauß zu machen sein.

Wenn er Pech hat, will sie überhaupt nicht mehr mit ihm reden.

Gegen Mittag schnappt er sich seine dünne Sommerjacke. Draußen ist es kühl geworden, und es nieselt etwas, aber er kann nicht länger warten. Die Reetdachhäuser im Ort hoffen stoisch auf besseres Wetter, vor der Galerie BiikeArt liegt ein riesiger Fallschirm im Gras. Suse ist an dem Tag nach ihrem Ausfall zu ihm gekommen und hat sich tausendmal entschuldigt, ihr war ihr Zustand hinterher äußerst peinlich, wenigstens das. Sie hatte ein paar Schmerztabletten genommen und übersehen, dass die sich nicht mit Alkohol vertrugen.

Er geht am ehemaligen Haus von Eenje Kloogmaager vorbei und überlegt kurz, im Café Stellys ein Stück Kuchen zu essen. Die Apfeltorte dort ist eine der besten. Aber irgendwie hat er keinen Hunger, und unter Leuten mag er jetzt auch nicht sein.

Im Gebäude der freiwilligen Feuerwehr sind die Türen geöffnet, vor einem riesigen Feuerwehrwagen sitzt ein Mann mit abstehenden Ohren im Schneidersitz und näht gerade an einer Uniform. Es ist Enno, Bojes Matrose von der *Rüüm Hart*.

«Moin», grüßt Harald im Vorbeigehen.

Enno schaut nur kurz auf. «Moin, Moin.»

Plötzlich hört es auf zu nieseln, und der graue Himmel löst sich schneller auf als eine Brausetablette im Wasser. Es wird rapide heller, er ist sicher, in wenigen Momenten wird die Sonne durchkommen. Mit schnellen Schritten geht er zum Pferdehof Tober. Und plötzlich ist die Szene seines Abschieds von der Insel wieder da:

Er galoppierte auf Fury durch Oldsum und wusste nicht, wohin. Die Polizei suchte ihn überall, und er musste so schnell wie möglich weg von Föhr. Er sieht noch genau vor sich, wie der alte Tober vor der Scheune stand und gerade seinen wilden Hengst Wotan, den er vor Wochen noch selbst geritten hatte, auf einen Pferdeanhänger führte. Da musste er rein, es war der einzige Ausweg. Sein Herz schlug ihm bis zum Hals, Tober war seine letzte Chance. «Kannst du mir helfen?», rief er Tober zu. Jetzt kam es drauf an. Wenn er auf Fury weiter floh, würden sie ihn auf jeden Fall kriegen. Der Alte sah ihm prüfend in die Augen und fragte ihn, ob er ein Verbrecher sei. «Nein», sagte Harald, und Tober glaubte ihm. Ein magischer Moment, den er nie vergessen hat. «Ich weiß von nichts», versprach Tober. «Und wenn ich gefragt werde, bist du mir einfach auf den Hänger gesprungen.»

Dann führte Tober Fury auf die Weide neben seinem Haus. Harald streichelte ihr zum Abschied noch einmal über den Kopf. Er würde sie nie wiedersehen, das wusste er. Aber es war keine Zeit für Sentimentalitäten, von ferne näherte sich bereits ein Polizeiwagen mit Martinshorn, der den Ort nach ihm absuchte. Er huschte in den Anhänger zu Wotan. Zum Glück blieb der Hengst während der Fahrt einigermaßen ruhig.

An der Auffahrt zur Fähre stand dann tatsächlich ein Polizist und kontrollierte alle Wagen, aber der alte Tober war bekannt, scherzte ein bisschen mit ihnen, und man winkte ihn durch.

Eine Woche später war Harald in Kanada, und sein neues Leben begann.

Von der Weide sieht Harald einen Mann auf sich zukommen, der eine wunderschöne schwarze Stute mit wilder Mähne führt. Genau das Tier, das ihm für einen Ausritt gefallen würde: langer Rücken, kräftige Beine …

«Moin, ich würde gern ein Pferd mieten», sagt Harald.

Der Mann blickt ihn misstrauisch an und fragt: «Können Sie reiten?»

Harald muss lachen.

«Was ist daran so lustig?»

«Entschuldigung, aber vor über vierzig Jahren habe ich hier mal ein Pferd gekauft. Vorher musste ich bei dem Besitzer eine strenge Prüfung ablegen. Der war da sehr eigen. Kennen Sie noch den alten Tober?»

Der Mann starrt ihn an.

«Sind Sie der Kanadier, der in Bojes Haus wohnt?»

«Ja.»

«Hieß Ihre Stute zufällig Fury?», fragt er weiter.

Harald ist schockiert: Kann der Gedanken lesen?

«Ich habe Tober den Hof vor zehn Jahren abgekauft. Er hat mir von Ihnen erzählt. Ein gewisser Harald Peterson sollte hier immer umsonst reiten dürfen, falls er noch mal vorbeikommt.»

Harald läuft ein Schauer über den Rücken.

«Tober hat Ihre Stute weiterverkauft, als Sie zurück nach Kanada gingen.»

Harald lächelt: «Genau genommen schuldet er mir also noch Geld?» Ein Versuch, seine Ergriffenheit zu überspielen.

«Kurz vor seinem Tod hat Tober den Erlös aus Furys Verkauf an eine Organisation überwiesen, die Deserteure der amerikanischen Armee unterstützt.»

«Sind Sie sicher? Deserteure? Der alte Tober wirkte nicht gerade wie ein Hippie.»

«Aber er war in Stalingrad und wurde am Knie angeschossen. Der wusste, was Krieg bedeutet.»

Harald kommt aus dem Staunen nicht heraus. «Eine schöne Stute haben Sie da übrigens.» Er streichelt dem Tier über den Kopf, was dieses sich gern gefallen lässt.

«Das ist Galadriel.»

«Wie die Elbenkönigin aus ‹Herr der Ringe›?»

Richard nickt. «Sie ist ein sanfter Charakter, mag es aber gerne auch mal schneller.»

«Ich brauche aber noch ein zweites Tier. Weil ich mit jemandem zusammen ausreiten möchte.»

«Zu wann soll das sein?»

«Jetzt, sofort.»

Richard überlässt ihm neben Galadriel noch Peer, einen kräftigen braunen Wallach mit einer weißen Blesse. Harald sattelt beide Pferde, klettert auf Galadriel und führt Peer am Zügel mit sich.

«Bis später.»

Er reitet los durch Weiden mit kleinen Süßwassertümpeln, der salzige Westwind fegt durch die Drahtzäune. Mehrmals meint er, Maike auf Thor zu sehen, die auf ihn zugeritten kommt. Es ist gespenstisch. Leider meldet sich bald sein Rücken. Seine Kondition ist zurzeit nicht besonders, er muss dringend wieder mehr tun. Er steigt ab, was ihm erneut einen Stich in sein Kreuz jagt, und geht mit Galadriel und Peer an den Zügeln zu Fuß weiter. Der Rücken beruhigt sich prompt. Es geht auch so, obwohl es ein bisschen so aussieht, als würde er mit zwei zu groß geratenen Tieren Gassi laufen.

Es ist Mittwoch, Maike hat heute Nachmittag keine Sprechstunde, das weiß er. Mit etwas Glück ist sie zu Hause. An der Ecke, wo die gelbe Telefonzelle nicht mehr steht, biegt er in die Ulmenallee ab. Zwischen Ginger Rogers und Fred Astaire steht ihr kleiner Toyota, sie ist also da. Er hält die Pferde fest am Zügel, atmet einmal tief durch und klingelt. Nach ein paar Sekunden öffnet sich die Tür. Maike trägt eine Brille, die sie sich schnell herunterreißt, als sie ihn sieht.

Jetzt kommt es drauf an.

«Ich wollte dich zu einem Austritt einladen», sagt er.

Sie schaut ihn teilnahmslos an.

«Du hast sie nicht mehr alle.»

Kein Kommentar zu den wunderschönen Pferden, die Maike ihre Köpfe neugierig entgegenstrecken?

Jetzt muss es raus:

«Es tut mir leid, die Sache im Watt. Das war extrem blöd von mir. Ich wollte nur etwas richtigstellen, und dann … Können wir nicht in Ruhe über alles sprechen?»

Maike schüttelt den Kopf.

«Es ist alles gesagt. Man kann einen alten Teebeutel nicht wieder aufkochen. Das schmeckt zum Kotzen.»

Ihre Worte bieten wenig Anlass zur Hoffnung. Er versucht es mit einem Scherz: «Du bezeichnest uns als alte Teebeutel?»

Doch sie lässt ihn abblitzen. «Und verfolge mich nie wieder, hörst du, Harry? Es gibt in Deutschland ein Gesetz gegen Stalking. Ich werde mich nicht scheuen, davon Gebrauch zu machen.»

Sie hat ihn Harry genannt, wie früher.

«Es ist so über mich gekommen, ich weiß auch nicht,

wie», versucht er es noch mal. «Ich mache es wieder gut, versprochen.»

«Du jagst hier irgendwelchen Gespenstern aus der Vergangenheit nach. Lass mich da raus.»

«Du siehst weder aus wie ein Teebeutel noch wie ein Gespenst.»

Sie schaut auf die Uhr. «Ich muss meine Abrechnung machen. Mach's gut.»

Sie schließt die Tür und lässt ihn einfach stehen.

War es das?

27.

Maike schaut bange durch das Fenster ihrer Praxis in die weite Marsch hinter der Mühle. So geht es nicht weiter. Harald will Oldsum offensichtlich erst mal nicht verlassen, warum auch immer. Jedes Mal, wenn sie mit Rainer im Ort spazieren geht, muss sie fürchten, ihm zu begegnen. Und was es am schlimmsten macht: Sie *wünscht* sich manchmal sogar, ihn zu sehen, und das findet sie selbst völlig abartig, da kann doch bei ihr etwas nicht stimmen, oder? Sie weiß ganz genau, dass es mit Harry niemals gutgehen würde, und dafür soll sie Rainer stehen lassen? Wohl kaum! Nein, ihr Plan steht fest: Sie wird zu ihm nach Sylt ziehen, erst mal für ein paar Wochen, später vielleicht für immer.

Vor der Tür kommt ein schicker zweisitziger Sportwagen mit offenem Verdeck zum Stehen. Düsseldorfer Kennzeichen – das wird ihre Praxisvertretung sein. Das Cabrio ist ein schlechtes Zeichen, so etwas passt vielleicht auf die Kö, aber nicht zu einer Landärztin auf Föhr. War es ein Fehler, die Praxis auf Probe abzugeben? Sie schluckt. Zu spät.

Sie erschrickt ein weiteres Mal, als eine gutaussehende, dunkelhaarige Frau mit zierlichem Körper aussteigt.

Laut Bewerbung ist sie einunddreißig, sie sieht aber so jung und unbedarft aus, als müsse sie an der Kasse noch ihren Ausweis vorlegen, wenn sie Alkohol kaufen will. Die nimmt doch hier keiner ernst! Und dazu diese blütenweiße Bluse, die unten am Saum asymmetrisch geschnitten ist, die türkisfarbene Leinenhose und die hochhackigen Sandalen. Nichts gegen geschmackvolle Kleidung, aber hier auf Föhr soll sie ja nicht auf eine Bussi-Bussi-Party gehen. Helle Farben werden auf schlammigen Bauernhöfen schnell dreckig, und hochhackige Schuhe bleiben gerne mal im Matsch stecken. Und die soll für «Ärzte ohne Grenzen» in Somalia gewesen sein?

Sie öffnet die Tür. «Moin, ich bin Dr. Maike Olufs.»

Die Frau steckt sich ihre Sonnenbrille ins Haar. «Hallöchen. Alina Höffgen aus Düsseldorf.»

Sie reicht ihr die Hand mit ausgestrecktem Arm.

Stellt man sich bei Erstkontakt mit «Hallöchen» vor? Sagt die auch «Stößchen» statt «Prost»? Frau Dr. Höffgen soll hier sechs Wochen lang alles schmeißen. Wie werden es die Insulaner finden, dass sie statt der gewohnten Frau Doktor ein junges Huhn behandelt, das sie mit «Hallöchen» begrüßt? Vielleicht denkt die, dass sie hier auf der Nordseeinsel Urlaub machen und nebenbei ein bisschen praktizieren kann.

«Ich habe gleich einen Hausbesuch, wollen Sie mit?», schlägt Maike vor und versucht, ihre Nervosität zu verbergen. Sie muss der Frau wenigstens eine Chance geben.

Frau Dr. Höffgen strahlt. «Gerne.»

«Die Patientenakte können Sie sich auf der Fahrt durchlesen.»

Sie fahren mit Maikes Wagen zu Trines Hof in der Marsch. Immer wieder kommt Maike derselbe Gedanke: Harald ist an allem schuld. Und sie soll nun büßen und aus Oldsum wegziehen? Das ist absurd! Nein, sie muss das rückgängig machen, so viel Macht darf er nicht über sie haben. Er wird sich schon an ihren Anblick mit Rainer in Oldsum gewöhnen – und umgekehrt. Aber wie sagt sie das bloß Frau Höffgen? Die ist extra von Düsseldorf nach Föhr gekommen. Sie muss ihr ein Ausfallhonorar zahlen, aber da wird man sich bestimmt einig.

Als sie auf den Hofplatz fahren, kommt ihnen Trines Sohn Hans auf dem Trecker entgegen. Sie steigen aus. Der böige Wind lässt für einen Moment nach, es riecht sofort streng nach frischem Kuhdung. Wie es Frau Höffgen schafft, sich mit ihren hochhackigen Sandalen über den vollgemisteten Hofplatz zu bewegen, ist Maike schleierhaft. Aber sie schafft es nicht nur, sondern macht dabei auch noch eine gute Figur.

Die Tür ist nicht abgeschlossen. Sie gehen ins Haus, in dem es nach alter Milch, Sahne und Dung riecht, wie früher bei ihr zu Hause – das bekommt man hier einfach nicht aus den Räumen raus. Verzieht die Städterin das Gesicht? Falls sie sich ekelt, lässt sie es sich jedenfalls nicht anmerken. Maike führt sie in Trines Zimmer. Hans hat seiner Mutter einen Korb mit Orangen und etwas frische Milch auf den Nachttisch gestellt, in der Hoffnung, dass ihr das wieder auf die Beine hilft. Rührend. Trine sieht blass aus wie immer, und ihre dunklen Augen wirken matt und müde.

«Moin, Trine.»

«Moin, Maike.»

«Darf ich vorstellen, das ist Frau Dr. Höffgen.» Sie zögert, von ihrer «Vertretung» zu sprechen.

Da nimmt die junge Kollegin Trines Hand und legt ihre darüber – eine herzliche Geste. «Ich vertrete Frau Dr. Olufs die nächste Zeit.»

Lieber nicht, denkt Maike, aber das klären wir später.

«Das Ergebnis von der Blutuntersuchung ist da, Trine», erklärt Maike.

«Brauch ich nicht to weeten.»

«Wieso das denn?», fragt Frau Höffgen.

«Ich spür doch, dass es zum Ende geht.»

«Darf ich?», fragt Frau Höffgen.

Sie schiebt vorsichtig Trines Nachthemd hoch und tastet die alte Frau mit bloßen Händen ab. Maike erkennt sofort, dass ihr Griff sicher ist. Sie fasst ihre Patientin gut an, vorsichtig und doch so fest, wie es sein muss. Dann hört sie Trine mit Maikes Stethoskop ab und misst den Blutdruck am rechten Arm, anschließend am linken. Die Schulmedizin, die den ganzen Menschen einbezieht, beherrscht sie also. Respekt.

«Der Tod ist dabei, sein Werk an mir zu vollenden», stöhnt Trine und schaut Maike müde an.

Wo hat sie bloß solche Sätze her?

«Du hast abgenommen», stellt Maike fest.

Trine lacht müde. «Ja, für Hansen.»

«Welcher Hansen?»

Es gibt Hunderte mit diesem Namen auf der Insel.

«Der Bestatter. Der muss mich bald auf den Kirchhof schleppen, da ist jedes Kilo weniger doch eine Erleichterung für ihn, oder was meinst du?»

Frau Dr. Höffgen und Maike müssen kichern.

«Darauf würde ich keine Rücksicht nehmen», sagt Maike. «Der braucht sowieso mehr Sport, so dick, wie der ist.»

Trine grinst leicht.

«Ihre Lunge ist frei», erklärt Frau Höffgen. «Und auf Ihren Blutdruck wären viele junge Mädchen neidisch. Für mich sind Sie so gut wie gesund. – Darf ich Sie auch Trine nennen?»

«Gerne, mien Deern.»

«Danke. Also, Trine, draußen ist bestes Wetter. Sie sollten auf der Terrasse liegen anstatt im Bett. Muss ja nicht gleich die pralle Sonne sein.»

Trine schaut sie erstaunt an. «Das geht? Und wenn ich da sterbe?»

«Der Tod hat gerade alle Hände voll auf dem Festland zu tun», mischt sich Maike ein. «Der hat Föhr vollkommen vergessen.»

«Sprechen Sie Friesisch, Trine?», fragt Frau Höffgen nun.

«Klar.»

«Helfen Sie mir, es zu lernen? Ich möchte gerne alle Patienten verstehen.»

«Sag mal: Ik snaake fering.»

Sie wiederholt mit unverkennbar rheinischem Tonfall: Iek schnaake feering. – Es klingt falsch, oder?»

«Aller Anfang ist schwer», erklärt Trine diplomatisch und lächelt.

«Raus auf die Terrasse», sagt Frau Höffgen mit fester Stimme.

Trine wirkt wie ausgewechselt. Maike und Frau Höffgen helfen ihr hoch und bringen sie über den langen Flur hinaus in den Garten. Dort setzen sie sie auf einen Liegestuhl. Trine schaut sich begeistert um, als säße sie hier das erste Mal in ihrem Leben.

«Und?», fragt Maike.

«Gut so.» Trine strahlt. Die Ärztinnen verabschieden sich und gehen zurück zum Wagen. Bevor sie einsteigen, drückt Maike ihrer Kollegin die Hand.

«Ich bin Maike», sagt sie.

«Alina.»

«Du verstehst was von Medizin, Alina. Respekt.»

Sie grinst. «Du hast mich für eine verwöhnte Düsseldorfer Schickse gehalten, was?»

«Bei euch Rheinländern weiß man ja nie, wo der Karneval anfängt und wo er aufhört.»

«Willst du meine superteuren Edelklamotten etwa als Karnevalskostüm bezeichnen?»

Maike zieht mit gespielter Strenge eine Augenbraue hoch. «Nicht …?»

Sie grinsen sich an. Doch innerlich ist Maike zum Heulen zumute: Alina führt ihr vor Augen, dass sie ersetzbar ist – und wem gefällt das schon?

Aber jetzt gibt es kein Zurück mehr: Sie wird tun, was sie sich vorgenommen hat. Ihre Patienten sind bei Alina in guten Händen, das ist das Wichtigste. Soll Harald alleine in Oldsum versauern, sie geht nach Sylt.

28.

Harald liegt auf seiner Couch und verfolgt im Fernsehen ein Fußballmatch zwischen zwei deutschen Vereinen. Er kann nicht verstehen, dass dieses Spiel, bei dem es ewig dauert, bis ein Tor fällt, in Europa Millionen begeistert. Bei Eishockey und American Football gibt es viel mehr *action*, viel mehr Tore. Er schaltet um auf einen alten amerikanischen Spielfilm, den er das erste Mal in der deutschen Synchronisation sieht, was ihm sehr unnatürlich vorkommt. Fast vermisst er die Originalstimmen. Gegen Mitternacht macht er endlich den Fernseher aus, legt sich ins Bett und starrt aus dem Fenster. Von draußen prasselt heftiger Regen gegen die Scheibe.

«Happy Birthday, Harald Peterson», sagte er leise zu sich. Es wird sein traurigster Geburtstag werden. Hier auf Föhr weiß keiner mehr davon, niemand wird vorbeikommen. Er hat bei den Nachfahren von Bernhard Rickmers im Supermarkt eine gute Flasche Chablis gekauft, aber nicht einmal der Wein will schmecken. Nach dem ersten Schluck kippt er den Rest des Glases ins Waschbecken.

In nur wenigen Wochen hat er sein Leben voll gegen die Wand gefahren. Plötzlich kommen ihm alle peinlichen

Situationen hoch, alles, was nicht geklappt hat. Kann es sein, dass dieses bleierne Gefühl bis zum Ende seines Lebens nicht mehr verschwinden wird? Ist das schon der Tod, der darauf drängt, sein Werk zu vollenden? Gut, er kann nach Calgary zurückkehren, sich ein neues Haus kaufen und seine Agentur weiterführen. Es gibt weiterhin einen Riesenbedarf nach Naturaufnahmen aus der Wildnis. Mit dem Geld, das er zurückgelegt hat, könnte er sich auch zur Ruhe setzen. Aber was nützt das? Im schlimmsten Fall sieht er sich als alten, einsamen Mann auf einer Bank im Bottomlands-Park in Calgary sitzen und junge Leute ungefragt mit Föhrer Geschichten volllabern. Er nimmt zwei große Schlucke aus der Weinflasche. Es schmeckt ihm immer noch nicht, macht ihn aber müde. Kurze Zeit später schläft er ein.

Am nächsten Morgen frühstückt er auf der Terrasse. Es ist bedeckt und windstill, was ihm beides recht ist. Die großen, dramatischen Wetterlagen machen Pause, das ist zwischendurch ganz entspannend. Er hat nichts Besonderes besorgt, zwei Brötchen und etwas Butter und Marmelade. So still und bescheiden hat er selten gefeiert. Außer einmal in der Wildnis, mit einer Dose Thunfisch in Öl aus dem Rucksack, als er wochenlang auf einen Eisbären wartete. Sein schönster Geburtstag war jedoch der Tag, an dem er mit Maike zusammenkam. In seinem Haus, das jetzt ihres ist. Es war das größte Geschenk seines Lebens, dass sie später in der Nacht eng beieinanderlagen. Dabei wusste sie nicht einmal, dass er Geburtstag hatte, und seinen echten Namen kannte sie auch noch nicht.

Ein Auto bremst vor dem Haus. Der Wagen hat dieselbe

Farbe wie Maikes Toyota. Überraschung: Es *ist* Maikes Toyota.

Maike steigt aus. Sie war beim Friseur, ihre dunklen Haare sind nun etwas kürzer und reichen nur knapp bis zur Schulter. Sie trägt ein dunkelblaues Trägerkleid mit einem weißen T-Shirt darunter, was ihr hervorragend steht. Unter dem Arm trägt sie eine große, sperrige Kunstmappe und kommt direkt auf ihn zu. Sein Herz verdoppelt sofort die Frequenz.

«Herzlichen Glückwunsch, Harry.»

Er staunt. «Das hast du nicht vergessen? Danke.»

Sie lächelt. «Ich habe ein Elefantengedächtnis.»

Ihm wird ganz warm, seine Gefühle und Gedanken fahren Achterbahn, hoffentlich merkt sie das nicht.

Sie druckst herum. «Als du vorgestern bei mir warst, um dich zu entschuldigen, da war ich zu hart zu dir, Harry. Ich habe es nicht so gemeint.»

«Ich war ja auch nicht nett», sagt er.

Sie öffnet die Mappe. «Das ist mein Geschenk für dich. Bei dir ist es besser aufgehoben.»

Er räumt Geschirr und Marmeladengläser auf den Boden, sie legt die Mappe auf den Tisch und überreicht ihm das großformatige Schwarzweißfoto, das er Ende der Sechziger von ihr gemacht hat: Maike galoppiert stehend auf ihrem Wallach durchs Watt und strahlt dabei wie das pure Glück. Das Bild ist durchzogen von einem Meer aus bunten Blumen, die er daraufgemalt hat. Heute findet er, die Blumen könnte man weglassen, das Motiv ist auch so stark genug. Ihm wird bewusst, dass er eines der wenigen persönlichen Dokumente aus seiner Vergangenheit in Händen hält, die nach dem Brand überhaupt noch existieren. Dass Maike ihm das Bild überlässt, bedeutet aber auch, dass sie es nicht mehr haben will. Es ist ein Abschied.

«Danke», sagte er, äußerlich gefasst. «Willst du mit mir mein letztes Brötchen teilen?»

Maike winkt ab. «Vielen Dank, aber meine Patienten warten.»

«Schade.»

«Ich wünsche dir einen schönen Tag.»

«Werde ich haben.»

Aber nicht ohne dich.

«Wie lange bleibst du noch in Oldsum?», erkundigt sie sich.

«Genau weiß ich das noch nicht.»

«Ich verlasse Föhr übermorgen.»

Der Boden unter ihm tut sich auf.

«Ach ja?»

«Ich gehe nach Sylt. Vielleicht für immer. Also, falls wir uns nicht mehr sehen: alles Gute.»

Das war es dann? Wir werden uns in diesem Leben nicht mehr sehen?

«Wann geht es los?»

«Übermorgen Mittag um zwölf.»

Er könnte schreien.

«Alles Gute.»

«Tschüs.»

Als Maike mit ihrem Wagen davonfährt, starrt er ihr hinterher. Für ihn ist das kein Abschied, sondern der Tod. Jetzt hat er nichts mehr, wofür es sich noch zu kämpfen lohnt. Er schaut auf das Foto, das er damals gemacht hat. Maike strahlt auf dem Pferd eine Lebendigkeit aus, die ihn nur noch schmerzt. Als wenn ihm das Leben noch mal alles Schöne hinhalten wollte, um ihn zu deprimieren. Und da fällt ihm plötzlich ein, wo Maike ihn mit Edda gesehen haben könnte.

29.

ENDE DER SECHZIGER

Am Nachmittag ritt Harald alleine mit Fury aus. Maike war das erste Mal wieder in der Schule. Der Himmel war grau und bewegungslos, was ihn aber nicht störte. Fury trabte so wild durchs Watt, dass es eine Freude war. Sylt lag vor ihm, und die Sonne schien aufs funkelnde Wasser. Leider waren Maikes große Ferien vorbei, das bedeutete, dass sie sich nun seltener sehen würden, denn nachmittags musste sie Hausaufgaben machen und auf dem Hof helfen. Wie sollte er das aushalten?

Harald war sicher, dass es bald zum Eklat mit Karen kommen würde. Auf Dauer konnten sie ihre Liebe nicht geheim halten. Was würde dann passieren? Würde Karen ihn wegen Verführung Minderjähriger anzeigen? Zuzutrauen wäre es ihr, und es war wahrscheinlicher, als dass sie einer Heirat zustimmte. Sie würde schnell herausbekommen, dass er in den USA gesucht wurde. Sein Glück war mehr als wackelig, das mühsam aufgebaute Lügengebäude drohte jederzeit in sich zusammenzustürzen.

Fury ging es langsam an, ließ sich dann aber zum Galopp überreden. Heute hatte Harald keinen Sattel aufgelegt und war barfuß. Er wollte ausprobieren, ob er auch konnte, was Maike ihm mehrmals vorgeführt hatte: im Stehen zu reiten. Wenn es klappte, wollte er sie noch heute damit überraschen. Er ließ Fury anhalten. Vor ihm lag der Hörnumer Leuchtturm, der Wind pfiff ihm erbarmungslos um die Ohren. Vorsichtig setzte er die Füße auf Furys Rücken.

Ihr warmer Körper wärmte seine Sohlen, ihre Rückenhaare kitzelten etwas. Dann ging er in die Hocke, was schon eine kippelige Angelegenheit war: Ein Pferderücken ist keine sichere Plattform, sondern immer in Bewegung. Langsam drückte er die Knie durch und kam mit dem Oberkörper in die Senkrechte. Fury hielt zum Glück einigermaßen still.

«Brav, Fury», raunte er ihr zu.

Das hatte sie wohl irgendwie falsch verstanden. Sie machte einen hektischen Schritt zur Seite, womit Harald nicht gerechnet hatte. Er stürzte und konnte sich gerade so im weichen Schlick abrollen. Es dauerte einen Moment, bis er wieder zu Atem kam. Seine Hose war pitschenass. Er kletterte noch einmal auf Furys Rücken, was ohne Sattel nicht leicht war. Dann ging er wieder in die Hocke, richtete sich auf und sagte: «Terab!» Fury trabte langsam los. Harald musste alle ihre Bewegungen ausgleichen. Es klappte ganz gut, allerdings traute er sich noch nicht, schneller zu werden. Plötzlich entdeckte er an der Deichkante eine Frau, die wild gestikulierend auf ihn zulief.

«Meint die mich?», murmelte er laut. Aber wen sonst? Hier war niemand anderes. Er setzte sich wieder auf Furys Rücken und ritt ihr entgegen. Es war Edda. Sie trug Jeans und eine weiße Bluse mit kurzen Ärmeln. Ihm fiel auf, dass ihre blonden Haare sehr viel kürzer waren als das letzte Mal. Edda keuchte, so schnell war sie gerannt.

«Moin, Edda. Warst du beim Friseur?»

«Ja, aber …»

«Pass auf …»

Er stellte sich langsam auf Furys Rücken. Sie ging gar nicht darauf ein, sondern hielt ihm nur einen flatternden Briefumschlag entgegen.

«Ich habe ein Telegramm für dich angenommen», rief sie.

Er freute sich, bestimmt war es von seinem Vater, der liebte solche Überraschungen. Es wäre schon das dritte Telegramm, seit Harald hier auf Föhr war. Er sprang von Fury herunter, umarmte Edda kurz und riss den Umschlag auf.

«Deswegen hättest du nicht kommen brauchen», lachte er. «Das hat Zeit.» Dann las er: «Papa hatte schweren Herzinfarkt STOP Sieht nicht gut aus STOP Bete für ihn. STOP Deine Mom.»

Ihm wurde auf der Stelle schlecht. Tränen schossen ihm in die Augen, seine Knie drohten nachzugeben. Stumm reichte er Edda das Telegramm, die es ebenfalls las. Er sah das Gesicht seines Vaters vor sich, wie sie sich beim Abschied umarmt hatten. Seine Bartstoppeln hatten leicht an seiner Wange gekratzt. Dad hatte ihn gerettet. Und nun starb er? Das durfte nicht sein! Er wollte ihm beistehen und sofort zu ihm fahren, doch er würde gar nicht bis ins Krankenhaus kommen, die würden ihn gleich am Flughafen verhaften und ins Gefängnis stecken. Vielleicht sollte er versuchen, illegal über Kanada oder Mexiko einzureisen. Aber das würde seinen Vater wohl zu sehr aufregen, er würde sich große Sorgen machen. Verdammt, er konnte doch nicht einfach hierbleiben und nichts tun!

«Dad darf nicht sterben», schrie er verzweifelt. Edda umarmte ihn fest, fuhr ihm durchs Haar und küsste ihm die Tränen weg.

«Du musst zu ihm fahren.»

Harald hatte das Gefühl, im Schlick zu versinken.

«Das geht nicht.»

«Wenn du kein Geld hast, leih ich dir was! Irgendwo treibe ich das auf.»

«Das ist lieb. Aber daran liegt es nicht.»

Harald bekam Schmerzen in der Brust, in ihm brachen alle Dämme. Eddas Wärme tat ihm gut, in ihren Armen kamen ihm Bilder seines Vaters hoch: Wie er ihn aus Haight-Ashbury abgezogen hatte. Wie er kurz vor der Staatsgrenze vom Highway abgebogen und über abenteuerliche Forstwege weitergerast war, die er auf kleinformatigen Wanderkarten gekennzeichnet hatte. Dad war bestimmt kein Hippie, aber er hatte ihn vor Vietnam gerettet. Sein Sohn sollte nicht töten, geschweige denn selbst getötet werden.

Nun lag Dad im Sterben, und sein einziger Sohn stand nicht an seinem Bett. Das ging nicht! Lohnte es sich, in so einer Welt zu leben? Edda fuhr ihm zärtlich durchs Haar, küsste ihm die Tränen von den Wangen und raunte ihm beruhigende Worte ins Ohr.

Es war so gut, dass sie da war.

30.

ZWEITAUSENDVIERZEHN

Harald lässt sich im Wohnraum auf einen Stuhl fallen und starrt auf die große Wand mit seinen alten und neuen Bildern: Maike auf Sylt, Maike auf dem Pferd. Nachdem er damals die Nachricht vom Infarkt seines Vater erhalten hatte, war Maike wie vom Erdboden verschwunden. Obwohl er sie gerade da so dringend gebraucht hätte. Er suchte die ganze Insel nach ihr ab, aber sie war weder zu Hause noch sonst irgendwo. Sie fuhr auch kein Fahrrad oder Bus mehr, ihre Großmutter brachte sie täglich mit dem Familienopel zur Schule und holte sie auch wieder ab. Erst nach ein paar Tagen erwischte er sie mit Thor auf dem Deich und erzählte ihr, dass sein Vater im Sterben lag. Doch Maike wollte nicht mit ihm reden. Das war hart. Sie ließ ihn einfach stehen und ritt wortlos davon. Er vermutete damals, dass sie einfach nicht damit klarkam, dass er auf Föhr unter falschem Namen auftrat, und beschloss, ihr etwas Zeit zu geben. Dass dahinter Eifersucht steckte, hätte er niemals gedacht! Aber jetzt weiß er, dass Maike glaubte, er hätte etwas mit ihrer Mutter gehabt. Wie absurd! Lag hier, in diesem Missverständnis, etwa der Grund für die ganze Katastrophe, die dann folgte?

Die Frage ist, wie er ihr heute, nach all den Jahren,

beweisen kann, dass es sich um eine absolute Ausnahmesituation handelte? Dass Edda ihn nur getröstet hat? Aber Edda ist tot, und ihm glaubt Maike nicht. Wenn Maike und er damals miteinander geredet hätten, wären sie vermutlich heute noch glücklich zusammen! Es ist zum Verzweifeln.

Immer wieder schießt ihm die Erinnerung an Buhne 16 hoch. Maike und er quatschen mit den jungen Leuten, necken sie ein bisschen und springen dann ins Wasser. Was für Reisen hätten sie zusammen gemacht, nach Indien, zu den Plätzen, an denen Siddhartha gewirkt hat! Er hätte Maike Calgary gezeigt, dort hätten sie vermutlich ihr Leben verbracht. Oder auf Föhr, er war zu allem bereit. Alles Schnee von gestern. Es ist nicht mehr rückgängig zu machen, sie haben kein zweites Leben im Kofferraum.

Kurz entschlossen geht Harald zum Schuppen hinterm Haus, holt sein Fahrrad raus und fährt Richtung Deich. Ein starker Westwind schiebt ihn von hinten an. Die Sonne scheint hell vom Himmel, fröhliche Wolken eilen nach Osten, auf den sattgrünen Wiesen und Weiden leuchten gelbe Dotterblumen und weiße Gänseblümchen, es riecht nach frisch gemähtem Heu. Wegen solcher Tage kommen Touristen aus der ganzen Welt nach Föhr – und er kann das nicht einmal im Ansatz genießen.

Ganz langsam radelt er nach Utersum und setzt sich dort auf den Deich. Von hier schaut man direkt zwischen den Spitzen von Amrum und Sylt hindurch auf die offene See. Die Flut läuft gerade auf, gelassen und unbeirrbar wie immer. Er sieht sich mit Maike im Golden Gate Park unter dem mächtigen Amberbaum liegen, danach schlendern sie Hand in Hand durch Haight-Ashbury. Vor einem Balkon bleiben sie stehen, dort haben Arne und Boje zusammen mit Holgi ihre Verstärker aufgebaut und rocken los. Maike und er ziehen sich aus und tanzen nackt im Regen. Danach gehen sie in ihr Reetdachhaus und lieben sich vor dem flackernden Kamin, der Wind heult draußen um die Ecken. Nachts, im Mondlicht, reiten sie auf einem Schimmel nach Sylt und erleben an Buhne 16 den Sonnenaufgang. Gunter Sachs und Brigitte Bardot servieren ihnen Kaffee und Champagner.

Das Watt ist in kürzester Zeit vollständig mit Wasser bedeckt. Dort drüben liegt Sylt, dort will Maike hin, zu diesem Rainer. Alles erscheint ihm sinnlos. In wenigen Jahren redet niemand mehr von ihnen, dann weiß keiner, was Maike und er gedacht, womit sie gerungen, wo sie gewonnen haben und wo verloren. Wozu also noch kämpfen? Warum nicht einfach aufgeben? Lockerlassen und sich einfach gehenlassen.

Irgendwann fährt er zurück nach Oldsum und beschließt, Maike einen ehrlichen Brief zu schreiben, in dem er alles erklärt.

Liebe Maike,
ich bin leider jetzt erst darauf gekommen, welche Situation zu dem Missverständnis geführt hat, ich hätte etwas mit Edda gehabt: Als ich an Deinem ersten Schultag mit Fury durchs Watt ritt, brachte Deine Mutter mir ein Telegramm. Darin stand, dass mein geliebter Dad im Sterben lag. In diesem Moment war ich vollkommen blank. Es gab keinen Harald mehr, ich war wie ausgelöscht. Edda war total unsicher, sie wusste gar

nicht, was sie mit dem heulenden Harry anfangen sollte. Sie hat mich umarmt und gestreichelt, um mich zu
trösten, was ich kaum wahrgenommen habe. Du hast
uns wohl dabei beobachtet und das vollkommen falsch
verstanden. Meinen Vater habe ich nie wiedergesehen,
er ist drei Wochen später gestorben. Nicht einmal zu
seiner Beerdigung konnte ich in die USA kommen, sein
Grab kenne ich bis heute nur von Fotos. Liebe Maike,
ich hatte geglaubt, dass Du mich auf Föhr verraten hast,
was ein fataler Irrtum war. Aber dass Du geglaubt hast,
ich hätte etwas mit Deiner Mutter gehabt, ist genauso
tragisch. Ich habe nur Dich geliebt und begehrt! Und
das hat sich bis heute nicht geändert, wenn ich das hin-
zufügen darf.

In tiefer Verbundenheit,
Harry

Maike muss ihm glauben, beweisen kann er nichts. Er
möchte aber zusätzlich auch ein Zeichen setzen, und dieses Zeichen, so stellt er sich vor, soll übergroß am Himmel
stehen. Also radelt er vom Deich in die BiikeArt-Galerie.
Suse sitzt gerade an einem kleinen Tisch und starrt ihn an
wie einen Geist.

«Was ist passiert?»

«Ich brauche einen Fallschirm und eine Nähmaschine.»

«Klingt nach einer großen Aktion.»

«So ist es. Es geht um alles oder nichts.»

«Und falls es klappt, wird alles gut?»

Er lächelt. Wenn es doch so wäre.

31.

Obwohl das Wetter auf dem Deck gut ist, zieht sich Maike in den Salon auf einen Latte macchiato zurück. Hat sie wirklich an alles gedacht? Weiß ihre Vertretung Alina Höffgen, wo sie was findet? Obwohl sie nun sicher ist, dass ihre Kollegin eine gute Ärztin ist, fällt es ihr immer noch schwer loszulassen. Ihre Patienten haben alle ihre kleinen Eigenheiten und Macken, die man berücksichtigen muss. Außerdem spricht Alina kein Friesisch, und die Älteren benutzen instinktiv ihre Muttersprache, wenn es ihnen schlechtgeht. Deutsch haben viele erst in der Schule gelernt. Immerhin lernt Alina Friesisch bei Trine, außerdem hat sie Maikes Handynummer für den Notfall. Sie kann sich immer bei ihr melden.

Maike überlegt. So lange wie jetzt war sie seit fünfzehn Jahren nicht mehr weg von Föhr. Schon nach wenigen Minuten auf der Fähre sehnt sie sich nach Oldsum zurück. Sind das bereits die Vorboten des Alters? Sie schaut auf das Wasser, das in der Sonne glitzert. Fast hat sie das Gefühl, dass es hier noch mehr glänzt als auf Sylt, obwohl das natürlich nicht sein kann. Ist sie zu feige, um etwas Neues zu riskieren? Nein, das auch nicht. Die alles entscheidende Frage lautet: Kann sie Rainer vertrauen?

Und die alles entscheidende Antwort lautet: Ja!

Neben der Fähre fliegt ein Flugzeug, das ein Werbebanner hinter sich herzieht. Ein untrügliches Zeichen dafür, dass noch Hauptsaison ist. Wahrscheinlich steht ein Konzert im Kurgartensaal oder eine besondere Tanzveranstaltung im «Island Palace» an, für die geworben werden soll.

Dann schaut sie genauer hin. Auf dem Banner steht: *Sein wr realistish!* Offensichtlich sind einige Buchstaben herausgefallen. Es ist ein bisschen wie damals bei der Sendung «Glücksrad», wo Telefonkandidaten fehlende Buchstaben raten mussten. Was soll das bedeuten? Wofür wird da geworben? Dann schießt ihr plötzlich das Blut in den Kopf. Sie erkennt, was gemeint ist: *Seien wir realistisch!* Der alte Che-Guevara-Spruch. Sie rennt aufs Achterdeck und schaut nach oben. Das Flugzeug kurvt ihretwegen um die Fähre herum?

Harry. Das ist ein Zeichen von Harry. Nachdem sie auf seinen Brief nicht reagiert hat – obwohl er sie nicht kaltgelassen hat –, will er ein weiteres Signal setzen. Es ist ihm ernst, und mit einem Mal wir ihr klar, dass er nicht lügt. Dass es wirklich ein Missverständnis war, damals am Strand mit ihrer Mutter. Maike weiß es einfach. Ihre Hände zittern. Das Flugzeug zieht vorüber. Sie strafft die Schultern, atmet durch. In einer Stunde wird sie in Niebüll auf den Autozug nach Westerland rollen, von dort geht es weiter nach Archsum in Rainers Hotel «Friesentraum». Hinter dem Haus werden die Gäste verstreut auf Stühlen, Bänken und in Strandkörben in der Sonne sitzen, lesen oder etwas trinken. Sie denkt an Rainer, lässt ihre gemeinsame Zeit noch einmal an sich vorbeiziehen, vom ersten Internet-Kontakt bis jetzt. Sogar ihre kleine

Krise haben sie überwunden, nachdem Harald sie verfolgt hat und Rainer unsicher wurde. Sie hat um ihn gekämpft, und Rainer war nicht nachtragend, im Gegenteil, er hat sehr viel Verständnis gezeigt.

Plötzlich stellt sie sich vor, wie der heutige Nachmittag ablaufen könnte: Rainer und sie gehen in einem Sylter Strandrestaurant essen. Alles fühlt sich gut an, sie ist auf der sicheren Seite. Wie beim ersten Treffen streicht er mehrmals über die Speisekarte aus rauer Pappe, bevor er sie aufschlägt, und während er redet, befühlt er mit Zeige- und Mittelfinger die Stoffserviette.

«Schau mal neben den Teller», sagt er.

«Ja?»

Sie nimmt einen Briefumschlag und staunt: zwei Flugtickets nach Neu-Delhi!

«Ist das dein Ernst?»

Er lächelt. «Ja.»

«Wir können aber auch ohne das zusammen sein», sagt Maike.

«Ich weiß, aber ich möchte auch nach Indien.»

«Und dein Magen?»

«Ich nehme seit einer Woche vorsorglich Tabletten.»

«Sollte ich die auch nehmen?»

«Ich glaube, die wirken nur bei Hypochondern.»

«Wann geht es los?»

«Sofort, in einer Stunde.»

Sie umarmen sich – und das Bild vor ihren Augen erlischt.

Ein letztes Mal fragt Maike sich, wie ihr Leben ohne das Missverständnis von damals gelaufen wäre. Es führt zu nichts, aber sie kann einfach nicht anders. Wo hätten

Harald und sie gelebt, in Kanada, an einem See? Oder in der Stadt? Hätten sie Kinder?

Mit einem Ruck legt die Fähre an. Maike schreckt auf. Sie muss schnell ihr Gepäck holen und zum Ausgang. Rainer wartet bestimmt schon.

32.

Harald macht sich fertig für die Ausstellung in Suses BiikeArt-Galerie. Er weiß, dass seine Zeit in Oldsum vorbei ist. Maike ist seit vier Wochen weg und hat sich nicht mehr gemeldet. Klarer geht's nicht. Aber einfach so möchte er Föhr nicht verlassen. Er hat so viel Gutes in den letzten Wochen hier erlebt, und dafür möchte er sich bei allen bedanken. Suse hat ihn überredet, seine Fotos auszustellen, und das ist auch gut so. Mit irrsinnigem Lampenfieber geht er in seinem Haus auf und ab. Was werden die Leute sagen? Ihn auslachen?

Er zieht sich eine neue Jeans an, ein schwarzes T-Shirt und ein Jackett. Vor dem Spiegel nimmt er sich kritisch in Augenschein: Nein, so sieht er aus wie das Klischee eines Möchtegern-Künstlers. Also zieht er eine schwarze Stoffhose an, ein weißes Hemd mit einem dezenten Schlips, den er in Wyk gekauft hat. Im Spiegel erkennt er sich kaum wieder, er trägt Krawatte sonst nur zu Beerdigungen und Hochzeiten. Er schaut auf die Uhr, holt einmal tief Luft und tritt dann auf die Oldsumer Dorfstraße, auf der bereits einige Menschen Richtung BiikeArt strömen. Alle grüßen ihn freundlich und betonen, wie gespannt sie sind. Was seinem Lampenfieber noch einmal richtig Auftrieb gibt. Als Fotograf und Agenturchef hat er Ausstellungen in der ganzen Welt gehabt. Er erinnert sich an die Fotostrecke mit der Eisbärin, die ihre Jungen suchte, das Polarlicht über Eisbergen, Indian Summer in Alberta, die Marmelalken an der Pazifikküste. Doch niemals hat er so etwas Persönliches in der Öffentlichkeit gezeigt. Schade, dass Maike die Bilder nicht sehen wird, sie haben so viel mit ihr zu tun.

Unter den Fallschirmen im Ausstellungsraum der Galerie stehen sie alle: Holgi, Boje, Beate, Wiebke, Richard vom Pferdehof Tober, die rothaarige Besitzerin des Hotel Duus, Enno, der Matrose von der freiwilligen Feuerwehr, Hans, für den er gepflügt hat, der Bürgermeister von Oldsum. Darüber hinaus eine Menge Touristen und Insulaner, die er noch nie gesehen hat. Der Raum ist rappelvoll. Hinter der Seide schimmern matt einige Scheinwerfer hindurch. Maike schwebt an Buhne 16, reitet im Stehen durchs Wattenmeer. Die Abendstimmung unter dem Flugzeug ist ebenfalls in einen hellen Schleier geschlagen.

Maike hat seinen Brief gelesen, das Banner am Flugzeug gesehen und sich nicht gemeldet. Das muss er akzeptieren. Ihr steht bestimmt ein gutes Leben an der Seite von diesem Rainer bevor, den er gar nicht mal unsympathisch findet. Obwohl er ihm Maike natürlich nicht gönnt. Doch mit solchen Gedanken muss jetzt Schluss sein. Er ist Pragmatiker, sonst hätte er seine Expeditionen in der kanadischen Arktis nicht überstanden. Wenn er etwas kann, ist es, Ballast abzuwerfen und mit wenig Gepäck auszukommen. Immerhin ist das Trauma seines Lebens gelöst. All die Jahre wusste er nicht, warum ihn seine große Liebe verraten hatte. Das hat er immer mit sich herumgeschleppt. Nun ist es geklärt und vorbei.

«Mensch, das sind tolle Bilder, Harry», sagt Boje und drückt ihn so fest an seinen dicken Bauch, dass er fürchtet, zerquetscht zu werden. Es gefällt ihm eigentlich gar nicht, dass heute sein großer Tag ist, denn diese Vernissage ist gleichzeitig sein Abschied von Föhr. Wird er jemals wieder hierherkommen? Wozu? Suse kommt auf ihn zu und drückt ihm einen Kuss auf die Wange. «Noch mal sorry wegen der Knutscharie auf der Straße», raunt sie.

«Längst vergessen.» Er bemüht sich zu lächeln.

Blöderweise hat Wiebke den Wortwechsel mitbekommen: «Knutscharie?», flüstert sie von der anderen Seite in sein Ohr. «Hast du was mit der?»

«Nein, bitte nicht noch mehr Chaos», denkt Harald.

Jetzt schlägt Suse einen Löffel gegen ein leeres Sektglas und bittet um Ruhe. Sie setzt zu einer Rede an.

«Bei unserem ersten Treffen hat Harald mitten auf der Straße gelegen und fotografiert. Später ist er um meine Galerie herumgestrichen wie eine Katze. ‹Mal sehen, was diese Suse so macht›, hat er wohl gedacht. Immerhin hat er schon in der ganzen Welt ausgestellt. Einmal habe ich ihn im Watt reiten gesehen und an Theodor Storms Schimmelreiter denken müssen. Und als wir dann das erste Mal über die Ausstellung sprachen, hatten wir gleich einen Draht zueinander. Harald Petersons Bilder berühren mich sehr, mehr will ich gar nicht sagen. Es ist mir eine große Ehre und eine große Freude, dass du bei mir ausstellst.»

Großer Applaus. Harald nestelt an seinem Schlips herum, der ihm plötzlich vollkommen übertrieben vorkommt. Seine Hände sind feucht. Es wird still, alle starren auf ihn. Jetzt ist er dran mit Reden.

«Was soll ich groß erzählen? Mein Vater und die Familie meiner Mutter stammen aus Oldsum. Hier sind meine Wurzeln. Obwohl ich in Kalifornien aufgewachsen bin und die meiste Zeit meines Lebens in Calgary gelebt habe, fühle ich mich hier zu Hause. So richtig erklärbar ist das nicht. Schaut euch meine Sicht der Insel an, ich würde mich freuen, wenn ihr etwas damit anfangen könnt.»

Noch größerer Applaus. Dann knallen die Sektkorken, draußen wird ein Grill angeworfen, auf dem Fisch, Gemüse und Fleisch gegrillt werden. Harald verdrückt sich unauffällig in eine schattige Ecke des Raumes. Plötzlich klingelt sein Handy.

«Hi, Harry, how're you doing?»

Es ist Pete aus Calgary, sein guter alter Freund Pete!

«I'm fine, great to hear your voice.»

Pete ist Fotograf und hat oft für seine Agentur gearbeitet, sie haben mehrere Winter in einsamen Hütten in der nördlichen Arktis verbracht. Seit dreißig Jahren sind sie befreundet, und Pete und seine Frau haben ihn in allen Lebenslagen begleitet, von der Hochzeit bis zur Scheidung. Es tut gut, Petes Bassstimme zu hören.

Als Erstes streiten sie sich wie immer darüber, wie die Calgary Flames in der nächsten Eishockeysaison abschneiden werden. Herrlich! Früher hat er sich nie für Eishockey interessiert, jetzt besitzt er seit Ewigkeiten eine Dauerkarte bei den Calgary Flames. Auf seinem Handy befindet sich eine Fotomontage von der ersten Mondlandung, bei der Astronaut Neil Armstrong die Vereinsfahne in den Boden rammt. Zurzeit findet in Calgary die traditionelle Stampede statt, ein riesiges Volksfest mit Pferderodeo und Countrymusic, zu dem über eine Million Besucher kommen. Harry hat bisher keine Stampede ausgelassen, hat Reiter und Pferde fotografiert, Bilder von Siegern und Verlierern gemacht.

«Wie lange bleibst du noch auf Föhr?», erkundigt sich Pete.

«Nur noch ein paar Tage.»

«Lass uns nicht mit meiner Geburtstagsfeier hängen. Ich habe das erste Mal seit Jahren wieder Singen geübt, wir brauchen dich an der E-Gitarre!»

«Versprochen.»

Pete bringt ihn zurück in die Welt, aus der er kommt und in die er bald zurückkehrt, mit Witzen über die steifen Hutkrempen der Mounties von der «Royal Mounted Police», mit Eishockey, Nationalparks und Braunbären. Kein Wort über das abgebrannte Haus, kein Wort über Harrys Reise. So muss es sein. Über Probleme können sie auch noch sprechen, wenn er zurück ist.

Als Harald auflegt, geht es ihm besser. Alles kommt so, wie es kommen soll. Sein Abgang aus Föhr ist ein Happy End. Der Ausflug in die Welt des Was-wäre-wenn ist beendet. Er freut sich, alle Gäste in der Galerie können etwas miteinander anfangen, jeder redet mit jedem, auch Leute, die keiner kennt, werden mit einbezogen. Viele Besucher bleiben lange vor seinen Bildern stehen, einige wirken ergriffen, jedenfalls kommt es ihm so vor. Allein hierfür hat sich die Reise nach Föhr gelohnt.

Plötzlich sieht er vorm leicht beschlagenen Hinterfenster eine Gestalt, die von außen hineinschaut. Wieso

kommt sie nicht rein? Er macht ein Zeichen: Hauptein-
gang ist vorne. Doch die Person bewegt sich nicht von der
Stelle, scheint ihn nicht zu verstehen. Er geht ans Fenster.

Und ist baff.

Es ist Maike.

33.

Maike schaut Harald direkt in die Augen. Er öffnet das Fenster. Erst jetzt fällt ihr auf, dass er einen Schlips trägt, so hat sie ihn noch nie gesehen.

«Moin», sagt er heiser.

«Moin», antwortet sie so leise, als wenn ein lautes Wort eine Glasvase in tausend Stücke zerspringen lassen könnte. Also schweigen sie. Das Gemurmel der Gäste in der Galerie nehmen sie kaum wahr, es gibt nur sie beide.

«Ich komme aus der Schweiz», erklärt sie.

«So?»

Harald wirkt angespannt, versucht aber, freundlich auszusehen.

«Ich war dort vier Wochen auf einer Berghütte …» Sie macht eine Pause, wie soll sie sich nur ausdrücken? «… alleine. Ich habe dort auf 2300 Metern gelebt, mit einem grandiosen Blick über zehn schneebedeckte Gipfel und totaler Einsamkeit.»

Harald starrt sie fassungslos an. Es braucht offensichtlich einen Moment, bis das bei ihm durchgerutscht ist.

«Und Sylt?», fragt er.

«Da war ich nicht.»

«Hmmh.»

Rainer ist ein wunderbarer Mensch, ganz ohne Frage. Nichts, aber auch gar nichts hat sie an ihm auszusetzen. Er ist charmant, aufmerksam, ehrlich – mehr kann man nicht erwarten. Kann man so einen Mann ziehen lassen? Wochenlang hat sie sich in der abgelegenen Hütte mit ihren Gedanken und Gefühlen gequält. Rainer verkörpert für sie Sicherheit und Zuverlässigkeit, das sind seltene und wichtige Tugenden. Aber das Gefühl zu Harald ist einfach tiefer. Nie wieder hat sie einem Menschen so vertraut, das gilt bis heute. Zumal sie jetzt weiß, dass ihre Trennung auf einem tragischen Missverständnis beruhte. Sie können nicht ihr ganzes Leben nachholen. Aber ein paar Jahre zusammenleben, das können sie. Falls Harald überhaupt noch will.

«Ich musste es einfach herausbekommen.»

«Was?»

«Ob ein Leben mit dir möglich wäre.»

«Und das kann man alleine in einer Hütte?»

«Nicht immer, aber in ganz besonderen Fällen ja.»

Er beugt sich vor und legt seine Arme um sie. Sie legt ihren Kopf auf seine Schulter. Dann macht er etwas, was typisch Harry ist: Er klettert einfach aus dem Fenster. Draußen stellt er sich ganz nahe zu ihr, nimmt ihren Kopf vorsichtig in seine Hände und küsst sie.

«Meinst du, das ist eine gute Idee?», flüstert Maike.

«Wenn wir es nicht ausprobieren, werden wir es nie erfahren.»

«Seien wir realistisch, versuchen wir das Unmögliche», flüstert sie.

«Hey, das ist mein Text», antwortet er leise, bevor er sie ein weiteres Mal küsst.

Der friesische Sommer der Liebe wirkt viel weiter, als sie beide gedacht haben.

Föl Thonk an alle, die mich bei der Recherche auf Föhr so grandios unterstützt haben. Insbesondere Christa Rickmers, Maja und Detlef Ketelsen, Hark Rickmers und wieder einmal «bubu» Jürgen Huss.

Und föl thonk für die klugen Ratschläge meines Krimi-Kollegen Hendrik Berg vom nordfriesischen Festland.

Janne Mommsen
bei Rowohlt Polaris und rororo

Die Insel tanzt

Ein Strandkorb für Oma

Friesensommer

Oma dreht auf

Oma ihr klein Häuschen

Omas Erdbeerparadies

Kühles Wetter, heiße Rhythmen

Witwer Jan Clausen, 38, lebt mit seiner Tochter Leevke, 10, auf Föhr. Der Reetdachdecker ist ein typischer Insulaner, der tief in der «friesischen Karibik» verwurzelt ist. Doch irgendwann wird ihm alles zu viel: Die zickige neue Lehrerin seiner Tochter gibt ihm Erziehungstipps – wieso kann sie ihn nicht einfach in Ruhe lassen? Da eröffnet Sina Hansen, 49, ehemalige Primaballerina am Flensburger Ballett, eine Salsa-Tanzschule auf ihrer Heimatinsel. Jan lässt sich von seiner Tochter zu einem Kurs überreden: Er hat Talent! Und wie! Sina will ihren besten Schüler auf einen Salsa-Wettbewerb der nordfriesischen Inseln schicken. Und zwar ausgerechnet mit wem?

«Richtig nette Sommerunterhaltung zum Wegschmökern. Aber nicht etwa seicht, sondern durchaus mit Ecken und Kanten.»
(NDR)

rororo Polaris 26901

Humor, Herz und ganz viel Inselflair

Jannike hat es gewagt: Auf der kleinen Nordseeinsel konnte sie das heruntergekommene Leuchtturmwärterhaus in ein charmantes Hotel verwandeln. Genauer: in ein romantisches Hochzeitshotel! Ob Heiratsantrag beim Dünenpicknick oder Hochzeit im Watt – Jannike macht alles möglich. Doch ihr eigenes Liebesleben liegt brach. Erst als der attraktive Postbote Mattheusz auf die Insel zurückkehrt, schöpft sie neue Hoffnung. Läuten am Ende die Hochzeitsglocken der kleinen Inselkirche auch für Jannike?